U0841203

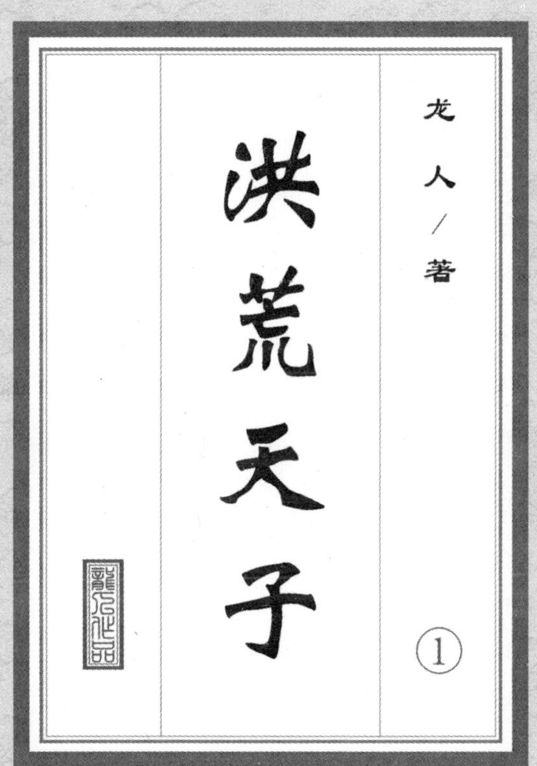

二十一世纪出版社集团
21st Century Publishing Group
全国百佳出版社

图书在版编目（CIP）数据

洪荒天子：全 10 册 / 龙人著 . -- 南昌：二十一世纪出版社集团，2017.11

ISBN 978-7-5568-3103-6

Ⅰ . ①洪… Ⅱ . ①龙… Ⅲ . ①侠义小说－中国－当代 Ⅳ . ① I247.5

中国版本图书馆 CIP 数据核字 (2017) 第 243742 号

洪荒天子：全10册 龙 人 著

责任编辑 敖登格日乐
出版发行 二十一世纪出版社集团
（江西省南昌市子安路75号 330025）
www.21cccc.com cc21@163.net
出 版 人 张秋林
经 销 新华书店
印 刷 北京龙跃印务有限公司
版 次 2018年2月第1版 2018年2月第1次印刷
开 本 710mm × 1000mm 1/16
印 张 160
字 数 1731千
书 号 ISBN 978-7-5568-3103-6
定 价 498.00元（全10册）

赣版权登字—04—2017—745

目　录

第一章　姬水天劫

神山。

古木参天，蔽日遮阳。

剑峰烟云，缥缈空灵。

悠悠姬水，如玉带相绕，为剑峰那插天的苍奇更平添一些妩媚旖旎。此时，已近盛夏季节。

每年的五月二十八，是有侨族与有虢族祭拜姬水河神之日。

黑豆悠闲地坐于两根竹子间的绳子之上，口中轻叼着一根细小的竹枝，如顽皮的猴子一般自由自在地晃悠着。

姬水悠悠，那永不停息的流水声伴着竹林中鸟儿清脆而别致的鸣叫，倒的确别有一番情趣。

时已至夏季，阳光极烈，但透过竹叶的间隙，也只剩下星星点点的光斑洒落在黑豆的眼前。他只是半眯着眼睛，不经意地望着身前流过的姬水，偶尔懒散地斜瞟一下姬河的对岸。

对岸，是有虢族，有侨族与有虢族隔河相望，这也是两部落友好的原因之一，所谓抬头不见低头见，但此刻黑豆并没有看到对岸想要看到的人，倒是河中那根巨大的木柱和几张木筏拼搭的平台很显眼。

木柱之上，绑着一个极为美丽的女人，那是轩辕俘回的战利品。

不幸的是她正赶上了祭天，有人为轩辕感到遗憾，那是因为如此美丽的战利品未能来得及享用，竟被定作不可私用的“祭品”。也有人为那美女感到可惜，如此美丽的人儿却被当作“祭品”祭姬水之神，可是谁也没有办法来改变这个事实。这是三大祭司的决定，要怪，就只能怪这美人仍是处子之身，要怪便怪她被俘得不是时候，要怪就怪……

其实，怪谁都没用，这一点所有人都明白，只是从来没有人敢说出口。谁都知道这件事情本就是残忍的决定，平时人们看着牲口、野兽被屠宰之时，并没有什么反应，但是当看到自己的同类将被无情地屠杀时，人们就想吐，就有一种天生的不舒服之感。可谁能站出来说一句公道话？谁敢挺身而出救下这无辜的生命呢？

在族中，三大祭司有着神一般不可侵犯的权威，不为别的，就因他们是祖族的使者，就因他们有着足以让人心惊的武功。

黑豆的目光之中多了几丝怜悯，因为他深切地体会到这个事实的残忍。他父亲哑叔早在很多年前就深有体会。

哑叔之所以哑，就是因为他敢挺身而出痛叱这种残忍的错误，痛叱三大祭司这种做法的冷酷无情，痛叱族人的麻木不仁……就这样，他冒犯了神威，触犯了族规，代价是从此以后再也不能说话。后来，人们都称他为哑叔。

哑叔无悔，只有恨，不恨别人割去了他的舌头，恨的是因此而致使老族长从此一病不起，终至不治而亡。他总认为，老族长是因为他而死的，在他善良的心中，总觉得欠老族长很多。

黑豆很明白他父亲的心思，是以，轩辕成了他最好的朋友。

轩辕是老族长唯一的孙子，但他的父亲是谁没有多少人知道，也许知道的人很多，只是所有人都不愿意提及而已。

轩辕不问，从来不问自己的父亲是谁，他就像是族中的一个另类，一个让人无法揣测的另类，但黑豆明白他，理解他，且经常帮助他，他们是族中最好的一对朋友。

轩辕的与众不同在于他喜欢一个人静静地想着事情，望着天空，望着神山，望着姬水，他可以坐着三天不动。没有人知道他在想些什么，他也从来不告诉别人他在想些什么。有侨族之中，除了哑叔之外，就数他最不喜欢说话。

轩辕今年十七岁，却从未参加过一次狩猎大赛，未曾参加一次勇士大赛，甚至打猎之时他也喜欢一个人独来独往。是以，他到此刻犹不能加入勇士们的队伍。

轩辕的头发很短，在整个部族中，也就只有他一个人剪掉长发。乱乱的短发，一身麻布衣衫，这就成了他的独特之处。

没有人怪轩辕剪掉长发，因为他没有父亲，母亲在他七岁的时候撒手尘世，他只是一个孤儿。有侨部落百年之中，剪掉长发之人轩辕算是第一个，加之他平时的行为有些怪异，这就让他成了一个另类。但轩辕从不在意别人怎么看，因为他每一次打回的猎物都是比上不足，比下有余，从而使族人无话可说。

哑叔很欣赏轩辕的这种另类作风，他认为这才是不附于庸俗。

黑豆的目光又向对岸望了一眼，他并未见到轩辕的身影，于是他的目光又落在那立于河心的木柱之上。但，他并没有兴趣去欣赏美人，因为美人的头顶被几大块芭蕉叶遮住了。

“祭品”必须保证是活着的，而且是纯洁的。是以，不能让她被烈日烤得半死不活。

黑豆的目光落在大木筏上，此时木筏之上静立着三人，守护“祭品”的三人是族中的勇士——木艾、华雷与禾田。

这是地祭司指派的人，也是地祭司一系的人，黑豆当然认识，只是他的目光之中，大多是鄙夷之色。

河水悠悠，十数丈宽的河面，水光粼粼，碧波荡漾，倒也是风光如画。

木艾光着脚丫，只穿着一条短裤立于木筏上，不时地以脚掌划动一下水面，让冰凉的河水溅起无数水花，其神情显得十分惬意，偶尔还扭头对绑于木柱之上的美女瞟上几眼，评头论足地投以几声异样的笑声，华雷和禾田也跟着附和。

“祭品”用来祭姬水之神，是以，在祭天之前，需要将“祭品”在姬河中清洗三日，让河水洗去其尘俗的气息。当然，这是三大祭司的说法，也是三大祭司的主张。

“祭品”年约十五，头发微微有些凌乱，双眸紧闭，有着一种清纯而柔弱的美，犹如睡莲一般，让人产生一种心痛的怜惜。只是此刻她已失去了任何知觉，地祭司让她服下了一种奇异的药物，只有在祭天之时才让其醒来。

“那是什么？”木艾突然指着一个自上游漂来的黑点道。

“是根烂木吧！”华雷猜测道。

“那有什么好稀罕的，每天都有这玩意儿漂下来，多着呢。”禾田不以为然地道。

“果然是根烂木，他奶奶的，不知又是谁的筏子散开了？”木艾笑骂道。

华雷和禾田也看清了那是自木筏上分散开来的木料，因为跟在其后不远处还有几根散开的木头和半只分解得极散的木筏漂流下来。

“奶奶的，哪个家伙干的？真是废物，扎个筏子也扎不牢！”华雷也没好气地低骂了几声。

“肯定是有虢族的，只有他们族中才有这样的蠢人！”禾田鼓着嗓音笑道。

木艾和华雷不由得也笑了起来，似乎对禾田的话深有同感。

“他妈的，还真是有虢族的筏子，那还有一张荷叶呢，肯定是自他们那里漂来的。”华雷一眼便发现漂过来的木筏边还覆着一张青青的荷叶，而荷叶只有有虢族的领土上才有。

“懒得理他，反正又不是我们的筏子！”木艾提议道。

“没这闲情！”禾田一屁股坐在木筏边上，双腿没入河水之中，斜眼望了望那自木柱边漂走的散木筏与荷叶，伸了个懒腰道。

见禾田表了态，华雷和木艾自然不想去白费力气，倒是用竹篙将那荷叶拉近了一些，以便捞上来遮太阳。

河水清澈无比，几乎可以看见水中的沙石和游鱼。不过，这水并不浅，至少有丈多深。

有侨和有虢两族之中水性好的人并不多，因为三大祭司下了戒令，族人不能在姬河中戏耍，那是对姬河之神的尊敬，不能让红尘的俗气污染了姬河的水，且两族之人都饮用河中之水。

族人洗澡只能在另一条小河中，但在小河之中欲练好水性很难，是以两族之人水性好的人并不多。木艾和禾田、华雷三人的水性也并不是很好，但对姬河这种深度还可以应付。

华雷用竹篙轻触荷叶，神情显得极为散漫。

哗……一声轻响，荷叶在竹篙轻触下碎成无数小片，如满天绿色的蝴蝶突飞而起，水珠亮起一幕晶莹劈头盖脸地直逼华雷的面部。

事发突然，华雷大惊失色，在旁的木艾也吃了一惊，在木艾吃惊的同时，禾田发出了一声惨哼，他以快得不可思议的速度自水中抽回自己的双脚，但血水已在河面泛出了一朵美丽的小花。

禾田的小腿上插着一根锋利的铁刺，而这小刺的另一头似乎仍系着一根细线。

轰……华雷手中的长竹篙似乎成了一种累赘，因为漫天的水珠与绿色蝴蝶般的荷叶碎片全都已经袭入了他的防护范围之内，更让他的眼睛无法睁开。而在这时，那正流过大木筏平台边的散木筏也弹离水面，带着强劲的风声直撞向大木筏平台。

木艾出剑，他必须为华雷挡开那疯狂撞击而至的几根散筏之木，否则华雷只怕会重伤不起。

这突如其来的变故几乎一下子打碎了河面的恬静与安宁，这是谁也没有考虑到的突变，因为攻击来得太过猛烈。

“小心……呀！”禾田又是一声惨哼，那刺入小腿的利刺竟又被一股力道拔了出去，而刺的尖端是带着倒钩的，这么一拔便带下了一块血肉，怎叫他不痛？

痛，还不重要，重要的是“祭品”的生命，因为他发现有一支不知从何处射来的利箭直钉向“祭品”的心脏。

快、准、狠，这让禾田根本不能多想，挺剑便斩向那支破空而来的利箭。

噗……轰……当禾田的剑截住那射来的劲箭之时，木艾的剑已斩在那飞撞向筏面的木头上。

噔噔……木艾止不住地倒退数步，那截木头的冲击力的确太过强猛。

华雷眼前一片迷茫，也吓得飞退，而在此时，水面突地破开，一条幻影般的人影直扑向“祭品”。

禾田大惊，他的小腿已血流不止，钻心的剧痛让他几乎无法直立，但他还是不得不挺身阻拦飞射向“祭品”的那人。只不过，禾田的速度已大打折扣，在他的剑仍未刺出之时，便已经听到咔嚓一声巨响，立于河心的木柱被生生撞折。

嗖嗖嗖……满天的竹箭自苦竹林如蝗虫般飞射而出，准确无比地射向木筏平台。

一切都似乎经过了精确的计算，把木筏平台上的每一寸空间都列入了射杀的范围。

木艾和华雷三人更惊，他们根本不明白这究竟是怎么回事，怎会如此突然地有一个人出现在水中，而又是谁在苦竹林中设下了这样可怕的机关呢？但他们根本没有时间去考虑这些，他们要自保，更要保护好“祭品”。

禾田想到了唯一可以保护好“祭品”的方法，因为此刻木柱撞折，“祭品”就等于完全暴露在锋利的尖竹竹锋之下，若是不加以保护的话，只会被射得千疮百孔，但禾田自顾不暇，又怎有机会去保护“祭品”呢？因此，他只得出脚。

出脚，准确无比地踢在已断的木柱之上。

哗……木柱迅速飞出平台，重重落入河水之中，这也是那些尖竹所罩范围之外。

砰！禾田也太低估了他的敌人，在他出脚之时，那个自水中跃起的人已经乘隙而入，一膝顶在他的小腹上。

禾田只觉一时天塌地陷，五脏尽裂，便再也没有了知觉。

尖竹如雨一般钉落木筏之上，也有些落入水中。

木艾和华雷勉力挡开这些要命的尖竹，扭头一望，却发现禾田已经命丧黄泉，而“祭品”正随着那木柱漂远，且慢慢沉入水中。

由于木柱本是圆形，所受浮力基本相同，但再加上一个人的重量，自然是重的一面倾入水底，轻的一面浮出水面，此刻“祭品”已沉入了水中。

木艾和华雷大惊，却并没有发现刚才自水底跃出的神秘人物，正当这时，两人只觉脚下一空。

哗……一声巨响，两人所立的木筏也裂成了一根根木头，一根极长的竹篙如利箭一般自水底穿出。

华雷尚未来得及作出反应，竹篙已经逼至小腹前一尺之内，他惊骇地倒翻而出，手中的剑直劈竹篙的尖端，木艾却发现水底一黑影迅速上浮。

原来，那神秘人物一膝顶在禾田的小腹之上后，迅速跃入水中，但木艾和华雷的心神全为那些尖竹所惑，完全没有注意到神秘人物的动向，而神秘人物入水之后并未停止动作，而是迅速割断扎住木筏的绳索，并算准木艾和华雷的方位直攻而上。

噼……一声轻响，竹篙竟裂成两半。

因为华雷的剑？也不是！是神秘人物预设下的圈套。

竹篙裂成两半，犹如两柄锋锐的利剑，在一闪的同时分两个方向同时向木艾和华雷攻去。

华雷骇异若死，但这并不能挽回什么，因为那被劈开的竹篙犹如活蛇一般，准确无比地刺入了他的小腹。

哗……整根竹篙全都裂开，在水底搅出一大片洁白的水花，混淆了木艾的视线，再也无法看清水中黑影的所在，但那两半竹篙却在水面上幻出了一幕虚幻的影子。

华雷惨叫一声，半片竹篙在他尚未自刚才的痛苦中回转时，已带着一股强劲的冲力深深贯穿了他的小腹，无可抗拒的剧痛，麻木了他所有的神经。

华雷跌了出去，那根有一丈多长的半片竹篙也被他带出了水面。

木艾在惊呼着华雷的名字时，将那射向他的另外半片如剑般的长竹篙截成了三段，但同时他感觉到长竹篙那在水下的一端已经没有力道承受，他脑子飞闪过一个念头之时，左侧的水面上响起了一阵哗然破水之声。

木艾想也不想，扭身凭着感觉出剑，他的心中涌起了无限的杀机和愤怒，但到目前为止，他仍未能看清神秘人物的面目，这的确是一种悲哀，说出去无疑是个笑话，但这却是事实。

这的确是事实，他的敌人太狡猾，也精明得可怕，借着那散开的木筏作掩护，以荷叶为诱饵自水下潜至大木筏台架之下，若非如此，在如此清澈的河水之中，又有谁能够掩藏身形呢?

这是一个精密的计划，一个可怕的杀局，但对方的目的却不是木艾完全能够理解的，可木艾没有必要理解，他只需杀了对手，只需保护好“祭品”就行。但此时此刻这已成了一个很难完成的任务，其难度甚至超过了他的想象。

只凭神秘人物这一连串的反应动作就可知道木艾要想保全“祭品”，其难度是如何之高。

击杀禾田，入水破筏，再以竹篙诛杀华雷，以水花掩护而在水中移位潜遁，再出击，这一切的一切，无不显示着神秘杀手的机智和狡猾。

嚓……木艾斩中的是一根尖竹，但在他斩中尖竹之时，突觉左腿上一阵剧烈的刺痛，当他分神的那一瞬间，一股汹涌而猛烈的水花喷射而出，直袭他的面门，更挡住了他的视线。

“呀……”木艾控制不住地惨哼一声，那刺入他腿上的利器被拔了出去，他感觉到腿上之肉撕下了一块，那是一根来去自如的倒刺。

轰……木艾只觉脚底的木筏一阵震荡，脑子似乎一下子变得有些迟钝，颠簸之中，加之水声哗哗，且眼前又是一幕强劲的水雾使他的感觉混淆得无以复加。

木艾倒射而出，他必须找到一个有利的位置，他更不能让“祭品”顺水流走，却又要防备河水中敌人的袭击，这种苦处只有他自己明白，这让他连向族人呼救的机会也没有。他从来都没有想过自己会有如此狼狈的一天。

在族中，他一向自视甚高，而且又是玄剑勇士。玄剑勇士在族人心目中的地位极高，而有资格称得上玄剑勇士的，在有侨族中也只有十多人而已。玄剑勇士的佩剑乃神山玄竹所制，此竹质比坚石更硬，韧性极强，是以，以玄竹为剑比之铜铁之剑更具杀伤力和灵活性。神山玄竹，每十年方生成一株，而一株玄竹仅可制成四柄竹剑，因此能手握玄竹的玄剑勇士充分显示了他们的与众不同。而木艾便是玄剑勇士之一，更是深得地祭司欣赏的一个人物，但这一刻，他却遇到了这一生中最为艰难的一刻。

木艾身在空中，将一切尽收眼底，但这并不是一件好事，因为在苦竹林之中，仍有一个可怕的敌人。

这个敌人木艾并未看清，但他却看见了一支射向他的劲箭。

箭矢极快、极准、极狠，这让木艾心中泛寒，但他的剑仍然划了出去，只是太过仓促。由于木艾被水底下神秘人物数次强攻，使他忽略了苦竹林，是以，当他发现这支劲箭之时，心里不免多了几分苦涩。

嚓……侥幸之中，他的剑击中了这夺命的一箭，但由于仓促出招，身在空中，力道无法跟上，只是将劲箭击偏了，避过要害，射入大腿之中。

哗……水面破开，那神秘人物终于再一次掠上了大木筏平台，并挺起手中的尖竹无情地直袭木艾的身体。

虽只是一根尖竹，但却隐带风雷之声，惊人至极。

木艾在吃惊的同时更感愤怒，但他却无法看清来者的面容，对方黑巾蒙面，唯有两只深邃如天空的眸子露在外面。

木艾挥剑回截，虽然他惊于尖竹刺出时气势犹如风行雷动，但对于这种质地疏松的尖竹却绝不看好，甚至有些好笑，神秘人居然以这样的武器来杀他，似乎不知道他的玄竹剑足可开碑裂石。

木艾的双腿都受了伤，是以，他几乎将全身的劲力全凝于这一招上，务必与对方在这一招上分出胜负。否则一旦他的身形落在木筏之上，在行动上将大打折扣，这对于他来说是绝对不利的。所以，他要在这一击上发挥出自己最大的优势。

不可否认，木艾的这一决定其实很苦涩，若在平时，他绝不会如此，可是此刻他没有选择的余地。

“去死吧！”木艾暴喝一声，玄竹剑准确无比地劈在尖竹之上。

尖竹应声而裂，但裂开的尖竹犹如两枚暗器一般射了出去，这是因为那神秘人物抖了一下手腕。

“死的人应该是你！”神秘人冷哼一声，不屑地道。

木艾的脸色在这神秘人的话音刚落之时变了颜色，因为他感觉到了死神的脚步在逼近。

尖竹并非竹，而是剑，藏于尖竹之中的剑，也可以说尖竹只是一柄剑鞘，而木艾劈碎了剑鞘却没有防备鞘中的剑，这是一个无法解开的死局。

神秘人在扭动手腕之时，就是要将被劈开两半的剑鞘当作武器震射而出，他的力道用得非常好，那两片尖竹也十分配合，直射向木艾的胸膛。

木艾最初的想法是神秘人根本不可能有震腕的机会，因为他的剑会一劈到底直斩对方的手腕，是以明知那两片尖竹可能会成为致命的武器，但也完全忽略了。

有些东西忽略了就必须付出代价，木艾就是如此。但他毕竟不是庸手，竟借着玄竹剑在尖竹内利剑之上的一震之力，身子再次弹射而开。

嗖嗖……那两片尖竹自木艾的小腹底下射过，却未伤到他半根毛发。

“没用的！”神秘人淡淡一笑，说话间，他手中的剑已抖出了一抹凄艳的霞彩，若惊鸿闪电一般，带着一股无可抗拒的杀意直逼而上。

木艾欲挡，但力已竭，气息根本就无法回转，他能做的事情就是发出一声绝望的长嘶！

神秘人的长剑在虚空之中划过一道美丽的弧迹，为对方最后的一次失误画上了句号。

木艾不该失误的，但他无法追及神秘人的智慧，他的每一个动作，每一个细节都落入了对方的算计之中，这就注定了他最终的败局。

木艾的躯体重重坠落在木筏之上，但未曾倒下，支撑他的是神秘人物的长剑，长剑刺透了他的心脏，在生命的最后一刻，木艾留下的最深印象是对手的眼睛。

一双深邃犹如天空的眼睛，那倔强不屈而又充满冷酷杀意的眼神使木艾在死神到来的那一刻想到了一个人。于是，他自淌血的唇间迸出了两个字——轩辕！

木艾死了，在神秘人拔出利剑的那一刻死了。但神秘人在听到“轩辕”两个字时眼睛波动了一下，也淡淡地说了一句：“我们虽无仇恨，但你不该是地祭司的私生子！”他没有反驳木艾的话，因为他的确是轩辕。

神秘人说完这一句话时，木艾的眼睛依旧没有合上，死的时候仍睁大着眼睛，似乎想说些什么，但又无法表达出来，也似乎惊讶于一个不可能被外人知晓的秘密，突然之间从一个陌生人的口中轻描淡写地说了出来，但他心中究竟想了些什么，永远都不会有人知道了。

有侨族族长蛟梦周身布满了杀气。

石殿之中，唯三大祭司神态昂然，若无其事。余人皆心惊胆战，不敢抬头，似乎在等着蛟梦作出最后的判决。

祭天，尚有两日便将来临，有侨族所有围猎行动都已停止，皆在为祭天而忙。

在这节骨眼上，先是三大勇士在守“祭品”时被杀，随之“祭品”无故失踪，然后又是蛟梦之女蛟幽突然失踪，一切都发生在同一天——五月二十六日。

祭天固然重要，但对于年轻的勇士们来说，最重要的却是美丽如姬水之神的蛟幽。

凶手是谁？没人知道。可凶手必然是极为可怕的人物，那是可以肯定的。否则，凶手也不可能有足够的力量夺去三名勇士的生命，更何况在死者之中，还有玄剑勇士木艾。正因为这样，蛟梦才会召来三大祭司和族中长老们，这也是石殿之中气氛紧张的主要原因。

缓解石殿内气氛的是一串脚步声。

脚步声极为沉重，似乎在告诉人们一个极坏的消息。

首先步入石殿的是蛟龙，蛟梦唯一的儿子，有侨族中最勇敢、最强悍的年轻人，他跟蛟幽一样，深得族中之人的爱戴，更是族中年轻勇士们巴结的对象，就只因为他是蛟幽的哥哥。当然，讨厌他的人也有，但在族中八百四十六人中，这样的人只有一个，那是有侨族中的一个另类——轩辕！

蛟龙脸形粗犷，在略显蓬乱的头发映衬下，自有一股悍野的杀气。赤裸的上身，凸起的肌肉让人感受到暴涨的生机和涌动的力量。短而泛青的胸毛似乎是族中年轻勇士们所惊羡的旗帜。一袭兽皮裤扎得极紧。一步一声响，如在众人的心弦上踏过。

“爹，这是孩儿在神山之下找到的线索！”蛟龙将手中的一块树皮递给蛟梦，也只有此时，人们才注意到蛟龙手中拿着的一块去了外壳的白色树皮。

蛟梦接过树皮，不由低念：“要救蛟幽，就上剑峰之顶！”

三大祭司不由得眉头微皱，显然他们因离蛟梦极近，也看清了那树皮上的一些符号。

紧接着蛟梦就将树皮让殿中众人一一看过。

“我们立刻赶去神山！”一边的几名族中勇士有些迫不及待地道。

蛟梦沉思了半晌，又向三大祭司望了一眼，沉声吩咐道：“那就有劳天祭司安排一下祭天之事，人祭司去跟有虢族族长商量一下祭天的事情，祭天之时不变……而‘祭品’失踪之事就交给地祭司了。”

“黑豆，现在没你的事了，你不要搅入其中，地祭司的事就交给我好了。”轩辕一边清理“祭品”那一身湿淋淋的衣衫，一边认真地道。

黑豆望了望“祭品”那玲珑剔透的胴体，强吞了一口口水，有些担心地道：“你怎会是那老狗的对手呢？”

轩辕并未回头，声音却显得极为平静：“你认为我一定会败？”

黑豆微感尴尬，他知道轩辕的个性，更知道他骨子里的那股狠劲，不由吸了口气道："我并不是这个意思，而是说多一个人总会多一份力量，至少对付那老狗更有把握一些。"

"哼，我已经安排好了，你不用担心，我轩辕更不是一个莽撞之辈，没有把握的事情，绝对不会去冒险!"

说话之间，轩辕已为"祭品"换上了一身干衣，转过身来，目光清澈如水，似乎他刚才为之穿衣的不是一个足以让任何男人血脉贲张的少女，而是一堆死物。

轩辕就是这个样子，黑豆不得不佩服他那绝对坚强的意志和无上的定力。可黑豆知道，轩辕绝对不是一个石人，更非不喜欢美色，只是他知道在什么时候什么事情更重要。

不错，刚才轩辕已经耗去了不少体力，虽然在短短的时间内击杀了木艾、华雷和禾田，但完成这一系列动作绝不是轻而易举的。无论心力、脑力还是体力，都损耗很多，所以他不想再在这对大局无补的肉欲上耗损更多的精力。因为，他的敌人是一个族人共尊的"神"——地祭司。

"她醒了!"黑豆一指那缓缓睁开眼睛的"祭品"，低呼道。

"你醒了。"轩辕望了"祭品"一眼，淡淡地问道。

"这……这是哪里?""祭品"有些慌乱地打量了一下这个存身的洞穴，怯怯地问道。

"你安全了，我可以放你回到你自己的部落。"轩辕立身而起，淡淡地道。

"祭品"有些迷惑地望了望轩辕和黑豆，似乎不敢相信自己所听到的话是真的。

"他说的是真话，你不必怀疑，他也没有骗你的必要。"黑豆补充道。

"可是……可是你们不是要拿我当'祭品'吗?"

"那是别人的决定，但你是我的战利品，我的战利品是不容别人裁决的，更不会让他们拿你去做'祭品'。所以，我宁可放你走，也不会让那些极端虚伪的人杀害你！不过，能不能够逃出他们的追捕，还要看你的运气了。"轩辕淡淡转身，低沉地道。

“祭品”不由一呆，忍不住再次打量着这个曾粗野地擒住她的敌人。

轩辕不算很帅气，但也眉清目秀，高高的个头，有着豹子一般的体魄，乱乱短短的头发更衬出其精神焕发的英武。最让人震撼的，仍是那似饱含无限忧伤但又倔强不屈的眼神，在野性与孤傲之下，便形成了一种让人无法抗拒的魅力。

“你跟我来！”轩辕向“祭品”淡淡地望了一眼，放缓口气柔声道，同时举步向洞穴之外行去。

剑峰，如插天之剑捅入云霄。

林密草茂，能够透过树隙射入林间的阳光并不是十分光亮。

剑峰之顶是一块平台，但人们都习惯称之为“天台”。

一切都很平静，蛟幽身着一袭朴素的白衫，静静地坐在天台中央的一块白色石头上，那雪白的肌肤莹润如玉，而整个身体与白石相映衬，犹如天台上的一尊白玉神女雕像。她朴素得不沾半点人间烟火，又如同大自然一样清爽利落。

其实，她像是一个只存在于山间的精灵。

白云悠悠，天高气爽，一尘不染的境界，原来是如此让人陶醉。

蛟幽放眼蓝天，那充满灵气的眸子之中掩饰不住地有些震撼。她很少如此认真地审视过这高阔空远的天空，此刻的她仿佛顿悟出为什么轩辕会那般喜欢看这广阔无边的天空了。

想到轩辕，她心中禁不住多了一些甜意，她喜欢看轩辕的眼睛。轩辕抬头望天的时候，她就看着他的眼睛，那如天空一般深邃而又隐含不屈的倔强神情的眼睛，总能够让她心中激起一种难以言喻的感动。

“是啊，他的确是个很特别的人。”蛟幽不自觉地低低说出这样一句莫名其妙的话，旋而又惊觉，才知自己失态了，不由为刚才的自言自语投以一个微带羞涩的笑容，似乎是在自编自导一个极为有趣的话剧。

不过，蛟幽的目光也不时投向部落的方向。

有侨族坐落于剑峰之北，在天台上可隐约看清部落之中的情况，但不太真切，因为峰腰的云雾太浓，即使大晴天也只能看到部落模糊的影子。

蛟幽只想看到族人，她的目光所落之处是祭祀河神所在的方位。但无论她如何努力，也无法看清人影。不过，她相信轩辕一定会将事情办好，这是她发自内心对他的信任感。同时，她也知道，这是在闯祸，而且可能一发不可收拾。但是，她并不想考虑得太多，也许这与她自小便受宠过甚有关吧。

蛟幽闭上了美眸，她很放心，剑峰之上的猛兽早已被部落中的勇士们全都驱赶到百里之外，在百里之内不会有什么猛兽存在。因此，她根本就不会担心受到猛兽的骚扰或袭击。

她闭上美眸，暗自想象着部落中的那一群人如无头苍蝇般寻找她的那种慌乱神色，那些准备祭天的族人一个个都放下手中的活儿找寻她，那场面一定很可笑，也很有趣……

“蛟幽……蛟……幽……”隐约的呼喊之声传入蛟幽的耳中，却是蛟梦的呼喊。

蛟幽吃了一惊，这才记起刚才留字树皮的事，忙睁开眼立身而起，口中自言自语道：“应该按照轩辕的计划去做了。”

“你就是蛟幽！”一个略显讶异也很冷的声音在蛟幽身后响起。

蛟幽大吃一惊，骇然转身拔出一柄短刀，瞬息间退后三步，十分警惕地望着那个不知何时来到她身后的人。

“你是谁？”蛟幽可以肯定对方不是族中之人，而族中之人也没有几个拥有这份功力——行至她的背后而仍无所觉。

那人淡淡地笑了笑，自言自语道：“想不到有侨族竟然有这样的美人，难怪这么多人都在寻找你。我神农这次的姬水之行，看来是没有白来。”说话之间那人向蛟幽缓缓逼近。

原来这个名为神农的年轻人是少典族少主，平时极为自负，只不知他这次前来有侨族，为的是什么……

“你……你想干什么？”蛟幽发现对方的眼神极为怪异，那张年轻而英俊的脸上泛起一层肃杀的冷漠，不由心里害怕起来，虽然她的武功不错，但却从来没有打斗的经验。

“乖乖地跟我走，我不会亏待你的！”那年轻人的语意之中竟多了一丝轻柔的诱惑。

“我不跟你走，我爹就要来了，你若敢欺负我，我爹不会放过你的！”蛟幽握刀的手有些颤抖，身子不停地后退，威吓对方道。她实在无法抗拒自那年轻人身上散发出来的肃杀气势。

那年轻人笑了一笑，道：“哼，蛟梦算什么东西，你不必再退了，否则就要掉进深渊了。”

蛟幽一惊，方才想起自己身在天台之上，身后就是悬崖，而崖底便是祭天的神台，这崖至少有数百丈之高，想到这里她不禁心头发毛地扭头向后望去。果然还有几步距离就要退到崖边了，自崖下升起的冷风吹得她身体有些发凉。

面对毫无对敌经验的蛟幽，神农不由露出一个只有胜利者才会出现的得意笑容，蛟幽的确是太过缺少对敌经验了，这个时候居然仍回头后望，神农自然不会放过任何机会，所以他出手了。

第二章　神农初现

“祭品”松了一口气，跟着轩辕一阵疾行，两人很快进入了一片可以隐蔽的山林中。

树林很密，也很静，静得有些不合情理，也许正因为如此，轩辕才停下了脚步。

轩辕驻足后，“祭品”美人的心也跟着紧了紧，没来由地升起一丝阴影。

“你叫什么名字？”轩辕淡淡地问道。

“褒弱！”“祭品”美人以满含疑惑的眼神望了望轩辕，怯怯地答道。她知道，如果眼前这个男人想要对她做些什么的话，她根本无法抗拒，无论是武功还是对环境的熟悉方面，这个男人都占着绝对的优势。因此，一开始她便没有准备反抗。

“褒弱——嗯，是个好名字。”轩辕自言自语了一句，旋即又小声道，“待会儿我挡住他们的时候，你赶快向东边逃走，那里有一条小河，在小河拐弯处有棵老樟树，我在老樟树第二根横枝处用小刀在一个鸟窝边刻了记号，鸟窝中有弓箭、食物和猎刀。你顺着小河向东走，三天后，就可以回到你所在的部落了。至于这三天之中，就要靠你自己了。”

褒弱呆了一呆，望了望轩辕的神情，似乎明白了什么，她咬了咬牙，逼视着轩辕，声音中多了一分感激和温柔，轻声问道：“你叫轩辕？”

轩辕笑了笑，这次他笑得很坦然，深深地望了褒弱一眼，道：“没想到你还记得我的名字。”

“你那天俘获我后，我就已将你的名字烙在心坎上了。”褒弱坚定地道。

“这对你没有多大的好处，抹去我的名字，多记些别的东西吧。”轩辕伸出大手抬起褒弱那圆润的下巴，悠然而惬意地笑道，目光却似乎深深投入了褒弱的心底。

褒弱没有反抗，只是无畏地对视着轩辕的目光，甚至有些挑逗之意，她似乎也意识到了上天恩赐她的美丽，其本身就是一件很厉害的武器。

“他们来了，你走吧，这里的事就交给我好了。”轩辕松开大手，在褒弱的俏脸上亲了一口，好整以暇地道，今日的结局全都在他的意料之中。

蛟幽在回头之时，只觉手上一紧，却是被神农抓住了右腕，她在一惊的同时，右手五指一扭，手中的短刀画出半道优美的弧线，削向神农的手腕。

神农也吃了一惊，刚才他见蛟幽握刀的手在颤抖，但却没想到蛟幽用刀竟是如此的灵活，反应也快捷无比。骇然之下他不由松开了手腕，脚下飞速横扫而出。

蛟幽一刀斩空，手腕一松的当儿，禁不住急得大呼：“阿爹……”

啪……神农一脚正钩在蛟幽的左足踝之上，他也没有想到竟出乎意料没有遇到任何阻拦，蛟幽似乎全然不知道躲闪。

神农哪里知道蛟幽自小在族人的宠护之下长大，毫无与敌交手的经验，这下子乍遇敌人，竟是有力不知道如何使，一身功夫不知道用，只会喊人救命。

蛟幽刚喊出两个字，身子就向后倒去，她不由大急，眼见神农的手掌又抓向她的足踝，情急之下，左脚飞速踢向神农的下巴。

神农对蛟幽可真是有些高深莫测了，蛟幽时而似乎根本就不会武功，但某些动作又利落快捷得像个高手，比如刚才那一刀和这一脚，竟然似有神鬼莫测之机，让神农不得不伸手格挡。

噗……神农举起左手轻轻一挡，挑开蛟幽踢来之脚，却感到手掌心有些发痛。蛟幽因急怒攻心所踢出的一脚，竟然力道大得惊人。

蛟幽的身子在神农一挑之下，禁不住打了一个滚，不由吓得大呼一声，身子竟已经到了山崖边缘，满眼都是飘浮的云雾，山崖是那般深不见底。

神农已经听到远处蛟梦的呼喊之声正向这边飞速传来，他必须尽快解决这个女人，否则后果不堪设想。此时，他再不迟疑，伸手便抓住蛟幽的腰带，一提而起。

蛟幽大惊，呼喊中不顾一切地挥刀向神农的面门斩去。

“你这大坏蛋，我杀了你……”

神农心中微怒，但却不得不伸手格挡蛟幽的短刀。

砰砰……神农一声闷哼，蛟幽的两只小蛮靴已踢在他的小腹之上。

啪……蛟幽的腰带因挣扎之力与神农小腹的反震之力太强而断开。

神农竟被这意外的两脚踢得后退三步。

“啊……”蛟幽一声凄厉的惊呼，身子若流星一般向山崖底下坠去，她没有想到此刻身子已经腾空了，再加上神农的反震之力使她离山崖也更远。

神农也吃了一惊，急速跃到崖边，却只看到蛟幽那渐小的身影没入云雾之中，那长长的、绝望的惊呼犹如一柄利刃刺在神农的心口，手中抓着那截断腰带怔怔发呆。

他的确不想出现这种局面，蛟幽那若精灵般美丽的面容和那一身朴素得不沾人间烟火的服饰，竟深深烙在他的心中，不由心中暗叹一声：“可惜！”一股莫名的惆怅油然而生。

“蛟幽！”蛟梦的呼声更近，他们似乎知道发生了什么事情，呼喊之中带着无比焦灼的口音。

神农被呼声惊醒，望着山崖叹惜了一声，迅速自另一边隐入林中。

当蛟梦冲上天台之时，一切都太迟了，他根本就没有见到神农的踪影，但蛟幽那绝望的惊呼之声仍未绝余音。

崖边，一块白色的手帕赫然映入蛟梦的眼中。

“那是妹妹扎头的头巾！”蛟龙如风一般冲到崖边拾起手帕，而这时他也发现了几根极长的头发，以及崖边的小草被压过的痕迹。

蛟梦不由如遭雷击，怔了半晌，地祭司立刻吩咐道：“迅速到崖下神台去寻找小姐!”

蛟龙眼中充满了无限的杀机，蛟梦的眼里却闪过两点晶莹。

“给我四下搜寻，凶手一定还没有走远，不要让他们跑了!”蛟梦杀意无限地吸了口气，强自压住心中的悲痛，吩咐道。

那些跟来的勇士们立时明白天台上发生了什么事，人人杀机上涌。即使不用蛟梦吩咐，也知道开始四处搜寻了。

对于今日的局势，轩辕掌握得很清楚，其实他完全可以瞒过所有人将褒弱送到她的所属部落。但他并不想如此，因为蛟幽与他的想法绝对不同。

蛟幽太过单纯，总会将一件事情往好的方面想，遗憾的是，轩辕并非她那么单纯，更不会单单为了救“祭品”而冒险，他有自己的打算，更有自己的计划，而这个计划连蛟幽也算计在内。但轩辕并不感到愧疚，也没有必要愧疚。

他爱蛟幽，蛟幽也爱他，为爱人做事无可厚非，只是他并没有告诉蛟幽所有事实的真相。因为这个现实太过残酷，他也不想让一颗纯洁的心灵蒙上一层灰暗的阴影，所以连蛟幽也成了他这个计划中的筹码。

古林岗，属于地祭司的住所，而此刻地祭司一定不会在古林岗。轩辕很相信自己的推断，若只是蛟幽失踪了，也许还请不动地祭司提前两日走出古林岗，但若是木艾死了，即使没有人请他，他也会自己走出来，这是一个秘密，一个绝少有人知道的秘密。

轩辕知道这个秘密，是以，他杀了木艾，当然，这也是他计划中的一部分。

去古林岗有一条捷径，不属于有侨族势力范围，只是，在祭天的前后五天，这是一条封闭的路，绝对不允许任何人进出，但轩辕并不喜欢受这种无端的约束。也许，他真的是一个另类，一个有侨族中的另类。

守在古林岗的，是地祭司的两个弟子翰如和翰浪——这也是一个秘密。

其实，对族人来说，三大祭司都是同样的神秘，包括他们的住处。他们也很少在族中公开露面，只会在祭天之时出现于祭台上主持祭天事宜。另外，若族中发生了一些大事，便由族长或长老们去请。不过，族中的每个人都有一种感觉，三大祭司时刻在注视着他们，也随时都有可能出现在自己的身边。

龙岗，才是地祭司练气修心之所。而龙岗坐落在古林岗的西边，也是古林岗中那条河水的源头。

轩辕扭头望了望褒弱的背影，嘴角处闪过一丝异样的笑意。他并没有想过褒弱是否真的能够逃脱地祭司的追捕，但他知道地祭司肯定很快就会回到古林岗，甚至龙岗。因为他刚才破除了地祭司所设下的六元正气阵，所以惊动了翰如和翰浪。

六元正气阵便如同翰如和翰浪的眼睛，任何人进入阵中，都会惊动守在龙岗的人，而监阵的一种异虫更会发出一种特殊的鸣叫，地祭司只要仍在方圆五十里内，就一定可以感应到异虫的鸣叫。所以，轩辕知道地祭司会很快回来。

这正是轩辕希望看到的，他是族中少数能破阵的几人之一，根本就不惧怕地祭司。

“想走？给我站住！”翰如和翰浪迅速飞掠而来，眼见褒弱逃逸，不由大喝道。

褒弱并没有停步，她绝对不想让自己再一次被抓回去成为“祭品”。至少，到目前为止，轩辕还没有骗她。

轩辕望着奔来的翰如和翰浪，露出了一丝极为冷酷的笑容，这种笑容有些诡异。

翰如和翰浪止步，他们不得不止步，只因为轩辕挡住了他们的去路。

其实，这片林子很大，自任何一个方向走都可绕过去，但翰如和翰浪似乎并没有这种必要。那是因为一种感觉，自轩辕身上生起的一种气机已将他们所有的进路尽数挡住。

“轩辕，你想干什么？难道不知帮助‘祭品’逃脱等于叛族吗？”翰如怒叱道，他清楚地感应到轩辕那挥之不去的杀机，这与平时轩辕的表现绝对不同。

“为了这一天，我已经等了十年!”轩辕不屑地笑了笑，神色之间淡漠得像是在凭吊死者。他抬头将目光自浓密的树叶之间投向遥远的天际时，悠悠地嘘了口气，便说出了这样一句让翰如和翰浪莫名其妙的话，但他们却听出了这句话之中那浓浓的杀机。

“十年?!”

翰如和翰浪更是闻声变色，他们不明白轩辕这句话的意思。其实，他们根本就不了解轩辕的心境，甚至连轩辕的身世也是一个谜。对于族中的年轻人来说，轩辕的身世的确是一个谜，他的父亲是谁？族中无人能知!

轩辕也不知道自己的父亲是谁，很小的时候，他只记得母亲曾说父亲是为驱虎豹而死去了。于是他就再也没有问过，在小小的心灵之中更将父亲定为一个英雄的形象，但是这个形象终于还是破灭了。

那是十年前祭天前两天的一个深夜，轩辕被一阵怪异的声音惊醒，他睁开眼睛，仔细地听，却发现声音来自母亲的房间。

那是一种仿佛垂死病人的呻吟，又像是一个正在遭受酷刑之人的惨哼，其中还带有挣扎的异响与一个粗重如牛的喘息声……

轩辕终于忍不住爬了起来，来到母亲的房外，自门缝中望去。

房间里有微弱的灯光，灯光之中，母亲赤裸裸的，如同一条洁白的母蛇，在土坑之中扭曲、翻滚着，而另有一高大黝黑而丑陋的躯体骑坐于那扭曲翻腾的“白蛇”上，两只巨大的黑爪使劲地揉捏着“白蛇”胸前的乳房，那赤裸的背影便如同骑在奔腾的野牛背上，不停地颠动，但又发出满足而快慰粗重的喘息之声。

轩辕依然很清楚地记得当初的震撼和惊惧，更让他震撼的却是母亲那似乎很痛苦的呻吟及扭曲的身体，他看到了母亲眼角有泪水在流。一串一串，犹如晶莹的珍珠，在灯光的映衬下，让轩辕感到心悸和愤怒。当轩辕正要推门而入之时，突然看见那双正在揉捏他母亲乳房的黑爪重重抽在母亲的脸上。

那啪的一声脆响，犹如给了轩辕一记闷棍，轩辕怒火狂烧，有人居然敢打他的母亲！他迅速从自己的床头抽出猎刀，他要杀了这个坏人！将这丑陋的躯体砍成碎肉!

“你这贱货，哭什么哭？本祭司看得起你，是你今生修来的福分！”

当轩辕再次来到母亲门前时，却听到了这样一句话，他不由得呆住了。在他幼小的心灵中，祭司的地位如同神圣，他哪里想到这个打他母亲的人就是一个祭司？那时他虽然很小，但却知道祭司在族中是最厉害的人，他犹豫了，不知道是否还要去杀了这个可恶的祭司，抑或心中生起了一丝浓浓的惧意而掩盖了他当时的愤怒……

母亲没有出声，只是泪水流得更多，低低的抽泣声如同一把利刃刺割着轩辕幼小的心灵。

“哼，不识好歹，你以为那懦夫还敢来将你抢回去吗？哼，本祭司有哪一点不如那懦夫？你这贱货！”那丑陋的躯体粗鲁地自母亲身体上立起，露出让人恶心的丑态，口中却低骂道。

母亲的身躯蜷缩在一角，不停地抽泣。

轩辕杀意狂升，虽然他当时只有七岁，但似乎具有天生的勇悍，竟然一脚踢开了那扇不是很牢固的小门。

那祭司和母亲同时大吃一惊，也全都将目光移向门口。

轩辕看到了那张黑脸涨得通红，且目光之中露出比豺狼更为凶狠的杀气。

轩辕没有畏怯，他大呼一声：“你这坏人，竟敢欺负我娘，我要杀了你！”说话间，他也一脸杀气地挥动猎刀向那丑陋而高大且赤裸着的躯体扑去，他并没有看到母亲当时的神色，但却听到了母亲的惊呼：“不要伤害他！”

轩辕根本还没来得及靠近那躯体，就被一阵热风吹中，然后不省人事，但他却永远无法忘记那张涨红的黑脸和豺狼般凶狠的眼神。

当轩辕醒过来之时，母亲正在他身边流泪。见他醒了过来，便抱住他大哭了一场，他也哭了，抱着母亲的脖子哭了，后来有好多人来安慰他，但这些人却不知道昨晚究竟发生了什么事情。也就是在这一天，母亲让族长蛟梦好好教导他，同样是在这一天，他问了母亲很多问题，但母亲只回答了他一个，那就是他的父亲并不是被虎狼吃了，也没有死，而是在一个很遥远的部落里。但母亲没有告诉他那个部落的名称，以及父亲叫什么，也没有告诉他昨晚那丑陋的躯体是谁，反而叮嘱他不要去找那人。当第二天轩辕醒来的时候，他便从此再也没有见到母亲，因为，母亲永远地离开了他。

在姬水河神祭天的前一天，母亲的尸体在姬水河下游三十里处找到了。美丽温柔的母亲已是一具冰冷而失去了生机的尸体……

轩辕哭了，那一次他哭得天昏地暗，也是他十七年中最后一次流泪，之后族中的人对他都很好，他也发现了那丑陋躯体的身份——在每年的祭天之时，那人都会出现，他居然是有侨族三大祭司中的地祭司……

十年，十年的确不是一个很短的时间，但又似乎一切都历历在目，仿佛是刚刚发生一般。母亲的一颦一笑，每一点关怀都似是那般真实。

这也是为何轩辕会比族中任何同龄人甚至长辈们更了解地祭司的原因，亦是今日轩辕选择如此做的原因。

对于族中的一举一动，祭司们似乎知道得极为清楚，但对于祭司所做的事，族人根本就无从知晓，仿佛就是一个谜。就连祭司收徒的事，除族长和长老之外，就没有人知道，更不用说祭司所收弟子的名字了。

在族中，祭司所收弟子的名字和身份只有族长才知道，而祭司选择弟子可以是本族之人，也可以是邻族之人，只要是友族都行。不过，作为祭司的弟子，做起事情来也极为隐秘，有人说他们是暗中保护族人的利益，也有人说他们是在镇压四方，除魔卫道，以护族人平安。但他们的身份十分超然，这是事实，他们恪守一方也是事实。

翰如和翰浪就是恪守一方的人，每个欲通往其他部落的人，都必须经过族长的同意。但是，在祭天前后的五日之中，会禁止任何人远行。只有北面可以通行，皆因向北都是友邻，可以自由出入，而东、西、南这三方分由天、地、人三大祭司把守，在这五天之中更会布下祭司的阵法六元正气脉网，任何自这三方出入的人都瞒不过三大祭司和他们的弟子，而他们也会出手相阻。

轩辕对这之中的内情知道得极为清楚，因为他是有心之人，更是一个叛逆的另类，绝对不会恪守陈规，附于庸俗。但是，他仍然选择了这个古林岗，由地祭司主守的禁地。

翰如和翰浪对轩辕作过了解，他们对族中的每一位勇士和年轻人都作过深入的了解，这是他们的使命，因为族中的每一位年轻人将来都有可能成为长老抑或祭司或族长。了解每一位年轻人的能力更有另一个原因，那就是吸取对方的长处，使自己更好地巩固优势，同时发现对方的缺点，将来若是这些人当中有谁犯了族规，制裁起来就会容易一些。这是祭司们保证自己永远都不会落后的最好途径和方法，所以祭司们出手制裁族人往往是无往不利，无人能抗，这就更增添了祭司的神秘成分。

在他们的眼中，轩辕是一个另类，的确是一个另类，族中的狩猎大赛是所有年轻人展露自己才能的机会，族中的勇士大赛也是最好的表现机会，更能在这种场合中获得美人的青睐，但轩辕却似乎对这些一点兴趣都没有，他宁可静坐于河畔山顶，看流水，看白云，甚至可以坐上两天不吃不动，就像是一块石头。族中人都说轩辕是思念母亲所致，皆赞他有孝心，因此对他的这一行为也就见怪不怪。只是所有的年轻人都当他是个另类，一个不合节拍的另类，但事实是否真如人们所想象的那样，这就只有轩辕自己知道了。

轩辕从来都不是一个张扬的人，绝对不会是狩获猎物最多的一个，但也绝不会是最少的一个。他喜欢独来独往，甚至更喜欢沉默，这就使他成为连祭司们都无法捉摸清楚的一个另类。没有人知道他究竟有多大的潜力，没有人知道他究竟是怎样一种心态，他从不与同龄人相搏得太过分，即使有人找他相搏，他也总是不赢不输，以和而终。与厉害人物比斗是这样，与功夫差的人比斗也是这样，几乎让人哭笑不得，却没有人可以看出他的武功底子有多深。不过，族中之人并不排斥他，就是因为他不败不胜，使得别人并不敢轻视他，但他在族中并没有什么真正知心的朋友，若说有，那就是哑叔的儿子黑豆。那是因为哑叔与轩辕很投缘，黑豆这才与之相处极好。

每次轩辕在姬河之畔静坐或在天台顶上看云时，黑豆都会为其送饭，送食物，每次都不辞劳苦。

翰如和翰浪今日才发现，他们眼里的轩辕实在是太单纯了，而现实中的轩辕比他们眼里和想象中要深沉而可怕很多。

这是一个不好的发现，因为发现之后就要面对这个现实，所以这个发现并不好。

忽视了轩辕并不是他们的错，因为不止他们两人忽视了轩辕，几乎族中所有的人都忽视了轩辕，只有极少数人会信任他，比如蛟幽和黑豆。

轩辕的目光投向翰如和翰浪，有些冷漠，有些怜悯。

“轩辕，你可知道你所犯的是什么罪吗?”翰如冷冷地问道。

“知道！所以我会杀掉所有知道这件事的人!”轩辕笑得有些古怪，但却自有一股让人心寒的力量。

翰如和翰浪脸色变得极为难看，但旋即又相视发出一阵怪异的笑声，似乎听到了一个极为好笑的笑话，也有些残忍的意味。

“你是不是已经疯了?”翰浪斜斜望了轩辕一眼，露出一丝极为不屑和蔑视的神采。

“或许!”轩辕的目光之中怜悯的神采更甚。

“二哥，你去把那小娘们给抓回来，这个疯子就交给我好了!”翰浪向翰如笑了笑道。

翰如也向轩辕发出一阵讥嘲的笑声，身子一闪，如一只狡猾的松鼠，欲自一旁绕过去抓回褒弱。

轩辕的冷哼之声在他耳畔响起，翰如只觉一股汹涌的气势如潮水般欲阻他绕行之路。

翰如不屑地冷笑一声，身子一扭，滑溜得像蛇一般让过轩辕的阻止，轻松地向褒弱追去，心中更是不屑。

翰浪却发出一声惊呼，因为他看到了轩辕的手臂如同巨蛇的尾巴，抽击而出，自翰如的身边滑过向他击来，而此刻翰如已迅速远去。

砰……翰浪不得不出掌，只因轩辕的攻击太快、太猛。

翰浪似乎被一股巨大的浪头所冲击，猛地倒退五步，而轩辕的袖间更滑出一道闪烁的光彩。

是剑，快得犹如电弧的剑。

翰浪心中的惊骇无以复加，以轩辕的这种速度，这份功力，根本不可能阻挡不住翰如的去路，而刚才翰如却轻松至极地避开了轩辕的阻挠，这只有一个可能——那就是轩辕故意让翰如过去的。

翰浪明白这一点时，似乎有些迟了，翰如和翰浪分开正是轩辕的希望，而这一刻轩辕的目的已经达到，便不再需要隐藏自己的实力了。

翰浪自然知道平时轩辕的表现，是以打一开始，他便看不起轩辕，更轻视这样一个对手，这才会让翰如去追褒弱，但此刻他才发现，原来自己居然错得很厉害。

当然，如果翰浪知道木艾已死的话，就绝对不会如此轻敌了，也不会让翰如与自己分开，不过此刻事已成定局，他唯有出剑格挡。

翰浪出剑极快、极猛，只是他此刻完全处于被动状态，先机尽失，退势未竭，根本就无法抗拒轩辕那犹如潮水奔涌般的气势。

当……翰浪架住了轩辕的剑，在他被震得再次倒退之时，发出了一声惨叫。

轩辕的眸子里闪过一丝极为狠辣的笑意，左手一带，翰浪再次发出一声惨哼，脚下更是一阵踉跄。

轩辕左手之上乃是一根以冰蚕丝系住的倒钩刺，在翰浪全神注意轩辕手中的剑时，轩辕却射出了倒钩刺。

这是一件极为小巧也极为灵活的小玩意儿，但木艾和禾田却先后在这之上吃了亏，也因此付出了生命，此刻翰浪的左腿被撕下了一大块皮肉。

轩辕一声低啸，利剑荡起层层光圈，乘虚而入，绝不留情。在轩辕的眼中，任何与地祭司有关的近亲，都得死，也死有余辜。

“不要……”翰如显然是听到了翰浪的惨叫，兄弟连心，他怎么还有心思去理会被抓的“祭品”褒弱呢？但当他赶回来之时已经晚了，一切都发生得太快，太快！

轩辕的剑势更烈，甚至有些诡异，并没有因为翰如的急吼而停顿。

“神山鬼剑！”翰浪终于认出了轩辕这最为可怕的一招竟是那么熟悉。

翰如也呆住了，而就在他一呆之时，褒弱的脚便猛然一撑他的胸口，然后整个身形借力倒弹而出。

翰如如梦初醒，当他再次扑向褒弱时，便已感到一股浓浓的杀机紧裹住了他的全身，似乎只要他一动弹，便立刻会遭到暴风骤雨般的攻击。

轩辕的剑上多了一丝血迹，眸子之中多了一点疯狂，但却向褒弱投以赞许的眼光。

褒弱努力平复了心头的波动，感激地望了轩辕一眼，却看到轩辕背后的翰浪轰然倒下。

“你现在可以走了!”轩辕对褒弱说话的语气显得那般不可违拗，但却十分温柔。

“谢谢!”褒弱对轩辕刚才那一剑看得极为清楚，她也没想到轩辕竟会杀死自己的族人。

褒弱心中的那种感激是无可名状的，因为她以为轩辕是为了她才会诛杀族人，怎叫她不感激？对轩辕向她所作的承诺更无怀疑。

“你杀了他?”翰如几乎不敢相信自己的眼睛，冷冷地道。

轩辕露出一丝不屑的笑容，他并没有回答翰如的话，却有些傲然地道：“现在轮到你了!”

蛟龙的脸色铁青，他抓住了一条蛇，灰白色的背脊，头如棱形的三角，蛇身至尾尖八寸处突然缩小，那细小的尾巴如同插在蛇身上的一截假肢，怪异莫名。

蛟梦看到这条蛇时，脸色一下子变白了，口中低念道：“白虺!”

蛟龙的脸色也变得十分难看，忍不住手颤了一下，问道：“阿爹，这就是传说中的白虺?”

蛇身仍在扭曲着，但蛟龙的手却捏得更紧，五指几乎快要捏入蛇肉之中。

“不错，你在哪里抓到这毒物的?”蛟梦的声音变得有些森冷。

“剑峰之腰，孩儿见这毒蛇是我们从没见过的，所以便抓了回来。”蛟龙解释道。

蛟梦陷入了沉思，眸中闪过两道冷厉无比的光芒，指关节在握拳之时爆出几声脆响，口中却恨恨地自言自语道：“虎叶，你终于还是来了，我已经等你十多年了，十多年了……”

“阿爹，虎叶是谁?”蛟龙惑然不解地打断蛟梦的话，问道。

蛟梦一怔，方知自己失态，但旋即又表现出一脸的漠然，道：“是我族的夙敌！”

蛟龙似乎隐隐觉察到了什么，有些担心地问道：“这白虺难道跟虎叶有什么关系?”

“不错，天下间，也只有虎叶才能够驯养出这种绝毒之物，而在我们有侨族部落方圆三百里内根本就不可能有白虺生存，因为这是一种生活在南方的毒蛇。你立刻去吩咐所有的族人，让他们小心毒物的暗袭。”蛟梦吸了口气道。

蛟龙这才恍然，但心中却因挂念蛟幽的下落，不由有些急切地问道：“那妹妹的事怎么办?”

蛟梦叹了一口气，道：“生死由命，如果上天注定要幽儿死，谁也阻拦不了。寻找幽儿尸体的事，我已经让几位长老去办了，你只要吩咐他们小心应付这种毒物就行。另外，将这条白虺送给天祭司，让天祭司看看可有什么药物解去白虺的毒性。”

蛟龙怔了一怔，望着父亲表情，知道再多说也是白费口舌，只好转身离去，心中暗暗决定，不管虎叶是什么人，既然这毒蛇在剑峰上出现，那他一定到过剑峰，更有可能与幽儿的失踪有关，也许正是这个人将幽儿推下山崖的。所以，他无论如何定要拿到虎叶的脑袋祭奠幽儿的在天之灵。

杀人，对于翰如来说，并不是一件很难的事情，更非第一次。在这个古老而狭小的世界中，本就充满着杀戮和死亡的气息。

制造死亡气息的，并不是只有洪荒中的兽类，更多的却是来自人与人之间的争夺。

杀戮和掠夺本就是随着这个世界的产生而出现的最原始的行为，而翰如和翰浪的武功都是在这种杀戮中得以成长和贯通的。

翰如出手了，是因为他知道，与轩辕之间，他们只可能有一个人活下去，所以他不再犹豫。

轩辕对翰如出手的动作、速度并不感到意外。在族中勇士之中，有些人奔跑的速度完全可与豹、狼相提并论，这似乎是天生的。同时轩辕也见过蛟龙出手的速度，绝对比此刻翰如出手的速度快！

快，是相对而言的，比起死物，当然是快捷无比，但比起轩辕的眼光，翰如的动作似乎慢得可笑。每一个动作的细节，每一点一滴，便如同流水一般，纹路清晰可见。

翰如似乎比翰浪要强许多，至少，他像一匹狡猾的狼，出手只是选择一些极偏的角度，只不过，他的对手是轩辕，一个无法以正常思维去揣测的另类。

从来没有人知道轩辕真正的实力，就像刚才的神山鬼剑便是一个意外，而翰浪就是死在这个意外之下。可悲的是，人们常常忽略了这么一个年轻人，但被忽略的东西往往会构成最大的威胁。

轩辕正是如此，轩辕剑出如风，所选角度之刁钻比翰如绝对有过之而无不及，杀机也随之奔涌而出，他并不想与翰如作太多的纠缠，否则等地祭司回来时，只怕一切都会改变，包括轩辕的命运。

锵……轩辕的剑刃击在翰如的剑背上，身子扭动间已经弃剑用肘。

轩辕出动手肘的速度极快，力道似乎也大得惊人。

翰如从来都没见过这般打法，轩辕简直像个无赖，但他却不得不承认轩辕这一击的精妙和效果。

此刻，翰如唯有退，他的剑被轩辕封锁，只有抽身之际，方能撤回兵刃避开轩辕这一肘。

翰如简直有些想哭的感觉，想不到自己的先机就这样轻易被轩辕的怪招给骗了去，但他对此却无可奈何。

呼……轩辕手臂伸直，翰如退得虽怪，但轩辕的五指仍撕下了他前胸的衣服，更在其前胸留下了几道爪印。

翰如一惊的同时，又发现轩辕的脚无声无息地扫至，犹如一条灵活的大蛇，而轩辕身上似乎没有一个部分不是致命的武器。

翰如一退再退时，身子陡地一震，他的背后竟刺入一柄利剑。

剑尖自翰如的背后透腹而过。

砰……轩辕又是一脚踢在翰如那睁大眼睛的躯体上。

哇……翰如猛地喷出一口鲜血，他到死也不敢相信自己居然是这样一个死法，不仅仅是死在一个女人的手中，还是死在自己弟弟的利剑之下。

杀人者，正是褒弱，而褒弱所用的正是翰浪的剑。

她并不是一个怕杀人的弱女子，轩辕也知道，当初擒下这个女人的时候，他也花了不少力气。因此，他知道这个女子并不简单，而看褒弱竟能如此准确地把握时机诛杀翰如，就可知道她绝不是一个简单的人。

“你为什么还不走？”轩辕并没有因为褒弱助他杀了翰如而高兴，只是冷冷地问道。

“我帮你杀了他嘛。”褒弱有些委屈。

“我并不需要你的帮助！”轩辕毫不领情。

褒弱气鼓鼓地望了轩辕一眼，但却不知道说什么好，半晌才道：“那你不跟我一起走吗？你杀了他们，你的族人会放过你吗？”

“这不是你的事，你若再不走的话，只怕会来不及了！”轩辕说话间向龙岗走去，不再理会褒弱。

褒弱一愣，望着轩辕的背影，有些急促地呼了一声：“轩辕！”

轩辕并没有停步，连头都不回地走了。

褒弱脸色显得有些苍白，但又无可奈何，伸脚气恨地在翰如的尸体上狠狠踢了一下，这才向东方奔行而去。

那群正在为祭天忙碌的人们全都放下了手中的活，在山谷间寻找蛟幽的尸体，因为蛟幽自天台上掉下来是不争的事实，而神台正是搭建在天台的崖下，傍依姬水。祭台高有五丈见方，在高台之下，又搭有一个高为一丈、宽为三丈五尺左右的方台。

祭天，每年一度的盛事，更要选出两族中最勇悍最厉害的四名勇士，随着三大祭司一起主持祭天事宜，从此这四名勇士更名为“四方灵童”。五丈高台为祭天的神台，一丈高的小高台为演武台。有侨族和有虢族各派年轻的勇士代表本族上台比武，最后获胜的人再对四方灵童，这也同样成为一种莫大的荣耀，并可获得一柄玄竹剑。

今年的祭天刚至，就出现了一连串的乱子，看来的确不是什么好兆头。不过，年轻人并不在乎这些，他们只是在乎蛟幽的生死。

蛟梦之妻爱女心切，得知爱女自天台坠下时，当即昏死。天台高入云霄，自如此高处坠下，岂有不粉身碎骨之理？族人想到如此可爱的姑娘被摔得血肉模糊，都禁不住心寒和叹息，也有许多人流下了泪水。

搜寻蛟幽尸骨之人四处寻找，但却没有发现蛟幽的尸体，甚至连血迹也无法在谷底找到，但众人却找回了蛟幽头顶的那根蟒骨发簪。

发簪落在神山洞口那潭水边的石堆上，所有人的心中都蒙上了一层阴影。神山洞口的水潭深不见底，水入神洞之内，穿过神山汇入姬河。有三股泉水长年注入潭中，自天台崖间十丈之处泻下，犹如三道匹练，飘洒在风中细碎的水珠，如烟如雾，极为秀美。神山的另一个出口，潭水以万马奔腾之势通过一个两丈宽、高约三尺的洞口飞泻入姬河，直下五丈，气势十分雄伟磅礴。

那汇入姬河的洞口水流刚好与这三股飞泉相等，这便使得神山洞口的无底深潭之水永远不会溢出，也永远不会减少。

族人都知道那是姬河之神的居所，关于姬河之神的传说，似乎极为古老，也极其形象。

姬水之神，乃是一条天宫的巨龙，相传曾为女娲娘娘衔石补天，后因耗尽神力坠于姬水，而它口中所衔神石坠落河边，便成了神山。

每年五月二十八这一天，姬河水涨，巨龙必会野性复发，出来兴风作浪，为祸人间。因此，每年五月二十八日，神山洞口水潭必会猛涨，流水成灾，甚至水柱冲天。

两族之人为了唤醒巨龙的慈心，必须在每年的五月二十八日以活人相祭，方能保一年平安，这才有了每年一度的祭天。

如果蛟幽是坠入了神山洞口的无底深潭，那么只怕跟坠落实地也没有什么分别。

搭起的神台并非正对神洞，而是在神洞的侧面，更无法看到神洞里面的境况，皆因祭天之时，水潭之中必是水柱冲天，巨浪翻腾，如同被旋风和风暴虐掠。因此，神台根本就不能搭在神洞对面，反而似是与神洞毫无关联的构筑体。不过，当时在神台忙碌的人们都听到了蛟幽的那一声绝望而凄长的呼声。

第三章　石鼎藏龙

轩辕对密室外的机关似乎极为熟悉，很轻易地便打开了那粗糙且重逾千钧的大石门。

机关虽然比较简陋，但难就难在人在井下并不怎么好使力，若是找不到着力点所在，再大的力气都使不出来。

这重约千钧的大石门对于有侨儿郎中的许多人来说，都可以推动，但在井下却有些难办了。

石门最低处距井水水面仍有一尺，而在一尺的高度之间，另外仍有几个半尺见方的排水洞，就算井水上涨，也会自那几个半尺见方的排水洞泄走，而不可能漫进石门之内。

石门打开，一股阴森潮湿的气流涌了出来，轩辕禁不住绷紧了心神，他也并不知道地下密室中会有什么东西，但他却知道，这之中一定隐藏着极大的秘密。

密室似乎是一个天然的地下洞穴，根本就未曾经过太多的人工修饰。表面上看，似乎并没有什么，但轩辕却清楚地感应到威胁正在缓缓逼近。

外室极为宽敞，有一个石鼎，石鼎之中似乎燃烧着某种药物，有股淡淡的青烟袅袅升起，弥漫着整个密室。

这里，轩辕曾偷偷进入过一次，但他只是仅仅走到石鼎前就不得不退回。那是在一年前，那次他偷走了石鼎上的血如意。地祭司发怒的样子似乎很可爱，能够让地祭司不开心，这便是轩辕的目的，而且轩辕更知道血如意的功效，偷走了血如意，便等于让地祭司练习魔功多了一丝走火入魔的危险。此次故地重游，竟感到有些心寒，他说不出究竟是因为什么，却不敢再深入其内。

其实，轩辕不必知道是因为什么，无论怎样，他都绝对不会有半点疏忽。

生存于这洪荒世界中的每一个人都是最好的猎人，每个人似乎天生都对危险有着无法理解的觉察力。

轩辕的目光如炬，密室之中光线略显暗淡，但却并不似想象中的那么黑暗，好像有几缕泛着阴绿之色的光线辉映着密室的前厅，使景象更显阴森。

轩辕自怀中掏出一柄半尺长的短剑，目光紧紧盯着前厅另一边那幽暗的隧道。

密室之中，有地祭司的练功之处，也有他的休歇之所。

轩辕自然知道地祭司的武功极为厉害，否则也难成为三大祭司中的一员，更为可虑的是地祭司的巫术。

三大祭司每人都是巫术高手，这才使他们的地位在族中举足轻重，就连族长蛟梦这般高手都要给他们极大的面子。

对于一个巫术高手来说，他们的休歇之处绝对不简单。

在轩辕的观察中，地祭司正在习练一种极为邪恶的武功，今日轩辕就是来找一个可以证明他推断的证据，而他的推断中还包含着另外一个惊天的秘密。

这些年来，轩辕就像是一个部落的旁观者，总是处于一个清静的角落中，观望着族中所发生的一切。而他，似乎成了一个被人遗忘的另类。

他不怪族人，因为那些人并不明白他在想些什么，也不明白他在做些什么，而他也不想让别人知道他在做什么，在想什么。只有他自己知道，他所想的所做的，绝对不是多余的，也不会是无聊和没有意义的。正因为轩辕保持着思想的独立，目光的清醒，于是他看到了许多别人不能看到的东西，看到了平静背后的危机，看到了慈善面孔之后的丑陋与可耻，看到了那些勇士们的愚昧与无知。也许，那并不是愚昧，也非无知，而只是一种没有心机的善良和淳朴，也可能是一种可悲的退化。

不可否认，轩辕热爱自己的族人，也憎恨某些人，更要为善良仁慈的族人除去邪恶的毒瘤。但他的脑子始终是清醒的，他知道自己应该怎么做，他也相信自己一定可以做好。这十年之中，他成长得比任何同年人都快，更懂得了思考和探索，正因为如此，他成了一个另类，成了一个使人感到高深莫测的另类，这也许是因为他脱离愚昧的步伐太快。

这，正是蛟幽喜欢跟他在一起的主要原因之一。

另类，本就是一种诱惑，一个让人向往的谜。

轩辕刚想绕过石鼎，蓦地感到右侧一缕风起，眼睛的余光中，发现一点幽光自巨大的石鼎之下飞射向他的脖子。

轩辕吃了一惊，手中的短剑如电般横切而出，顿觉手臂一冷，那点幽光断成两截，前半截因冲力极强落在轩辕的手臂上。

轩辕再惊，因为他斩断的竟是一条泛着绿色幽光的细蛇，而蛇头那一截虽被斩断，但仍张口作垂死反扑，怎叫轩辕不惊?

不仅如此，头顶更是风声大作，因为石鼎之中竟探出一颗几有碗口大的蛇头，两眼闪着幽绿的寒光，带着一股腥臭的冷风，直噬轩辕的脑袋。

轩辕不明白地祭司自哪里弄来了这样一条巨蛇，而且盘踞于石鼎中，他哪敢怠慢？手臂运劲一抖，那半截蛇头还未咬上肌肉便颤抖着掉落地上。

砰！轩辕的手臂毫无阻隔地击在巨蛇的下颚，同时身子一缩，反向石鼎之下靠去。

巨蛇受此力一击，向上略抬高了一些，但根本就像没事一般，扭头回噬，同时那粗若老树干的肢体，飞速自石鼎中滑出。

轩辕大惊，以这巨蛇身子之粗，力气肯定惊人至极，刚才他以手臂直击巨蛇下颚，只感巨蛇皮坚肉厚，以他的神力，也无法让它伤着分毫，这是何等惊人之事？只怕手中的短剑也奈何不了这畜生，但他却必须面对眼前的这种情况。

哧……那巨蛇竟避开了轩辕刺向它那双如铜铃般大眼睛的一剑，但却无法整个身躯都避开，顿时被轩辕刺个正着。

巨蛇吃痛，头部一缩。

啪……轩辕一声闷哼，当巨蛇的舌头刚自他的脸上舔过之时，蛇尾竟从身后击中了他的头部，几乎击得他两眼发黑。

轩辕暗叫不好，他身子再缩，竟自石鼎底部那三根小脚之下退到了石鼎的另一边，刚好躲过巨蛇的一卷之危。

“去死吧！”轩辕双臂使力，巨大的石鼎竟被他推起向巨蛇砸去。

巨蛇也似乎吃惊不小，缩身却已来不及了，那几有丈余长的蛇身如何能全部躲过这石鼎的猛力一砸？竟被砸中了腰部。

巨蛇吃痛，身子一阵扭曲，更如疯了一般，巨大的蛇头犹如流星锤般横砸而至。

轩辕心头微微松了口气，极为轻松地躲过了巨蛇的一击，同时以快得不可思议的速度追上，瞅准蛇身七寸，挥剑而下。

巨蛇虽大，但身子却被重逾千钧的大石鼎所压，一时脱不开身，更何况它岂能如轩辕那般利落？

对于轩辕这种以狩猎为生的人来说，打蛇的经验绝对不会很差。只是，轩辕与这种大蛇交手还是第一次，无论怎样，他绝对不会放过这样一个难得的机会。

噗……轩辕一剑下手极准，正中巨蛇七寸之处，巨蛇虽然皮坚肉厚，但轩辕聚集了全身力气的一剑，岂能易与？

轰轰……巨蛇一阵翻腾，竟一下子掀起了那重逾千钧的石鼎，挣扎之中，轩辕根本无法立稳身子，被巨大的蛇头带得滚到一旁。

轩辕索性多滚几滚，紧靠着一方石壁，望着那挣扎的巨蛇，手心渗出了冷冷的汗水，那柄短剑依然插于巨蛇的七寸之处。细想刚才若非借助石鼎之利，以短剑对付这条力大无穷的巨蛇，后果将不堪设想，又忖道：“我可真是傻，上次偷走了血如意，地祭司岂会不防？这两条蛇定是他用来对付进入密室之人的法宝。”想到这里，轩辕不由松了口气，露出一丝得意的笑意，“如果地祭司发现自己辛苦喂养的蛇儿也被来人所杀，所作的安排全都等于白费，会是一种什么样的心情呢？”不过，轩辕对刚才的惊险仍心有余悸。

刚才那短短的几个动作，却蕴藏着千万凶险，若非轩辕以利落的动作占到有利的位置，且以石鼎相护，就会陷入与巨蛇正面相搏的境地，那样对他和巨蛇来说，鹿死谁手，确实是未知之数。

巨蛇渐渐停止了翻腾，满地皆是血水，轩辕松了一口气之时，突地又感到一丝寒意，却是因为两双眼睛。

不带任何感情，死气沉沉，甚至有些呆痴而木讷的眼睛。

两具几近赤裸的女人躯体如同幽灵般出现在那条已经不再挣扎的巨蛇旁，那空洞的眼神没有一点变化，面色苍白。

轩辕的心中震撼了一下，不仅是因为这两具近乎全裸的女人躯体，而是因为这两具女人躯体上散发出来的死寂气息与刚刚自他脸上掠过的空洞眼神。

“你杀了它们？你居然杀了它们？”那两个幽灵一般的女人缓缓扭头，将死气沉沉的目光投到轩辕的脸上，以一种非哭非笑、尖厉阴冷的声音说道。

轩辕感到一阵莫名的寒意，他的确没有想到在地祭司的山洞中居然藏着这样两个古怪的女人。他感受不到来自这两个女人身上的杀气，但却感受到了来自这两个女人身上的邪气。是以，他没有回答这两个女人的话，事实上他根本就不用回答，其实这两个怪女人的语气也并不一定是在询问他，更多的倒像是在自言自语。

“你杀了它，那你就偿命，杀我血奴，我要你受尽折磨而死！”两个女人的话里有种咬牙切齿之感。

“哼，与妖人一丘之貉！别以为装神弄鬼就有什么了不起，来吧！”轩辕把心一横，上前一步，斗志再涨。

他并不认为若杀了这两个如妖魔一样的女人有何不妥，只要是与地祭司有关系的人，他都绝不会留情，就像地祭司对付那些无辜的祭品一般。更何况这两个女人一身妖气，人不人，鬼不鬼，他根本就不会将她们当女人看。当然，他走入了这间密室便没有准备手下留情，对付敌人，不是你死就是我亡！

“去死吧！”两个女人自两个不同的角度扑来，十指大张，轩辕赫然发现她们的指甲皆有三寸余长，锋利如刃。

轩辕心中暗惊，这两个女人的速度极快，似乎封住了他所有进攻的方位，两人之间的配合竟显得紧密无间。

轩辕没有攻，反而退，其身后便是石壁，他居然选择退！

轩辕退得让人有些意外，但又是在情理之中。因为轩辕在这两个女人的爪影将他笼住之时，他已顺着石壁跃上了石洞之顶。

嗖……一串破空之声响起，数十支利箭自一个暗角直射向洞顶的轩辕。

轩辕再惊，他有些后悔不该在上次潜入洞中之时偷走血如意，那样也许地祭司便不会知道有人发现了这个地底的秘密，也便不会养这么多难缠的怪物和布置这么多机关。

其实轩辕也知道，或许自己在上次进入之时，地道之中便已经有了这鬼怪一般的女人，也许正是因为感觉到这群人的存在，他才突生惧意而退了出去。不过轩辕知道，这一次他必须面对这一切，他已经不想再等了。事实上，十年时间已经够长了，他的忍耐度几乎已经到了极限，就算他明知不敌地祭司，也要试一试！何况，任何事情都是做过之后才知道的，所以他不再回避这两个鬼怪般的女人，不再回避这密室之中的机关。

轩辕似乎早就准备好了迎接机关的算计，他只是以足尖轻轻地在洞顶点了一下，身子缩成一团，直投向那大蛇七寸处的剑。

剑，是他生命的一部分，面对这鬼女那如刀锋般的指甲，他也不能不用剑。

叮叮……箭尽射空，只因为轩辕的身手太过利落。

两个鬼女的攻势也完全落空，她们根本没有料到轩辕会如此狡猾，不是选择交手，而是选择逃避。虽然她们封锁了轩辕进攻的方向，却无法完全封锁这高达两丈的洞顶，等她们转身之时，轩辕已握剑在手。

“你逃不了！”一名鬼女冷哼着身子倒退。

轩辕发现她的身子竟是撞向自己刚才倚靠的石墙，在他还没有来得及弄清是怎么回事之时，四面的石壁突然裂出数百个小孔。

轩辕大惊中暗叫不好，同时以最快的速度缩身滚入那倒地的石鼎之中。

轰……石鼎竟然将轩辕倒扣在地面之上。

叮叮……当当……轩辕只闻石鼎之外一串清脆而惊心动魄的爆响，显然是有数不清的暗器射落在石鼎的外层。同时，轩辕也感到一阵难受至极的气味几乎让他窒息，那似乎是石鼎之中所燃之物的灰烬。

“咳……咳……啊……”轩辕实在无法忍受这种呛人的空气，大吼一声，将石鼎推了出去，身子与石鼎自两个不同的方向滚开，而这时暗器似乎已经射完。

朦胧之中，轩辕发现两道身影向他疾扑而至，显然是那两个鬼女。慌乱之中，他的眼睛被那些灰烬给蒙上了，只得扬手将手中所抓的两把草灰撒出，同时身子再滚。

“呀……”两个鬼女似乎也中招了，一声惨号，她们的确没有想到轩辕这么阴险，居然手中抓着两把草灰，她们正欲痛下杀手，冷不防草灰射入眼睛，一时击空。不仅如此，草灰入目更使得泪水直流，不能视物。

但轩辕也好不到哪儿去，所幸他是有心躲入石鼎之中，那草灰并未深入眼中，倒是满嘴满鼻子全是草灰，头顶和身子上也全沾满了草灰。朦胧中，他不敢再在密室中逗留，身形迅速自洞中滚出，扑通一声坠入井水中，而这时密室之中传来两鬼女狼嚎一般的凄厉痛呼。

一入冰凉的水中，轩辕顿觉精神一爽，脸上头上，以及鼻嘴中的草灰也尽去，他自不能在水井之中待太久，因为他根本就不知道那两个鬼女究竟怎么样了，如果守在洞口，只怕他永远也别想上去了。是以他一入水，又立刻冲出水面滚入密室之中。

密室之中，满地都是凌乱的长枪、利箭，而且以石鼎刚才所在处为中心洒落一地。

轩辕心中暗惊，如果刚才不是那石鼎，只怕他已成了一个蜂窝，而那两个鬼女带着凄号向洞内深处掠去。

轩辕迟疑了一下，立刻举步向石洞深处追去，他估计两个鬼女定是眼睛受伤了。此刻不趁机除掉她们，只怕待会儿地祭司回来后便成了祸患。何况，今日他绝对不会善罢甘休。

追入近百步，轩辕却瞅见左边的通道深处似有火光，而且鬼女的声音也似传自那一方，不由得迅速横移而入。

通道的尽头开阔了少许，但轩辕却看到了让他心头为之紧缩的一幕。

他并未发现那两个鬼女，或许，在这条通道之中另有秘门，但他却闻到了一股臊臭之气，更发现一群衣衫褴褛，甚至有些赤裸的人挤在一个以木柱依壁筑起的大笼子之中，臊臭之味正是自笼子传出……

“不要杀我，不要……不要……”那群人见到突然出现在通道口的轩辕，禁不住全都向里面的石壁缩了缩，似乎见到了凶兽魔鬼一般。

轩辕的心中禁不住涌起一股酸涩之意，望着眼前这群骨瘦如柴、衣不遮体、肮脏褴褛而受惊过度的女人们，他竟不知道该说什么好。

众女见轩辕并没有散发出她们想象中的那股杀气，还透着一股逼人的英气，以及那惊愕怜悯的眼神，她们竟然全都不再叫唤，只是有些怯生生地望着这奇怪的闯入者，每个人的眸子之中都有着惊恐和希望。

轩辕轻轻地吸了口气，沉重地向牢笼行去，极力使自己的语调变得平缓一些，问道：“是谁把你们关在这里的？你们别怕，我不是坏人，不会伤害你们的！”

众女似乎有些将信将疑，眼中的希望之色却大增，但她们只是相互对视了一下，都不言语。

轩辕无法看清她们的面貌，皆因这群女人都是长发乱披，甚至连脸孔都遮住了。

“你们别怕，我不会伤害你们的，我还会放了你们！”轩辕忍着臊臭之气，极力使自己的语调平和一些，而在此时，轩辕突然发现这些人的眼中闪过无限仇恨而又恐惧之色，而所有的目光全都投向他的身后。

也就在这时，一缕锐利的劲风在轩辕身后响起，伴随着一声如野兽般的凄吼。

轩辕根本就不用回头也知道是怎么回事，甚至知道对方要攻击的是哪一个方位。

刺……轩辕闪过身之时，一柄短剑准确至极地刺中了他方才立身之前的木柱上。

嘭……轩辕闪身之时，身子微缩，手肘后撞，正中偷袭者的小腹。

“小心！”牢笼之中传来一声惊呼，轩辕早就感觉到了身后的一切，极为警觉地伸手抓住身前的木柱，身形以极快的速度升上洞顶。

砰!

轩辕发现身后攻来的正是那两个如同鬼魅一般的女人，此刻两人倒真像从坟墓中爬出来的僵尸，但她们的动作却证明她们并非死物。

轩辕升上洞顶，使那名自他身后抱来的女人落空，抱住了一根木柱，这使轩辕感觉到这女人真如噬人的女鬼。若她此刻抱住的不是木柱，而是轩辕的话，她一定会张口就咬。

另一名女人挨了轩辕一记手肘，但似乎什么事情也没有发生过，迅速自地上跃起，怒吼着向轩辕扑去。

轩辕心中发毛，刚才那一肘之力就是一头狼也会被击昏，这干瘦的女人却如同没事一般。

那抱着木柱的女子一怔，同时立刻向上跃起。

轩辕一声轻笑，足尖一点，竟踏在那抱住木柱女人的头顶，掠身而过，轻盈地避开了两个怪异女人的夹击，重新立于通道口。

两个鬼女的眼睛似乎并不好使，在轩辕躲过夹击之后，那森冷毫无感情的眼睛竟不由自主地眨了几下，而且有泪水滑出，显然是仓促之间，无法将眸子之中的草灰洗尽，而草灰入眼的滋味自是难受至极。

轩辕自不会放过任何机会，更暗自庆幸这草灰之妙，否则的话在厅洞中就算他能够避开那长枪利箭之厄，也终难逃被这两个鬼女乘机击杀的危险。这两个女人的怪异武功比之翰如和翰浪并不会逊色多少，只不知在这秘洞之中还有多少像这样的鬼女存在。

那两个鬼女在眨了几下眼睛之后，大概也知道了情况不妙，她们似乎已经预感到轩辕会乘机进攻，是以身形疾退，而且是撞向一旁的石壁。

“她们要动机关!”一个被关在笼子里的女子高呼提醒轩辕道。

“妖女，与你拼了!”木笼之中一女人抓起一把垢物砸向那两个如鬼魅一般的女人。

两个鬼女大怒，但面对轩辕紧逼的杀招，她们根本没有机会去教训这群囚笼中的女人。

轩辕经囚笼中的那女人一提醒，不由得将手中之剑飞射而出。

那鬼女再惊，如果她想发动机关，就绝对无法避开轩辕射出的这一剑，她自然不想如此死去。这密室之中机关重重，如果借各种机关之便杀死轩辕还不是易如反掌？是以，她怎愿以生命去换得发动机关的机会？

鬼女侧身而避，十指齐向轩辕飞掷的剑上抓去，若是能够夺得其剑，那轩辕带给她们的威胁就会大减，因为她们的躯体能够承受惊人的抗击力。

两鬼女的想法当然好，但轩辕岂会做这样的傻事？更不会给她们机会。

噗……轩辕身形自一名鬼女身边掠过，手肘以快绝无比的攻势在屈膝之时猛地击在那抓住短剑的鬼女小腹上。

那鬼女惨号一声，身子倒跌向木笼。

不知是因为另一名鬼女眼睛模糊不清，还是轩辕的步法太过诡异，竟让轩辕直接将被掩护的鬼女一击而中，这不由得让木笼中的女人们欢呼，她们似是从来没有这么高兴过。

轩辕亦步亦趋，直逼那跌撞在木柱上的鬼女，他自然不会心慈手软。

或许是因为鬼女们的眼睛受损，武功也大打折扣，竟然无法对轩辕的强攻猛击作出最快的反应，以至于处处落入下风。

那鬼女并不受轩辕手肘重击的影响，在身子撞上木柱后，立刻挥剑欲击，但此时自木笼之中蓦地伸出四双手，分别紧紧抓住她的手和脚。

“打死她，杀死这妖女……”

木笼之中那群衣衫褴褛的女人激动地高喝道，可想而知她们平时定是对这两个鬼女恨之入骨，这一刻只要稍有机会立即便施行报复。而此刻的机会更是难得，是以立刻有四个女人将手自木柱间伸出紧抓住鬼女。

轩辕大喜，哪还迟疑？曲步而上，在那鬼女根本没有能力反击的情况下夺剑横抹。

“呀……”那鬼女在身子完全无法动弹的情况下，脑袋成了活靶子，带着一蓬血雨，脑袋滚出老远，而抓住鬼女身子的四女被热血一冲，惊得尖叫而退。

轩辕信心大增，悠然转身，举剑大步向另一名有些发呆的鬼女逼去。

那鬼女因同伴之死而呆了一呆，但很快便被轩辕那强大的杀气逼得回过神来，同时也意识到了危险，竟尖叫一声，转身向通道外冲去。

“想走？没那么容易！”轩辕冷笑着弹身射出，如一只轻巧的灵猫一般挡住鬼女的去路，短剑几乎封住了她所有的退路。

鬼女缓缓后退，眼中露出了一丝从未有过的惊恐之色，她深深地感到来自轩辕的威胁，那是一种无法遣散的杀机，使得她知道绝不可能自轩辕的剑下逃出这间囚室。

“杀死这妖女！”“杀死这个魔鬼！”那群本来充满惧意的可怜囚女们此刻惧意尽去，取而代之的是满腔的仇恨。在她们心中积压了很久很久的情绪和仇恨终于在这一刻爆发而出，或许是血腥激起了她们本性中的斗志。

那鬼女突然露出一个诡异的笑容，阴恻恻地以鬼哭般的声调怪笑道：“想杀我，那我们就一起死在这里好了！”

轩辕感到有些不妙之时，鬼女已飞速地冲向洞顶，他怒吼着飞扑而上，但是仍迟了一步。

轰……一块巨大的石闸自通道出口的洞顶重重降落，溅起一层轻微的灰尘。

那群身在木笼之中的女人忍不住惊呼尖叫，洞中顿时乱成了一团糟，轩辕心中惊怒无比，但他却无力阻止鬼女的这一行动。这个秘洞之中的机关实在是太多，他唯有以最快的速度杀死这鬼女，到时再去想其他的办法出洞，否则当地祭司赶回时，后果实难预料。事实上，轩辕也知道地祭司会很快赶回来，而他仍有许多该做的事情仍未去做……

鬼女在拉下机关后厉笑着倒退，虽然她无法摆脱轩辕那如影随形的剑，但是她似乎已经不再惧怕死亡。

轩辕落地，蓦地收剑，这个动作实在是极为出乎所有人的意料之外。

那鬼女松了一口气，也微微一怔，而便在她一怔之时，蓦地感到一股锐风自下袭来。

“去死吧！”轩辕怒喝声中，那鬼女一声惨哼，却是一根倒刺深深地刺入了她的肉体之中。

鬼女踉跄而退，轩辕用力拔出倒刺，这正是让禾田和木艾上当的利钩，此刻再次成为轩辕的杀招。当然，这也是因为鬼女眼睛受伤在先，而又被轩辕的招式所惑，因此才会这样轻易地中招。

当鬼女自剧痛中回过神来之时，轩辕的剑已经封住了她所有可能移动的方位……

神农遥望着有侨族中一片混乱，心中似乎有一种报复的快慰，他现在站立的位置正是在姬水河畔的一座小山头上。

透过林隙，依然可以清楚地看到远处神台周围的景象。

神农轻轻地舒展了一下双臂，露出一个极为惬意而自信的笑容。

“少主，我们是不是要去把蛟梦那老鬼干掉?”神农身后的两名大汉出言道。

“不急，我们尚有两天时间，那老匹夫的武功很厉害，单凭我们几人的力量还不能击杀他。而且，我们还有更重要的事情要做，其他事必须先搁在一边。何况此刻我们已经打草惊蛇，那老匹夫会有所防备的，想宰了他，更是难上加难!”神农淡然吸了口气道。

那两名大汉似乎满怀恨意，向远方狠狠瞪了一眼，但却明白神农所说的并没有错，单凭他们的武功若想战胜蛟梦那是不可能的，何况还有有侨族的那一群勇士。

“我们只拿他们落单之人开刀，他们所欠我们的，必须加倍奉还，哼!”神农充满杀意地说道，说完扭过头来，因为他清晰地听到了一个人的脚步之声。

那两名大汉也扭头回望，一见来人，不由问道：“找到夫人的墓地没有?”

神农脸上闪过一丝哀伤，眸子之中也露出迫切之色，声音变得低沉：“找到我娘的墓地了吗?”

“找到了，夫人的墓地就在神峰脚下，并没有人看守!”那大步赶来之人边行边道。

神农显得有些激动：“走，快带我去!”

当地祭司赶到古林岗之时，心中十分强烈地感觉到了事态的不妙，不仅因为六元正气气脉使他生出极为清晰的感应，而且他似乎觉察不到翰如和翰浪的存在。

离龙岗地下密室不远处，翰如和翰浪已没有半点气息，地祭司有些不敢相信，以翰如和翰浪两人的武功竟然会遭人暗算。

地祭司伸手探了一下两人的鼻息，显然早已失去了生机。

他的眸子之中闪过两道冷厉的杀机，扭头望向那地下井的入口，他似乎明白了什么，立起身来，缓缓移向井口。

他看到了井内那块被移开的大石头，也嗅到了一种异样的血腥之气，鼻子禁不住猛吸了一下，不知为何，他发觉自己对血腥之气越来越敏感了。这个变化让他心喜，也让他心忧。

无论如何，他必须要对闯入地下密室的敌人给以最无情的杀戮。

地祭司并不知道闯入者是谁，他相信不会是族中之人，皆因他无法想象有侨族中谁会有如此厉害的身手。

神峰，神山的两大主峰之一，比剑峰更高，却少了剑峰那种苍奇与挺拔。

神峰是否苍奇、是否挺拔并不重要，重要的是它为有侨族重地，天祭司的修身之处。

神峰与剑峰之间有一片谷地，为东西走向，是以阳光充足，草茂林青。

这一片地方有着一种超常的静谧，那种感觉极为清爽，有一条小溪欢跃地流入姬水。

这里的树林有点难得的疏朗，让人感觉并不是很拥挤，也便显得极为宽松。

谷地比较平坦，在一圈古木环绕的空地之中，那是有侨族的坟场。

稀稀落落的一些坟墓，使得这山谷更添了几分凄清。

神农出现在坟场之时，夕阳的光辉刚自这里移走，这却并不妨碍神农那种沉重的心情。

他的护卫们迅速守住几个要点，注意是否会有人来到这里，这群护卫似乎都经过了特别的训练，一切配合得都是那般协调和默契。

一名大汉引领着神农来到一块还能看清字迹的木牌前，那坟坯已经很平了，也长出了很多草，若不是这块几乎快腐朽的木牌，不仔细看，谁也不会知道这是一个坟堆。

神农望着那块几乎快腐朽的墓碑，没有说话，那上面刻的几个文字符号他认识。

“慈母姬氏梦之墓”！

墓碑之上没有写谁所立，但那歪斜的字体显然是以利刀所刻，经历了风霜雨露之后，斑驳得几乎无法认清。

神农那含泪的眼睛禁不住闪过一丝讶异，身子颤抖了一下。

“大帝说过，夫人是姓姬名梦的，只是不知这块碑是谁所立。”那引领神农来到墓碑前的大汉也有些不解。

神农沉重地跪在墓碑前，虽然他也有些疑惑，但此刻心中的那分哀伤却淹没了一切。

他自幼失去母爱，但他却一直知道母亲的存在。因为他从小便听父亲说，母亲是世上最好的女人，也是最善良也最温柔的女人，但世事总是那般残酷，他永远都未曾见过母亲。只是在很小的时候，他脑海中有一团母亲的模糊影子，可是此刻却知道母亲长眠于地下，在这山青水美但却孤寂的谷地之间。

神农双手紧紧地扶着墓碑，心却陷入了一片沉沉的哀凄之中，他无法将积压了近二十年的情绪在刹那间发泄出来。

那些汉子似乎也知道神农此时的情绪，只是自一旁的汉子手中接过盛满野果供品的篮子，悄无声息地摆在墓地之前，更拿着早已准备好的几根龙涎草，以火石点燃，递给神农。

“少主，节哀顺变，先来拜祭一下夫人吧。”那布置好水果供品的汉子低声提醒道。

神农稍稍收拾了一下情怀，回望了那汉子一眼，伸手接过龙涎草，深深地吸了口气，缓缓起身。

轩辕杀那鬼女并不是很吃力，但是他为找到室内的机关却费了很大的心力和时间。是以，轩辕并没有半点欢喜之意。以他在密室之中逗留的时间，地祭司定已回返，而在这地下密室之中还不知道有多少机关和如那两个鬼女一般的怪物。因此，他此刻出去，所面临的可能是另一场死亡的挑战。

石闸在众女人的欢呼声中开启，但众女的欢呼声迅速又变成了骇然的惊呼，如同遇到了最可怕的魔鬼。

“地祭司！”轩辕脸色变得有些难看，他最担心的事情终于发生了！

“竟会是你这小子！”地祭司也似乎有些意外，他没有想到出现在这密室中的人竟会是轩辕。

他的确感到有些意外，轩辕怎会拥有如此功力，居然能击杀翰如和翰浪？就算是以诡计击杀二人，但那巨蛇一关岂是普通人可以闯过的？轩辕虽在族中给人有种高深莫测的感觉，但在地祭司的眼中，也并不是很出色。因为他从不会相信如此一个年轻人会有什么超卓的功夫。

轩辕知道事情已经败露，不过这也是他迟早会面对的事实。

“没有想到吗？”轩辕握剑的手不自觉地紧了紧，整个人却似乎变得更为轻松，笑了笑，悠然道。

轩辕身后的女人全都如同见了鬼般缩在一旁不敢吱声，可见地祭司对她们来说，有着如何的威慑力。

“看来，我一直都小觑了你。我的两个血奴也是你杀的？”地祭司的眼中露出一丝阴冷的光彩，漠然道。

“血奴？你是说那两个人不人、鬼不鬼的魔女？”轩辕似有所悟地反问道。

“魔女？难道你连血魔也杀了？”地祭司神色变得更为凶厉。

轩辕一呆，心中忖道：“难道还有两个怪物叫血奴？该不是指那两条蛇吧？不过，那两个女怪物还真像魔女。”

“我不杀她们，她们就要杀我，因此我只好让她们早点离开人间了，我看她们如同行尸走肉，如此活着，岂不是比死更为痛苦？”轩辕毫不在乎地道。

地祭司大怒，咬牙切齿地盯着轩辕，恶毒地道：“我会让你这小野种生不如死！”

轩辕的脸色也变了，眼神显得无比冰冷，犹如一柄利刃刺落在地祭司的脸上。

“你这披着人皮的魔鬼，我会让你为你所做的一切付出代价的，更要让族人知道你那淫毒无耻、没有人性的邪恶本质。今日不是你死，就是我亡！”轩辕一字一顿地冷声道。

地祭司突然发出一阵极为得意的邪笑，望着这个自不量力的对手，露出一丝不屑之色，道：“就凭你这乳臭未干的小毛孩？”

轩辕极力使自己的心情变得平静，他心中明白，越是面对猛兽，就越需要冷静，而地祭司却比任何猛兽更要可怕。

“哼，只凭我就足够了！”轩辕说话的同时，手中的短剑缓缓上扬，强大的杀气也渐渐弥漫整个洞穴通道。

地祭司有些讶然，轩辕的气势庞大得的确有些超出他的想象之外，此刻他也明白为什么血奴和血魔都会死在轩辕的手中，这一切并不是偶然的巧合。

轩辕剑尖微扬，直指地祭司眉心，剑柄斜对自己的胸口，右臂微屈，做出一个有些怪异的起手式。

地祭司更是感到讶然，对于这样一个起手式，他有一种似曾相识之感，但一时却又无法记起。不过，单凭轩辕短剑上所散发出的剑气，他就不敢再轻视这个年轻的对手。

神农在坟前沉默良久，才记起父亲的叮嘱，要带回母亲的遗骨。然而，就在这时，他的感官已有所警觉。

神农的警觉不可谓不及时，他身旁的一名汉子也有所警觉，但他的反应速度还是慢了一些。

“呀……”那汉子如同被毒蛇咬了一口般惨叫一声，仰身倒在地上，却是被不知自何处飞来的羽箭射中。

嗖……一阵箭响，神农的剑在身前幻起一团亮光，竟然挡住了所有射来的箭，也在同时翻身靠于一棵大树之后。

呀……轰……惨叫之声和重物坠地声清晰地传入了神农的耳中，正是他的那一群放哨的属下及守在他身边的护卫发出的。

神农心神大骇，他看到了对面那名属下眼中闪烁着惊骇的光芒，那是刚才点燃龙涎草的汉子，也是神农同来之人中武功最好的。

神农持剑在手，目光极为警惕地回扫，却见一极为威猛的汉子出现在坟场的谷地之中。

“蛟梦！”神农和那汉子忍不住同时惊呼出来。

第四章　剑迹如燕

剑迹如燕翔，流畅自然，若春风轻拂，又如夹缝激流，更如天边彩虹……

这是轩辕的剑。

其实，这一剑本无迹可寻，如同流水，无始无终，顺流不竭。

地祭司一开始就在退，他退走的速度极快，也玄奥至极，但他却并没有还手，这有些出乎轩辕的意料之外。不过，轩辕并没有心思去想去分析这一切，皆因他所有的心思都放在剑上。

那一群本来畏缩的女人此时似乎感觉到了一丝希望，忍不住都有些激动，有的甚至高呼："杀死这恶魔……"

轩辕却是有苦难言，虽然此刻看似他占了些许上风，但地祭司的每一步都有条不紊，丝毫没有慌乱之状，甚至似乎是在好整以暇地窥视着自己的剑法，只待他气势一竭，就会立刻施以致命的反击。直到这一刻他才明白，自己与地祭司之间仍有一段距离，毕竟他还年轻，在功力上仍要逊色一筹，唯一一点值得庆幸的是他具有天生神力。

轩辕突然止步、停剑，剑尖遥指地祭司眉心，冷冷地望着地祭司。他不想让自己的剑术被对方尽数窥破，那样他可能会处在一个更为不利的境况中。

轩辕之所以停止攻击，是因为他知道自己若要行出这条通道，步入宽阔之处，很有可能被人联手攻击，而在这窄小的通道中，根本就不容多人决战，人多反而显得碍手碍脚。

轩辕突然止步，使得地祭司也怔了一怔，有些讶异，不明白轩辕在弄什么鬼，只是冷冷地与轩辕对视着。

“哼，堂堂大祭司，居然只知道躲闪，真是可怜又可悲!”轩辕不屑地道。

地祭司邪邪地一笑，眼中竟闪过一丝幽蓝的邪芒。

轩辕一震，头脑嗡的一声响，霎时如同被一记闷棍击中，脑中一片空白。

地祭司眼中的蓝色幽芒愈来愈强烈，那一群原本畏缩在一角的女人们一遇到地祭司的眼神，就在刹那间变得呆板迷茫，不知所措。

地祭司的嘴角边泛起一丝阴冷而得意的笑容，缓缓向轩辕逼近了一步，眼中幽芒再盛。

轩辕本来还有挣扎的迹象，但这一刻却整个人都松弛了下来，似乎陷入了一种睡眠状态，手中的剑缓缓下垂……

地祭司口中开始低低念叨着什么……

来者竟是蛟梦，这的确大大出乎神农的意料之外，但他知道所来之人绝对不止蛟梦一人，否则自己的那么多手下怎会突然之间全部中箭?

“何须再藏头藏尾？姜原，我们也有十几年未曾见过面了，难道是怕见故人吗?”蛟梦的语气出奇的平静。

神农禁不住向他对面那名汉子望了一眼，神色之间有着无法掩饰的惊骇。那汉子知道是不可能逃避过去了，不由打了个哈哈，大步自树后行出，与蛟梦正面相对，神农也在同时自树后行出。

“十七年了，还未忘记我这故人，可算是我的一种荣幸了。”那汉子有些不太自然地笑道。

蛟梦轻笑一声，有些怆然地道：“就是二十年，三十年，一辈子，我也不会忘记老朋友的存在，也一直在盼望着能与故人再相聚一场，只可惜……”

“只可惜什么?”姜原问道。

蛟梦长嘘了一口气，道：“只可惜，十七年来你仍没改当年藏头缩尾的毛病。”说话间，蛟梦向姜原露出一个有点讥讽意味的笑容。

姜原的脸色一变，冷哼一声，却并不搭腔。

神农却冷冷地望了蛟梦一眼，态度依然很强硬："你想怎样？"

蛟梦这才将目光缓缓移至神农的脸上，静静地嘘了口气，悠然问道："你是虎叶的儿子？"

神农微微一震，哼了声道："是又怎样？"

蛟梦不由得笑了笑道："年轻人，你似乎脾气很倔，难道你父亲没教你怎样对待长辈吗？"

"呸，我父亲只告诉我如何对待敌人！"神农不屑地道。

蛟梦脸色一冷，却并未作何反应，只是冷冷地问道："木艾和幽儿出事都是你们干的？"

"我可不知道谁是木艾，谁是幽儿。"神农心头一紧，并不买账。

蛟梦的目光落在姜原脸上，姜原哂然道："我们的确不知木艾是谁，但那女娃却是自己跌下山崖的！"

蛟梦的眸子之中闪过无尽的杀机，仰天怆然一笑，半晌才冷冷地道："很好，姜原，你出手吧，看看这十七年来你的武功是否有长进！"

"让我来！"神农向前大踏一步，沉声道。

姜原伸手拉过神农，横立于神农之前，深深地吸了口气："你不是他的对手！"

神农虽然自负，但却知道蛟梦乃是有侨族的族长，也即是有侨族第一高手，这二十年来，一直都没有变更过。神农毕竟才习武十余年，再怎么聪慧，也不可能是蛟梦之敌，而他知道，姜原的武功比之他的武功，绝对只高不低，不然他不可能成为其父属下四大神将之一！

姜原的手在拉向神农之时，以食指尖轻敲了他手臂几下，这是让神农寻机突围的暗号。

要知道，这里是蛟梦的势力范围，他绝对不可能是单独出现。如果神农与他联手的话，很可能会引来隐藏暗处敌人的群攻。这对于他们来说绝对有百害而无一利，只是他们有些不明白，蛟梦怎会如此准时地出现在这里呢？抑或是蛟梦早在这里设下了埋伏？

"难道你早就设下了这个圈套？"姜原冷冷地问道。

蛟梦漠然一笑，道："也不是早就设了防，只不过比你们早到一步而已。"

"你怎会知道我们会出现在这里?"神农有些不解地问道。

"就因为白虺的出现，如果是虎叶来了，那他要做的最重要的一件事就是来见姬梦，我太了解他了!"蛟梦嘘了一口气，黯然道。

姜原知道蛟梦所说不假，他也知道主人一定会来祭夫人。

"出招吧!"蛟梦似乎并不想再作过多的纠缠，有些漠然地道。

谷地，坟场，霎时被一股浓浓的战意所充斥，杀机也如一张无形的大网，罩住了坟场的每一个角落。

哐当……轩辕的剑终于掉在地上，便如同失去了灵魂的肉体，双眼无神，整个人都显得极为呆痴。

"是啊，放下吧，乖乖……放下吧，对，过来，走过来……"地祭司眼中邪异的蓝光愈来愈强，口中如梦中呓语般低低地唤道。

轩辕又如同步入了一个噩梦中，在地祭司的轻唤之中呆痴地向前行去。

地祭司嘴角的笑容不住地扩大，那种得意之情自是不言而喻，同时手掌也缓缓提起，慢慢地向行近的轩辕印去，口中依然是那么温柔地叨念着。

突然，寒光一闪，轩辕的眼睛变得清澈冰冷如秋水，更带着沉重而浓烈的杀机。

地祭司大惊，手掌飞快地击出，直印轩辕的胸膛。

而与此同时，一道寒芒已经毫无阻碍地进入了地祭司的防线之中。

那是一把八寸长的三锋匕首，极为锋利，刃长五寸，而柄却是握在轩辕的手中。

轰……轩辕的身子稍稍偏了一下，地祭司的那一掌重重击在他的肩膀上，而寒匕的五寸锋芒却完完全全地插入了地祭司的小腹之中。

轩辕狂号一声之时并没有忘记顺手绞了一下匕首，身子才倒跌出三丈，重重坠落于地，撞倒了两个女人。

地祭司也同样狂号一声，捂住腹部那一个血洞，踉跄倒退数步，痛得如同老虾一般弓下身子。

轩辕差点昏迷过去，地祭司的一记重击如果击在他的胸膛上，只怕此刻他已命归黄泉了。不过击在他的肩膀上，也绝对不好受，半边身子因突受外力的强烈震击，感觉有些麻痹了。

这还是地祭司未能用上全力，因为他必须分出一半的精神力来催动巫术，在突然发现轩辕不受控制之时，这才骇然之间倾力出掌，但最多也只能挟七成掌力击中轩辕，而且根本就没有能力阻止轩辕的那柄三锋利刃。

这种三锋刃所刺出的创口比之双锋刃要大得多，而且经轩辕那么一绞，竟在地祭司腹部形成了一个大大的血洞，肠子都露了出来。

那群女人因地祭司受此重伤，也都恢复了神志，见轩辕重伤咳血，不由得皆惊慌失色，忙上前扶住挣扎着爬起的轩辕，关切地问道："公子没事吧？"

轩辕握着三锋刃的右手仍可以活动，推开那些女人，眉头微微皱了一皱，自己挣扎着坐了起来，露出一个十分欣慰也有些痛苦的笑容，道："没想到吧？大祭司！"

地祭司单膝跪地，眸子之中露出如受伤野兽般痛苦而凶残的光芒，但也有些难以置信。

"你怎会不惧我的聚灵大法？"地祭司的语气微微有些急促。

轩辕的左半边身子犹如脱离一般，但仍有一点点知觉，只是左肩如同被火烙了一般现出一个黑印。轩辕更清晰地感受到手臂脱臼，更有可能是骨折，毕竟，那一击的确太过强横，但轩辕心中没有半点后悔，反而有种说不出的快慰。这十年来，他无时无刻不在等待着这一击，终于在这一刻如愿以偿了。

"你知道吗？从三年前，我就在算计着你的每一个动作，每一招一式，也无时不在思虑着对付你的良策。对于你的魔功，我的确不可能破解，所以这一刀一拖再拖，终于在今日得偿所愿。还记得去年祭天时，你丢失的血如意吗？"轩辕心中大感畅快。

"原来是你偷的！"地祭司惨然笑道。

“哼，你知道得也太迟了，那血如意正是我所拿，更对它整整参悟和尝试了一年时间，它是你练习聚灵大法的魔物，当然就会蕴藏着魔功的本性。苍天不负有心人，一年过去了，我终于找到了它的破绽所在，那就是以魔抗魔，还我清明！我根本不用去抗拒你的魔功，当我受到魔功侵袭之时，血如意自然会将邪气吸敛，而我根本就不会受制，哈哈哈……咳……咳……大祭司，你就认命吧。我的三锋刃上涂有沸灵子汁，一个时辰之后，剧毒将慢慢随着血液的流动而攻入心脏，到时就是神仙也救不了……咳咳……”轩辕说到得意之处，又忍不住咳出一小口鲜血，剧痛使他的脸色变得有些蜡黄，大颗大颗的汗珠更是自额角滑下。

地祭司的心如同浸入冰窖之中，他实在太小看了轩辕，一直以来，他都小看了有侨族中的年轻人，今日却让他付出了沉重的代价。

此刻他哪还会不明白，刚才轩辕的所有表现都只是一个圈套，包括抛下短剑之举，只是一个诱敌之计，而轩辕的演技的确有些出乎意料之外。

地祭司的指间渗出的血水尽是青褐色，这就是说，轩辕的话并不是无稽之谈，而是事实，而这个事实似乎的确有些残忍。

地祭司挣扎了一下，勉强撑起下肢，但立刻又痛得满头大汗，更可怕的却是小腹之间渐渐产生了一阵麻痒之感，由于失血太多的原因，他无法走动，但却迅速自怀中掏出一个瓷瓶，倒出七八颗药丸，尽数倒入口中，如此接连掏出三个药瓶，几乎吞服了十余颗药丸。

轩辕笑了，笑得有些自豪和得意，地祭司病急乱用药，只要能解毒的药都吃进去，这使轩辕感到好笑。

“你应该为自己感到悲哀，其实以你的武功完全可以杀死我，可是你却输了！”轩辕神色间不无揶揄地嘲笑道。

地祭司有些后悔，他自然知道轩辕说的是事实，但他仍是败了，并不是败在武功，而是败在人性的惰性之上。

“这是你的悲哀，但也是人性的悲哀。你知道吗？我今次之所以敢来挑战，就是赌你会将人性悲哀的一面发扬光大！”说到这里，轩辕悠然且得意地笑了笑，接道，“当一个人得到了一件利器之时，他就会迫不及待地去尝试这件利器，当某些人在某件事情上尝到了甜头，于是他便会对获得甜头的方式更为看重和偏爱。或许这便是人类在进化之中的最大弊端!”顿了顿，轩辕又继续道：“你学会了聚灵大法，便像是得到了一柄利器，有了这柄利器，杀人更容易更轻松，甚至不用花力气便可看到敌人慢慢死去，可是你却忽略了一点很重要的东西，那就是一个过分依赖利器的人，他必定会将自己天生具备的优点逐渐荒废，甚至忽略，这正如精于剑道者易荒废拳脚，太强大者易忽略危险，而这些人并不知道，凭借外物总会有一天发生意外。利器易失，而拳脚随身，这才是真正的真理。因此，你之败是败在自己种下的祸因之上……哈哈哈……”轩辕说完傲然而欢畅地大笑起来，咳咳……轩辕在大笑的同时吐出一小口鲜血。

咳咳……地祭司脸上闪过一丝悔恨之色，更气得抽动伤口而身形颤抖起来。轩辕的确说中了他的心中之痛，当他学成了聚灵大法之后，一切都似乎是无往不利，他对聚灵大法也是充满了信心，仿若便可凭此绝学而天下无敌一般。在这种情况下，一遇到对手便不自觉地会想到以这无往不利的绝学对敌。可是他却太高估了自己，也太低估了对手。因为轩辕是有备而来，而轩辕的心智和深沉也太可怕了，正如轩辕说的那样，自三年前便开始在算计他的每一个动作，每一招一式，每一次与敌交手的习惯攻势，而他对轩辕却是毫无所觉，这便种下败因。

地祭司不得不承认，轩辕是他所见过的最为可怕的对手，可怕之处并非轩辕的武功，而是轩辕那无人能及的韧性、耐心和毅力，还有轩辕的头脑和对事物认识的程度。

三年前，轩辕不过才是个十四岁的孩子，却知道如何去算计一个人，有着超人的耐心，更如此熟识人性，简直比一个阅尽人间沧桑的长者更深沉。地祭司不由得想起往日轩辕于姬水河畔、于神峰天台、于龙潭边那静坐沉思的异常表现，此刻他才深刻地体会到，那种在外表看来无聊无趣的现象并不是全无用处，正因为那种静坐冥想才造就了轩辕这远超其年龄的深沉和智慧。可是，后悔有用吗？地祭司心中一阵苦涩，但他又不甘心，真的不甘心。

“我与你无怨无仇，你为什么要这样对付我？”地祭司吞服了十余颗药丸后长长地嘘了一口气，静坐于地上，撕下祭服将伤口处系紧，以虚弱的声音狠狠地问道。

“哼，无怨无仇?！可记得十年前祭天前两天的那个晚上，你打晕了的那个手握猎刀的小孩？我等了十年，十年呀，你知道为什么这十年中我会成为族人眼中的另类吗？那就是为了等这一天，我早就知道你们在暗中观察族中的每一个年轻人，是以我从来不去表现自己，也从来不会做一些没有意义的事。我很少说话，只是因为我不想让你们察觉出我内心所想，言多必失，所以我不说话，少说话。从明天起，就可以还我本色了。大祭司，你是不是应该恭喜我呢?”轩辕揶揄地笑道。

地祭司脸色变幻不定，最后变得铁青泛紫。

轩辕又笑了，笑得有些邪气，然后抓起坠落不远处的短剑，向地祭司冷冷地望了一眼，恨恨地道：“十年磨一剑，你死得不冤！”说话间，他竟挣起了身子。

地祭司大惊，喘息之间，竟也站起了身子，那缠住伤口处的衣衫全都染成了青褐色。

轩辕提剑，一步步向地祭司靠去，眼中杀机越来越浓。

地祭司的脸色越来越难看，并缓缓后退，在死神逼近之下，他竟然奋起余力转身向外跑去，他无法再抗拒轩辕的任何一击，现在他唯一能做的是尽快找一个安全地方逼毒疗伤。

轩辕紧追几步，身子一阵摇晃，眼前有些发黑，不得不停下脚步，扶住石壁，深深地吸了口气，看来他所付出的代价不轻。

轩辕并不想追出去，但此刻他即使想追出去已是心有余而力不足。当地祭司的脚步声远去时，他终于再也撑不住了，脚下一虚，顿时失去了知觉。

姜原的斧，如怒雷破空，在尖啸声中直划向蛟梦。

蛟梦没有动，甚至连眼皮都未曾眨一下，看着姜原的双斧自两个不同层次，化成两片暗云，他再一次发出了一声叹息。

没有人明白蛟梦为什么叹息，只怕连蛟梦自己也无法明白他此时的心情。

二十年前，也是在这两片板斧之下，有侨族死伤惨重，姬梦也在那次被掳走了。

十七年前，也是在这两片板斧之下，蛟梦终于让姜原尝到了失败的痛苦，而他更在相隔三年之后救回了姬梦。此时的姬梦已非昔日他深爱着的那位清纯美丽的少女，而已是一个孩子的母亲，更是怀上了另一个孩子的少妇。但蛟梦仍将她带了回来。

蛟梦不知道那一次自己所做是对还是错，但他可以肯定，自从那一年之后他再也没有快乐过，一直都没有。而在回到部族后，姬梦又生下了一个儿子，但她一直只肯独过，直至死去。蛟梦知道，姬梦自那一年后，也从来没有开心过……

这似乎是一种宿命，一种无奈，谁也无法改变命运，因为这是上天的安排。

今日，重见这两片板斧，蛟梦也不知道有着多少的感慨，所以他也不明白自己为何而叹气。也许是慨叹时间的流逝，也许是感伤故人的远逝，也许为那一份伤感的感情而心痛，也许是为姜原的这两片板斧……抑或什么也不是。

的确，叹息就是叹息，并没有什么意思，若硬要让这叹息带有意义，那这声叹息就只能代表剑啸。

剑啸，在隐带雷声的气旋之中！

噗噗……两声闷响。

姜原的双臂震了震，是蛟梦的剑阻住了那两片板斧的去路。

蛟梦的剑，是玄竹所制，但却没有人能够看清楚它是自哪个角度划出的，似乎无首无尾，更让人心惊的却是无影无踪，让人感觉不到剑的实体。

姜原双臂一顿之时，便立刻错步，他感到蛟梦的剑似乎直指他的眉心，所以他不得不变招，两片板斧借扭腰之力疾挥而出，几乎凝集了他全身的力量。不过，此刻的他已没有了二十年前的那种信心，他知道二十年前那种在力道之上无敌的气势在今日的蛟梦面前根本占不了半点优势。

“你是一点长进都没有，唉……”蛟梦又再次叹息了一声。

姜原这才真正地感到惊骇和震惊，在他双斧齐施之下，蛟梦竟还能够抽空说话，这至少说明在功力方面比他高出一个档次，而在此刻，他又感觉到了蛟梦长剑的存在……

蛟梦的剑一刻都没有被他甩开过，虽然姜原在片刻之间变换了三百七十四种身法，双斧变换了一千二百四十六个角度，但他仍无法甩开蛟梦那无首无尾又似乎无影无踪的一剑，而此刻姜原已经觉得耗力太多了。

神农的眼中闪过了无限的震骇，他从来都对自己的剑法充满了无法比拟的信心，可是此刻他才知道什么是天外有天，人外有人了。在他的眼中，他只见过父亲的剑可以与蛟梦的这一剑相媲美，但父亲的剑法又与这轻灵缥缈、莫可揣测的一剑有着决然不同的两种气势。那是一种霸杀之气，仿佛可以驱驾天地苍穹、苍生万物的气势，而蛟梦的剑意却若游离于九天三界之外的闲云野鹤……这是两种无法比较的剑境，但神农不得不承认，蛟梦的这一剑已经尽乎完美。

如果真是这样，结果不问可知，神农自不能看着姜原被杀，是以他顾不了自身的安危迅速出剑了。

神农所选的角度之准，出剑之快，已超出了他年龄的界限，但是仍然迟了一步。

当神农的剑接近姜原之时，蛟梦已经退立于两丈开外，好整以暇，状似观云，神态自然恬静悠闲，但却又叹了口气。

神农心头冰凉，更感到一阵莫名的恐惧。

姜原一动不动，两片板斧依然平举，只是他眼中的神色变得有些涣散，神光尽失，眉心却多了一点殷红。

神农止步，他最终还是望了姜原一眼，但是他那所存的半丝侥幸也在这一眼中全都化为烟云。

当……当……

两片板斧重重坠落地上，姜原在一阵轻风中仰面而倒，如一株伐倒的枯木。

他死了，但眼睛并未合上，也不知是因为他不敢相信自己居然会这样死去，还是不甘心如此死去，抑或他仍有心愿未了，总之，他并未瞑目，这是遗憾，所以蛟梦发出了那一声叹息。

神农半天未曾回过神来，但听到蛟梦淡淡地道：“我不会杀你，不过，我会用你去换回少典部族中所有有侨族的奴隶！你乖乖地跟我来……”

神农心中又升起了一丝希望，面对蛟梦，他没有一点侥幸的成分，因为蛟梦的确太可怕了……

蛟梦望着已经醒转的夫人轻轻叹了口气，道：“你要小心自己的身体，幽儿不会有事的，我已经让人去神潭打捞了。”

蛟夫人无语，只是泪水直流，她似乎明白蛟梦此话的意思。

“族长，有虢族的余长老带着两位灵童在外求见！”一个苍老的声音打破了房中的宁静。

蛟梦扭头望了一眼，只是轻轻吩咐一声，道：“愚叔先去招呼一下，我随后就来。”

“族长和夫人要节哀呀。”那老者轻叹了一声，退了出去。

当轩辕醒来之时，肩上已经缠上了绑带，也敷上了一些清凉之药，他第一眼看见的就是黑豆、哑叔和朱婶。

三人都是一脸关切之色。

“醒了，醒了。”见到轩辕醒来，黑豆露出一丝兴奋的神色，欢喜地道。

“现在是什么时候了？我睡了多久？”轩辕忍不住问道，他感觉整个臂膀仍很疼痛，但左臂已经恢复了知觉，这是不可否认的。

“你已睡了一天。”朱婶慈和而欣慰地道。

轩辕呆了一呆，沉默了半晌，望着眼前的三人，表情显得有些复杂。

黑豆显然明白轩辕的心思，压低声音道：“你放心吧，翰如和翰浪都死了，那地祭司原来是奸细，没有人知道你放走‘祭品’和杀死木艾诸人的事情，他们就是猜也不可能猜到你的身上。”

轩辕一呆，望了望哑叔那关切的目光，心中一阵感激。在有侨族中，只有这一家人对他最好，他几乎将这不会说话的长辈当成自己的父亲看待，而哑叔对他的关心甚至多于对黑豆的关心。

“是你们将我救回来的？”轩辕问道。

“不错，我不放心你一人前去找那老鬼，就让爹和我一起前往龙岗那边找你，果然在你所说的那密室中发现了那老鬼和昏迷的你。那老鬼见到我们就感到不妙，竟向密室深处跑去，那密室机关重重，四通八达，竟让他给逃了。不过我们却在密室中找到一个很重要的证据，使我们知道他是北部鬼方派来的奸细。”黑豆极为兴奋地道。

哑叔紧紧握住轩辕的手臂，目光中泛起一丝暖意。

轩辕完全可以明白哑叔眼神之中的意思，他更知道该怎么做。

“你跟族人怎么说？”轩辕向黑豆问道。

黑豆兴奋地笑了笑，道：“我跟他们说，你是追寻一群可疑人物而受了重伤，他们居然一点也没有怀疑。”

“可疑人物？”轩辕讶然问道。

“是的，昨天出了大乱子，不仅仅是因为木艾和华雷他们被杀，‘祭品’失踪，同时也是因为少典族的虎叶派来了奸细高手，而那群神秘人物被族长杀了，只留下一个年轻人说要跟虎叶交换物品。”顿了顿，黑豆又接道，“我说你被密室中的神秘人物所伤，连族长都以为是他们伤了你，族人当然信以为真了。”黑豆狡黠地道。

轩辕先是一呆，后又长长松了口气，悻悻地道：“看来老天也在帮我。”

哑叔和朱婶脸上绽出一丝笑意，点了点头，显然是同意轩辕的说法。在族中，他们一家人绝对支持轩辕，这是毋庸置疑的。

“那一群女人怎么处理？”轩辕又问道。

“我们绝不能让那老鬼太过逍遥，要使他永远回不了族中。因此，我说咱们发现那群神秘人物进了龙岗的地下密室，我们追了进去，你就是在那里被他们打伤的。再加上那些女人做证，就算那老鬼有百张口也无法辩解。更何况天祭司和人祭司早就想排挤那老鬼，只要有一点把柄，立即会大做文章，因此地祭司只好自认倒霉了。”黑豆得意地道。

轩辕终于绽出了一丝笑意，他早就知道三大祭司之间的关系绝对不会如表面那般平静，而这些，正是他的筹码之一。否则，他即使算计了地祭司，也无法面对族人。但轩辕绝不想离开有侨族，他的目标也远不只如此。这一刻他知道一切都已经过去了，但他突然又觉得少了点什么，禁不住问道：“幽儿呢？她怎么没来？”

哑叔和朱婶脸色忽变，黑豆的表情也有些古怪。

“孩子，你要注意自己的身体啊！”朱婶伸手轻轻抚摸了一下轩辕的额头，有些伤感地道。

轩辕的心一直往下沉，似乎坠入了永不见底的深渊之中。

“她是不是……出事了？”轩辕深深吸了口气，问道。

哑叔没有作出任何表示，只是目光之中多了一些难以捕捉的情绪，朱婶却黯然地点了点头。

“告诉我，黑豆，到底发生了什么事？”轩辕一把抓住黑豆的手臂，有些激动地问道。这一刻，他才深深地感觉到，蛟幽对他竟是那般重要……

黑豆仰起头深深地吸了口气，再嘘了出去，淡淡地道：“她自天台之上坠入了神潭之中，尸骨未存！”

轩辕只觉脑中嗡的一声，如同进入了一个浑浑噩噩的噩梦之中。

朱婶轻轻地叹了口气，哑叔却将轩辕的手抓得更紧，他们都明白轩辕此刻的感受。

正在这时，房门被敲响了，然后闻听吱呀一声，走进来一对年轻夫妇。

“醒了。”那年轻男子似乎有些欣喜。

“原来是木青大哥来了，快请坐。”黑豆抬起头来，望了望迎面走来的年轻夫妇，客气地道。

“轩辕，我给你熬了一锅山鸡汤，趁热喝了吧。”那少妇柔声说了一声，将手中端着的鸡汤轻放在一张桌子上。

“麻烦你了，青月！”朱婶望了那少妇一眼，语调显得十分慈和。

“你怎么了？”那年轻男子来到轩辕身边蹲下，关心地问道。

轩辕微微回过神来，有些木然地抬头望了望众人，落寞地道：“我没事，谢谢木青大哥和嫂子的关心。”

来人乃是族中勇士中举足轻重的人物木青，其地位绝不在蛟龙之下，武功比之蛟龙也不会有丝毫逊色。只是他比蛟龙和轩辕大上了七八岁，已经不算蛟龙的同辈之人，那少妇正是木青的妻子青月。

木青异样地望了望黑豆和哑叔诸人，不知道究竟发生了什么事，最后将目光落在轩辕身上，似有所悟地道：“人死不能复生，活着的仍要生活，请节哀顺变。”顿了顿，又接道，“起来喝口汤吧，待会儿族长要见你！”

“我知道！”轩辕深深吸了口气，但目光显得有些空洞。

蛟梦望着轩辕，眼中的感情极为复杂，轩辕曾是他寄望甚高的故人之子，可事实却违背了他的意愿。

到目前为止，轩辕未曾参加过一届勇士的角逐，没有在一次狩猎大赛中表现出色，这使蛟梦对他的栽培也失去了动力。

五年了，蛟梦有五年没有好好注意轩辕了，就像是面对一堆难雕的朽木，他有一种放弃的感觉，而轩辕也正是像一颗被遗弃的种子，自生自灭。

五年后的昨天，轩辕终于为有侨族做出了一件大事，可惜这却成了一个极大的讽刺，对有侨族的讽刺——被尊为不可侵犯的地祭司竟是北部鬼方的奸细，这好像是一个玩笑。

轩辕也一下子成了名人，成了有侨族的名人。

在轩辕走入石殿之前，蛟梦和天、人两大祭司在谈论再选“祭品”之事，但轩辕步入大殿的第一句话却是提出反对挑选“祭品”之事，这让蛟梦不得不再一次深深打量了轩辕几眼。其实，大殿中所有人的目光都有些诧异，但对轩辕的看法又各有不同。

“伤好些了吗？”蛟梦微微吸了口气，不紧不慢地问道。他不得不重新认识轩辕，面对着轩辕那明亮而不屈的眼神，他才真正地意识到轩辕的不简单，反倒是天祭司和人祭司对此并没有感到惊讶，他们似乎早就知道轩辕有惊人之举。

“谢谢蛟叔的关心，这点小伤还不碍事。”轩辕淡淡地道，顿了顿，他的目光在大殿中每一个人的面部扫视了一下，吸了口气接道，“长老们也都在，轩辕有件事想说，却又不知道当不当说？”

蛟梦望向轩辕的目光变得更为复杂，而他身旁的蛟龙却有些不耐烦地道："此刻大家在商讨大事，谁有闲情听你瞎扯？还不退到一边去！"

"你又怎能说我的问题就不是大事呢？又怎么知道我的问题是多余的，而不值得浪费时间呢？"轩辕微微有些愤然地质问道。

"你有什么问题，请问吧。"天祭司见轩辕语锋如此犀利，心中有些讶异，但却多了一分欢欣，他似乎是第一次才认识轩辕似的。

轩辕并没有半点感激之意，目光又移向了蛟梦，不经意间瞟了一下脸色气得铁青的蛟龙，心中暗笑。

"你说吧。"蛟梦似乎知道轩辕想说什么，想表达什么。

轩辕缓步来到大殿中央，正对着蛟梦，语调平静地道："轩辕犯下了一个大错，虽然我不认为这是错误，但对于族人来说，也许是不容饶恕的错误，因为轩辕在古林岗曾再次擒住了'祭品'，最后却又放走了她……"

"什么？"大殿之中的诸人全都大惊，注视轩辕的目光更为异样。

哑叔和黑豆脸上的血色尽失，他们怎么也没有想到轩辕所说的竟是这样一件事。而他们更清楚这之间的事实，根本就不是轩辕所说的那样，可轩辕为什么要这样说呢？

天祭司、人祭司和蛟梦似乎也被轩辕的话弄糊涂了，半晌过后，蛟梦才深深地望了轩辕一眼，淡淡地问道："你可知道你犯下的是什么错吗？"

"我知道自己犯下了族中大过，但她逃脱的刹那，我发现自己的心更为平静，所以我不后悔，如果族长和众位长老要处罚，我也无话可说！"轩辕丝毫没有慌乱。

蛟梦和大殿之中的人全都为之一怔。

"你为什么要放走她？是因为你喜欢她吗？还是因为你是迫不得已的？"蛟梦努力使自己的语气平静下来，问道。

"不，全都不是，不过我当时并不知道有人因她而死，我放走她，只是不希望看到一个生命被摧残，被断送！"轩辕吸了口气道。

"如果你不是喜欢她，那她的生死又关你什么事？她只不过是你的一只猎物而已。"蛟龙对轩辕那种自以为是的态度极为反感。

"她也是人，也是有血有肉的人，如果只有喜欢她的人才会关心她，那这个世界岂不是太过冷漠吗？神创造了人，就是要我们好好地生活，让我们去开发这个世界，如果我们对自己的同类都如此残忍，又如何面对神的博爱？如果我们去毁灭同类的生命，我们又如何面对神的仁慈？而这样又和禽兽有何区别？”轩辕与蛟龙向来是对头，是以轩辕毫不客气地予以回敬。

众人全都为之一呆，蛟龙更是气得脸色发白，他也不知道为什么总看轩辕不顺眼，也许是因为他隐约感到轩辕是其潜在的对手，抑或正是轩辕那种从不买账的行为使他恼怒。

“但你可知道，这个‘祭品’是送给神的，而你却放走了她，你认为自己的做法对吗？”天祭司也有些恼怒轩辕的话，轩辕刚才那一轮话等于将他也骂进去了，而他在族中的地位和身份是何等尊崇，岂能受得了轩辕这种小辈的指责？

第五章　祭坛论神

轩辕抬头扫视了所有人一眼，这才将目光落在天祭司的身上，他对祭司从来都没有好感，至少这十年来他心里一直这么认为，因为在他的印象中，祭司们都是藏头藏尾、假仁假义的人物。

“我想请问大祭司一个问题，不知大祭司可愿指教？”轩辕淡然问道。

天祭司微感诧异，有些漠然地道：“什么问题？”

“神的力量是否是无边的？是不是无所不能的？”轩辕问道。

天祭司和所有人都呆了一呆，似乎对轩辕的这个问题很感意外，而这个问题也实在是让人难以回答，因为没有人能肯定和否定这个问题，但在他们原始的思想中，神自然是无所不能的。

天祭司的眸子之中射出一丝讶异的神采，他竟猜不透轩辕问这话的用意，但作为一个祭司，他自然不敢怀疑神的力量，不由道：“那当然！”

轩辕并没有半点神情的波动，再次淡然肯定地道：“是的，神的确是无所不能的，他创造了人类，但为了将人类与他们区分开来，他们让人类的生命受到他的限制，于是神就让人类有了生老病死，大祭司认为是吗？”

天祭司和人祭司都点了点头，显然是赞同轩辕的看法，连蛟梦和蛟龙都被轩辕的话所吸引，暗想轩辕会怎样继续说下去，看看轩辕怎样为自己辩护。

“是啊，神是多么的伟大，他创造了生命，但神又以生老病死来掌握着人类的生命，因此我们的生命虽是由自己享受，但其实是由神掌握的，包括我们的命运。大祭司以为自己可以代表神去主宰人类的生命和命运吗？”轩辕逼视着天祭司和人祭司，断然问道。

天祭司和人祭司不由得相视望了一眼，同时摇了摇头，道：“不能！”但心中却似有所觉。

轩辕露出一丝淡然的笑意，目光离开两大祭司，扫过四位长老，再经蛟龙落到蛟梦身上，这才吸了口气问道：“有谁认为自己可以代表神主宰一切？有谁可以清楚神的心意？”

众人默然，这又是一个没有人可以回答的问题，因为事实上，谁也没有这个能力。

“你到底想说什么？”蛟龙有些不耐烦地道。

轩辕并不望向蛟龙，他本来很想回敬一句，让蛟龙无法下台，但想到蛟幽之死，他心中又一阵痛楚，也就把本想说的话咽了回去，只是吸了口气，平静地道：“既然大家都无法代表神，都无法知道神的真正意愿，是以大家都没有资格去自作主张地毁灭神最伟大的创举。神如果需要谁的生命，以他无所不能的力量，自会让那人死去，但我们却没有权利执行这个任务，否则就打乱了神定下的生老病死之规律，那样我们必定会受到上天应有的惩罚！”轩辕顿了一顿，又补充道，“我不想看着这样的罪孽深种下去，这也是我放走‘祭品’的原因！”

众人全都呆住了，他们不能否认轩辕所言没有道理，皆因轩辕的话正是以彼之矛攻彼之盾，让他们无从反驳。

哑叔和黑豆眼中闪过一丝兴奋的光彩，显然对轩辕的大力辩驳而松了一口气。

两大祭司相视望了一眼，都发现彼此眼中的惊愕和诧异。蛟龙的眼中则是嫉妒之色，唯有蛟梦神色没有半丝波动，眼神之中也无半点变化。

哑叔向黑豆使了个眼色，黑豆立刻明白其意，忙上前与轩辕平跪殿中，向蛟梦道：“族长，轩辕他一心为族人着想，这才放走了‘祭品’，而且他又有揭开妖人奸谋之功，就算是有什么过错，还望族长和几位长老念在轩辕此功之上，对他从轻发落！”

蛟梦望了黑豆一眼，又望了望哑叔，淡然道：“黑豆，你先退到一旁吧，我自有定夺。”

四大长老也眉头微微皱了起来，显然是在思忖着轩辕刚才那一番话。

轩辕见众人都为他的话所动，不由趁机又道：“祭天，那只是我们对姬河之神，对大自然之神的敬意，也是表达的一种方式，但如果因为祭天而以活人作为祭品，那反而有违祭天的本意。祭天也是为了祈求人们的平安幸福，祈求神赐福于万民，而福未至却先残忍地将活人处死，这难道是仁慈的神所愿见到的吗？”

“黄口孺子，你知道什么？那岂是将活人处死？那是送她去神界，又岂是随便什么人都能去的？”天祭司怒道。

“你是在自欺欺人，当你将一颗满怀仇恨的心送去神界，岂不是玷污了神界的纯洁？一个满受冤屈的灵魂只会有损姬水之神的形象，只会是一个悲哀的结局，你身为祭司，难道连这一点都不知道吗？”轩辕愤然道。

“你……”

“好了，轩辕，你说说为什么那是一颗满怀仇恨之心和满受冤屈的灵魂？”蛟梦打断了天祭司那有些愤怒的话语，问道。

轩辕不屑地看了天祭司一眼，他根本就不看好这个在族中地位尊崇的祭司之首，族中的三大祭司如同披着善良救世外衣的屠夫，只会在每年的祭天之时现身杀害那无辜的“祭品”。若说真的对族人起到什么保护作用，那全都是虚妄之谈，至少轩辕不曾见过。

哑叔对轩辕的话语显然很欣赏，黑豆却为轩辕担心，若轩辕得罪了祭司，那以后的日子可真难过了。若是祭司发起怒来，只怕他想帮都帮不了。

轩辕却丝毫无所畏惧，在今日，他似乎从十年的沉默之中苏醒过来，至少他不再怕被人知道其底细，也不必去在意太多。

“如果一个人并不是自愿，而是遭人胁迫去做某一件事之时，你们认为这人的心中会没有怨愤吗？而且是关系到生死大事，剥夺了他选择和生存的权利，你们认为这个人的心中会没有仇恨？灵魂会不冤屈吗？是啊，正如有些人说，神是伟大、仁慈、善良的。你们看看姬水，多么美丽，看看沿河的土地，是多么富饶，这美丽的姬水不知养活了我们多少代人，养活了我们多少生命，我们都生活在它的怀抱里，它以宽阔的胸怀包容了我们。姬水之神就像是我们这些人类的母亲，而这悠悠不绝的河水正是母亲的乳汁!”轩辕说到这里，声音变得激动，但却突然顿住了。

也不知是什么时候，石殿之中竟涌入了数十人，有男有女，还有数十人站在门口，包括殿外的窗下也有人。所有人都在沉默着，似乎完全陷入了轩辕所表述的那种意境中，两大祭司的神色也泛起了一丝难以觉察的讶色，哑叔和蛟梦的神色却宁静得如同高阔的天空。很显然，他们也陷入了轩辕表达出来的意境中。

轩辕轻轻吸了口气，语调又变得肃穆而低沉，更饱含浓重的情感意味：“是啊，姬水之神是十分伟大、十分仁爱、十分善良和高尚的母亲，她爱我们，所以给了我们甘甜的乳汁，给了我们取之不尽的林木，给了我们肥沃的土地，给了我们可以猎食的野兽飞禽，给了我们自强不息的精神，更让我们享受到生命的美好。然而有哪个母亲愿意扼杀自己的儿女?有哪个母亲希望让自己的儿女以一种屈辱的形式死去?”

大殿之中依然是一片肃静，几乎到了落针可闻其声的地步，每个人的眼中都露出了深思之色。天祭司和人祭司脸上微微显出一丝羞愧，半晌，天祭司有些底气不足地道：“但是，我们所用的‘祭品’并不是生活在姬水之神保护范围之内的。”

众人的目光这才微微有些回转，落回轩辕的身上。

轩辕不为所动地环扫了石殿中肃立的人们一眼，这些人有很多是找蛟幽未遂而返的，全都是族中的长者们，更有许多妇人也在其中，而立于门口的则是族中的壮汉，站在窗外的却是族中年轻的女人们。

轩辕淡淡地吸了口气，平静地道：“母爱的伟大，是保护弱小，推己及人，她们爱自己的儿女，也同样关心别人的儿女，就像我们的族人，相互友爱，相互关心和帮助，这才能够使我们的族人生活得更幸福。任何来到姬水之畔的人，任何热爱姬水之人，无论他原来住在哪里，姓甚名谁，他们都是姬水之神的儿女，这才是姬水之神的伟大之处，这才是我们为有这样高尚、仁爱的母亲而感到骄傲之处!”顿了顿，轩辕又接道，“你们知道吗?母亲对儿女的爱是无私的，她只要我们活得好，只要我们将她的仁爱发扬光大。如果，我们一个个变成了屠夫，用仇恨的鲜血和冤屈的灵魂去报答她，岂不是抹杀了她的仁爱，抹杀了她的高尚吗?”

“说得好！说得好！”继而是几声拍掌之声。

“雁虎兄！”蛟梦一惊，忙站起来步下台阶，向说话之人行去。

“哈哈哈……有侨族中竟有如此人才，实让我羡慕呀！”

轩辕一惊，众人的目光全都移了过去，来人竟是有虢族的族长雁虎。

蛟梦向轩辕道：“起来吧。”

轩辕这才站起身来，这时雁虎已行至轩辕身边，向蛟梦笑着点了点头，又向轩辕投以真诚的一笑，道：“年轻人，你说的话是我听过的所有论调中最好的，我们的母亲是如此的伟大和高尚，又怎会向儿女们索要什么呢？我们就是要祭她们，也不能有违她那仁爱的本性！好，年轻人，你叫什么名字？”

“阿爹，他叫轩辕！”一声脆响在雁虎的身后响起。

众人一惊，这才注意到雁虎身后那长身玉立的少女，犹如春水中傲立的芙蓉，眉眼间荡漾着万千风情，嘴角总挂着一丝顽色，如玉雕的俏脸上露出一丝醉人的笑意。淡布素裹，清爽利落之处更犹似滴露的绿叶，众年轻人不由得看傻了，由于众人刚才的目光全都落在轩辕身上，心思更被轩辕的话所吸引，竟没有注意到如此美女进入大殿之中。

轩辕粗略地打量了她一眼，有点模糊的印象，虽只粗略一看，但却可知此女的容貌与蛟幽各有韵味。

蛟幽之美就在于那种单纯，不谙世事的天真烂漫，那种毫无心机的坦然善良，使人觉得她永远都是需要呵护的女孩。纯美得不带半丝世俗的烟火，犹如开在雪山之巅的雪莲，所以有人暗自把蛟幽比作姬水之神。而眼前此女却多了一分妩媚、率性，更让人感觉到她的任性与野性，只从那毫不回避的眼神就可以看出这一点。

“哦，菲儿认识他吗？”雁虎有些讶然地问道。

“原来贤侄女也来了，为什么不事先通知我一声呢？”蛟梦虽然心中极痛，但仍然强笑着道。

“蛟伯伯，菲儿是来看你和伯母的。菲儿知道伯伯和伯母很爱蛟幽姐姐，可人死不能复生，伯伯就当菲儿是你们的女儿好了。菲儿也会如蛟幽姐姐一样对待伯伯的。”那少女一把拉住蛟梦的手，恳切地道，脸上尚挂着一丝天真和诚恳及期待。

众人都为之一呆，蛟梦心中暗痛之余又极为感动，不由爱怜地轻抚了一下她的秀发，叹了口气，道："你真是个好孩子!"

大殿之内的气氛霎时变得有些沉静，这本来是一个没有人想去提到的话题，但却被眼前的少女如此不经意地说了出来，使得众人又陷入了一种哀悼之中。

雁虎大为尴尬，他这宝贝女儿似乎太过莽撞了，本来他想好的话，一时间又不知从何说起了，不由拍了拍蛟梦的肩膀，吸了口气道："节哀顺变!"

那些涌入石殿之人都自觉地退了出去，看来他们很识趣。

这里的所有人都识得雁虎，皆因有虢族和有侨族两部的关系极为密切，更有通婚的前例，且每年都是共祭姬水之神，可谓是兄弟部落，所以，在场人对有虢族的族长雁虎自然极为尊敬。

"走吧!"黑豆拉了轩辕一下，小声地道。

轩辕也自悲痛之中清醒过来，心中一阵酸楚，移步缓缓退了出去。

族中的那些年轻人似乎第一次认识轩辕似的，都投以佩服而又讶异的眼光。那些妇女们更因轩辕刚才的一番话而深深打动了她们的心，都对轩辕投以赞许的表情，但轩辕却默默无言，似乎陷入了另一种深深的悲伤之中。

"轩辕，吃饭了。"黑豆的呼声在远处响了起来。

轩辕没有动，似乎并没有听到黑豆的呼唤，只是默默地注视着那三道飞泉与那潭中深不见底的幽蓝之水。

他已经在这里坐了整整一个下午，太阳已经下山，唯有一抹凄艳的晚霞仍浮在远山之顶。

神潭这片地域比别的地方更显阴暗一些，每天太阳最迟照射到这里，但又最早离开，皆因天台这耸立的高岩呈一种极不规则的形状。

这一切，轩辕并不在意，他从来都不在意这些外在的条件，而只是注重那种静，脱离世俗的静，而今日更是一个特别的日子。

这是一个让人心痛的日子，是以轩辕自大殿之中一出来，就独自来到神潭边，找了一块比较平坦的石头坐下，正对着那三道飞泉，然后便陷入了一种沉思——深深的沉思之中，抑或说是哀悼。

“轩辕，要不要我把饭菜送来给你?”黑豆似乎很了解轩辕，见轩辕没有应声，这才轻声问道。对于轩辕的这种表现他是司空见惯，有时候他一坐就是两三天，现在只不过是一个下午而已，若是轩辕不选择这种方式来排除心中之痛的话，黑豆反而会认为这不合常情。

“不用了!”轩辕淡淡地嘘了一口气，有气无力地道：“我不想吃，让我静一静吧。”

“身体为重!”黑豆小心地劝说道。

“我知道该怎么做，不要为我担心。”轩辕沉默了半晌，叹了口气道。

“轩辕……”黑豆欲言又止。

“还有什么事吗?”轩辕转过那双显得十分漠然的眼睛，落在黑豆的脸上，淡淡地问道，虽然他有些心不在焉，但从黑豆的语气中，他可以听出来一些什么。

“雁菲菲在找你。”黑豆终于说了出来，同时来到轩辕所坐的石头旁坐下。

轩辕眉头微微一皱，淡漠地道：“她找我干什么？我又不认识她。”

“可她好像对你很了解似的，而且问我你在哪里……”

“那你告诉她了?”轩辕淡然问道。

“还没有……”

“那你就去告诉她你不知道我的行踪，我不想任何人打扰我，你先回去吧，今晚我就睡在这里了。”轩辕酸涩地道。

黑豆无奈地撇了撇嘴，他对轩辕似乎极为了解，从腰间拔出轩辕那柄遗落的短剑，放在轩辕的身边，无可奈何地道：“我就知道你会这么说，短剑就放在这里了，你要小心些。这两天族中不安稳，这里也不是安全之地。”

轩辕露出感激的一瞥，但却并没有说话，也没有伸手去拿剑，只是全神贯注地望着那幽蓝的潭水和雪白的水花，倾听着那水流狂泻的碎响。

黑豆走了，他没有多说什么，皆因再多的话都没有用处。这十年来，黑豆就如同轩辕腹中的蛔虫，没有人比他父子两人更了解轩辕，那是一种真挚得不夹半点杂质的情谊。

轩辕依然静静地坐着，此时天气有些热，应该算是夏天，枝繁叶茂的夏天。

水潭边却很凉爽，皆因那三道飞泉自高空坠落，溅起的水雾极为清凉，而且也形成了一股股流动的风，使得水潭边极为清爽，也极为清幽。

“嘿！”一声轻脆的大喝声自轩辕背后响起。

轩辕竟没有半点反应，犹如一尊石雕般。

“喂，你干吗一个人在这里呆坐着？天都快黑了！”雁菲菲见轩辕并没有对她的大喝作出任何反应，不由大感没趣，她有些不高兴地来到轩辕的身前，挡住了他的视线，嘟着小嘴问道。

轩辕双眼依然定定地望着，似乎没有发现他的视线已被一个大活人挡住。

“喂，死轩辕，你有没有听到本姑娘说话？”雁菲菲大怒，双手叉腰，瞪视着似乎根本就没有将她当人看的轩辕，叱道。

轩辕这种木讷而淡漠的表情，使雁菲菲有一种受辱之感，还没有哪个男人在她面前视若无睹，而且对她的话不理不睬。以她那种娇小姐的脾气，怎么受得了呢？

“请不要挡住我的视线，好吗？”轩辕终于淡淡地开口了。

雁菲菲却气得脸色煞白，她怎么也没有想到轩辕竟会是这样一句答复，一时之间倒不知该如何回答了。

“请不要挡住我的视线，好吗？”轩辕再一次出声道，依然显得那么平淡。

“本姑娘就是要挡着又怎样？”雁菲菲一赌气，挺起胸膛，两手叉腰，气呼呼地道。

轩辕的目光缓缓上移，自那对欲裂衣而出高耸的乳房之上移到雁菲菲那张如白玉雕琢而成的俏脸上，但他并没有留恋雁菲菲那不可方物却有些气急败坏的美丽，而是将目光落在了雁菲菲的眼睛上。

轩辕和她的目光接触，似乎深深投入了她的眼睛深处。

雁菲菲心中禁不住一震，轩辕那显得有些空洞的眼神，实则深邃无比，犹如深远的天空，但以她女孩子敏锐的直觉，似乎捕捉到轩辕眼神之中的那一缕淡淡的哀伤和果决的霸道之意。

“你想怎么样？”雁菲菲骄横地一噘嘴道，似乎刹那间成了一个胜利的将军，至少轩辕有了反应，这对她来说，应该算是颇有成效了。

轩辕深深地望了她一眼，伸手轻轻抓起剑立身而起，竟比雁菲菲高出半个脑袋。在族中，唯有天祭司比轩辕高大，不过，天祭司瘦得如同一根竹竿，又怎能与虎背熊腰的轩辕相比？雁菲菲只比轩辕矮半个头，显然已是极高了。

轩辕不想多理雁菲菲，只是轻步向水潭的另一边走去。

“死轩辕！”雁菲菲大怒，气恼地骂道。

“你给我站住！”雁菲菲喝道。

轩辕没有理她，依然缓移着脚步，似乎拖着满腹的心事。

经过这一天多时间，他的左臂疼痛大减，那只左臂只不过是脱臼，只要接上就基本上没事了，只是地祭司掌力中夹着一股邪异气劲潜入臂中，使得肩头肿起，仍是极为疼痛。不过经过蛟梦和哑叔的气劲疏导，已无大碍，甚至可以与人格斗。不过，轩辕没有这种心情，只是另外再找了块石头坐下，目光依然是望着那自空中飞坠而下的三道飞泉，以及被飞泉冲击的潭面。

雁菲菲大为气恼，更不服气，她绝不相信自己几乎无可挑剔完美至连自己也引以为傲的身体会不如那一潭死水有魅力！

“哼，本姑娘就要挡你的视线，有本事你就把我赶走！”雁菲菲岂肯善罢甘休？说着又挤到轩辕的身前站着，骄横地挺起酥胸，似笑非笑地望着轩辕。她算定轩辕不敢对她无礼，但她却并不明白轩辕心中所想。

轩辕再次望了望她，似乎并未动气，只是又默默地换了个地方，这一次他坐在水边，甚至连脚都没在水中，在他的面前没有地面，只有过膝的潭水。

雁菲菲差点气得连眼泪都流出来。

“好你个轩辕，本姑娘就和你斗到底，看谁怕谁!”雁菲菲的倔脾气终于发作起来，好胜心强的她还从来没有受过这种气。

哗哗……雁菲菲拉起裙摆，故意踢得水花四溅，沾湿了轩辕的衣服，同时也移身至轩辕与那三道飞泉之间，挡住轩辕的视线。

轩辕微微皱了皱眉头，抬头望着雁菲菲那赌气的表情，一副气鼓鼓又显得得意扬扬的孩子气，却不好发作，目光再次回到雁菲菲那浑圆修长、润滑如玉的美腿上，禁不住有种啼笑皆非的感觉。

雁菲菲见轩辕似乎再也无计可施了，不由又得意起来，似乎她又打赢了一场胜仗。

“这样对你没有好处的。”轩辕吸了口气道。

“不要你管，只要本姑娘乐意，偏要挡住你的视线!”雁菲菲噘嘴道。

“难道你不觉得过分吗?”轩辕依然不愠不火地问道。

“我过分?”雁菲菲似乎受了极大的委屈，说这话时气得几乎流泪了，但旋又强硬地道，“过分又怎样?本姑娘喜欢，你打我呀，杀我呀!”

“简直是无理取闹!”轩辕有些恼火地低说了一句，长身而起，转身就走。

“轩辕，你走!我去告诉蛟伯伯，告诉他……”雁菲菲气得直打战，但那一句话却不知该怎么说出来。

轩辕不屑地道：“告诉他什么?说你无理取闹?”

“你……你这个浑蛋，浑球，我去说你污辱了我，说你是个色鬼，败坏我的贞洁!”雁菲菲终于破口大骂起来，更大声威胁道。

轩辕一呆，转过背来，愤怒地道：“你敢!”

“难道本姑娘还会怕你不成?有什么事情本姑娘不敢做的?哼，你怕了吧?”雁菲菲似乎终于找到了还击的机会，禁不住得意地道。

“你……”轩辕却不知道该如何说下去，忖道：“这鬼女人还真任性得紧，要是她真的在蛟伯伯面前这么诬陷我，那我日后还有什么脸面抬起头来做人?岂不是……”想到这里，轩辕又气又恨，却拿雁菲菲没有办法，毕竟对方是雁虎的掌上明珠，打也打不得，更是杀不得。

“你到底想怎样?”轩辕强自压住心中的气恼，无可奈何地道。

雁菲菲露出一个迷人的笑容，得意地道：“只要你好好地陪本姑娘说说话，本姑娘心里一高兴，就不记得你所做的坏事了……”

“我本来就没有做坏事!”轩辕怒道。

雁菲菲咯咯一笑，道：“看，看，你又想惹本姑娘生气了，不过，你生气的样子倒蛮好看的。”

“你……”轩辕唯有大叹倒霉，心中本来存在的那种无奈、酸涩和痛苦，此刻也不知道为什么，竟被扰得乱七八糟，连他也不明白自己此时是什么感受，不过脸上的神色却变得铁青了。

雁菲菲也吓了一跳，知道轩辕真的是动怒了，忙自潭水中行到轩辕的身边，有些不好意思，如同做错了事的小孩子，小心翼翼地柔声问道：“你真的生气了吗?”

轩辕见她如此一副惶急的样子，心中的恼怒一时又发作不出来，只是冷冷地盯着她，一言不发。

“是我错了，你别生气，好吗?人家只是想找你说说话而已，谁知你对人家不理不睬，我才生气的。其实，刚才我只是说着玩的，又不会真的去诬陷你。好了，别生气，菲菲向你道歉总该行了吧?”雁菲菲见轩辕真的生气了，不由又有些手足无措，幽幽地赔礼道。

轩辕移开目光，轻轻吸了口气，道：“对不起，是我心情不好，不该这个样子。”

雁菲菲一呆，似乎感受到轩辕心中那种无法言喻的悲痛，不由望着轩辕有些期待地问道：“你有心事吗?能跟我说吗?也许我可以为你分担一些呢，告诉我，好吗?”

轩辕扭头望着雁菲菲那期盼的眼神，心中涌起一丝异样的波动。此时此刻，他才发现雁菲菲真的很美很美，特别是最后一缕晚霞的光彩洒落在她那美丽得没有半丝瑕疵的脸上，让人产生一种仿若对天地山川的惊叹。

雁菲菲的俏脸上竟难得地红了一下，并低下头去，不敢正视轩辕的目光，此刻她才感觉到与轩辕距离近了一些，两人只相距一尺来远，她还从来没有在如此近的距离仔细看一个除父兄之外的异性。

“谢谢，我只想静一静，你回去吧，他们会来找你的。”轩辕轻轻地吸了口气，淡淡地道。

雁菲菲显然有些失望，也有些愤然地轻声问道：“菲菲有这么讨厌吗?”

轩辕微微有些歉意地伸手搭在雁菲菲的肩头上。

雁菲菲竟轻轻颤了一下，抬头却见轩辕眸子之中竟尽是伤感，神色间更是黯然，心中不自觉地泛起了一丝异样的涟漪。

“不，你很美丽，我相信世上没有哪个男人会讨厌你的。不过，今天我真的只想单独静一静，如果以后有时间的话，我再陪你说话，好吗?”轩辕尽量让自己的声音变得平静地道。

雁菲菲心中一甜，温驯地点了点头，那双美目轻轻地眨了眨，长长的睫毛似乎在扇动着一个美丽的梦幻。

轩辕终于露出了一丝酸涩的苦笑，他的心中无论怎样都无法排除出蛟幽的影子，若非发生了蛟幽的事情，他绝对不会介意与这样一个美人儿玩一场游戏，可是此刻他一点兴致也没有。

雁菲菲羞涩地笑了笑，轻声道：“你今天说的话很精彩，错过今天，菲菲一定要与你长谈数日。”

轩辕深深地望着雁菲菲那似天真又妩媚无限的表情，而且还似乎带着一种挑逗的意味，那似笑非笑的眼神与微微翘起的嘴唇……他的眼神禁不住变得复杂起来。

雁菲菲似乎感觉到轩辕的异常变化，但却没有半点惊慌，反而眼神变得更为柔媚和放肆。

轩辕那只搭在雁菲菲肩头的手突然充满了爆发力。

雁菲菲还没来得及反应过来，就已脚步不稳地被拖得向轩辕靠去，正要惊呼，那翘起的小嘴却被轩辕那张大嘴密不透风地封住了，一股粗犷而浓烈的男子气息吞噬了她的嗅觉，那粗野而狂放的温柔使她迷失了方向，那象征式的挣扎完完全全地解放，反而是拼命地搂紧轩辕的脖子，拼命地送出软滑的丁香小舌……

轩辕似乎将所有的郁闷，所有的伤感，与积压了十年的情感，在这一刻如熔浆般喷发出来，他的动作开始有点近乎疯狂，到后来却是越来越温柔……

两人拼命地拥吻着，似乎坠入深渊之时陡然抓住了一根树枝，激情奔涌之中，两人都迷失了方向，迷失在那醉人的温柔和无可言喻的美妙之中。这一刻，轩辕忘掉了仇恨，忘掉了伤痛，甚至连蛟幽的影子都忘记了。

不知什么时候，两人同时倒在不平的地上，倒在潭水之畔，轩辕如同一只在沙漠中饥渴了十日的孤狼，突然找到了水源，那种疯狂的欣喜和兴奋可想而知。

雁菲菲也被挑逗得春情如潮，两只玉手深深插入轩辕那不长的头发之中，双腿紧缠着轩辕的肢体，任由轩辕那充满热力的大手深入她的衣襟之中，搓揉着她引以为傲的乳房，而她却依然与轩辕疯狂地吻着，享受着轩辕的手和嘴给她带来的那一波又一波的快感，身子也扭动得更狂更野，如同一条交配中的母蛇。

轩辕终于忍受不了高昂情欲的冲击，有些粗野地扯开雁菲菲的衣襟，同时一把抱起她那发烫且软滑的躯体向不远的林间大步行去……

天色渐黑，夏日的白天似乎比黑夜要长一些，虽然太阳早已下山，可是天空依然明朗。

其实，夏天无月的夜也不会是一片漆黑，至少那满天的繁星也能使大地染上一层朦胧的光芒。

雁菲菲无比留恋地轻轻抚着轩辕那健硕的身体，那充满爆发力和生机的肌肉散发出一种让她迷失的气息，想起刚才痛楚中夹杂的快乐，那种无法形容但却连神经末梢都在轻颤的快感，让她觉得以前的日子是白活了。

轩辕的大手也似乎极为眷恋雁菲菲那玲珑剔透、光洁如玉的肉体。

“你真强壮！”雁菲菲凑到轩辕耳边小声道，修长而润滑的美腿再次缠上了轩辕。

轩辕心中却又浮现出蛟幽的影子，暗中忖道：“如果此刻怀中搂着的人儿不是雁菲菲，而是蛟幽，那又会是怎样一种意境呢？”想到这里，他心头又在发热，那种肢体相缠、蚀骨销魂的感觉是那么强烈。虽然此时两人置身于一个黑暗的树洞之中，可是他身上的每一个毛孔都似在吸吮着一种温热的气息。

“好哥哥，我们再来好吗？”雁菲菲缠住轩辕的肢体轻轻地摩擦着，双手紧紧搂住轩辕的腰肢，轻声道。

轩辕的欲火暴涨，翻身再次将雁菲菲压在身下。

暴风雨再一次在树洞之中冲击着，在欲死欲仙的呻吟声之中，轩辕将所有的情绪、哀伤化成疯狂的动力，在两次销魂中发泄出来。

雁菲菲竟以无比高涨的热情迎合着，在疯狂与快乐之中迷失着、放纵着、呼叫着……

“我并不是处子之身！”雁菲菲小心翼翼地道，她翻过身子压在轩辕身上，双手轻按着轩辕宽阔的胸膛，并不回避地直视着轩辕的目光。

“为什么要告诉我这些？”轩辕不冷不热地问道，似乎对此并没有感到意外。

“我认为没有必要欺骗你！”雁菲菲搂住轩辕的脖子，有些歉意地道。

轩辕心中涌出一种负罪感，是对蛟幽的负罪感。不可否认，他无法抗拒这个尤物的诱惑，他需要发泄，将压抑得快要爆炸的情绪找一个突破点发泄出来。

而这个突破点则是雁菲菲那无比动人的肉体，对于雁菲菲，他本有一种发自内心的歉意，皆因自己对她只有欲而无情，可以说只是将她当成了一个发泄的工具。不过，此刻他反而有一种轻松的感觉，就是因为雁菲菲刚才说出的那两句话。

“你生气了吗？”雁菲菲似乎有些担心。

“我为什么要生气？你有你自己的行事准则，而且你并不是我的妻子，我没有生气的权利！”轩辕轻轻推开雁菲菲的身体，坐了起来，淡然道。

雁菲菲又从后面缠住轩辕的脖子，有些不甘心，幽幽地道：“我知道你口中不说，心里十分在意，对吗？”

轩辕扭头望了她一眼，黑暗之中，他无法看清她眼中的神采，他伸手将她的双手自肩头推开，淡然道：“你该回去了，不然他们一定会很着急的。”

“我才不管呢，我要在这里陪你！”雁菲菲略带撒娇地道。

“难道你不怕你爹知道我们今日的事情吗？难道你不怕这样会影响你在那些勇士们心中的形象和地位吗？”轩辕抓起衣衫利落地穿上，淡然问道。

雁菲菲一呆，吃惊地反问道：“你不喜欢我吗？”

轩辕不由淡淡地笑了笑，一把抓住雁菲菲那光滑细腻的香肩，柔声道：“别胡思乱想了，我为你穿上衣服，你快点回去吧。”

雁菲菲似乎极不情愿，有些幽怨地道：“你是怪我以前……嗯……”

雁菲菲还要说什么，却被轩辕的大嘴封住了樱唇。

半晌，轩辕才道：“我不会管你以前的事，因为我以前并不认识你，但以后我会在乎的，知道吗？”

雁菲菲被吻得浑身无力，倒在轩辕的怀中喘息着，听轩辕说出这话，不由有些依恋：“不会的，以后除了你之外，菲菲绝对不会看上别的男人，因为菲菲真的已经爱上了你这个可恨的家伙。”

轩辕刚为雁菲菲穿好衣服，听她如此一说，倒吃了一惊，问道：“你说的是真话吗？我们才第一天认识呀。”

雁菲菲有些不高兴地道：“我又不是虎狼，爱上你有什么不好吗？”

轩辕哪想到这个女人是玩真的，他根本就没有想过去惹这个麻烦，如果真是这样的话，他如何面对蛟幽对他的一往情深？不由干笑道：“我只是有些难以想象罢了。”

“有什么难以想象的，我早就已经知道你了，不过那时候，你总是一个人呆呆地望着姬水，那么入神，后来才知道你叫轩辕。嘿嘿，我还见过你偷偷地练功呢，我早就知道你的身手绝对比那些所谓的勇士强，就是四方灵童，我看也不一定比得上你，而且你又那么强壮，那么与众不同！”雁菲菲勾着轩辕的脖子诉说道。

“什么？你偷看我练功？”轩辕声音一紧，推开雁菲菲的手问道。

“何必那么大惊小怪呢？不就是蛟伯伯的剑法吗？只不过你使出来比别人好看一些而已。”雁菲菲有些不以为意地道。

轩辕微微松了口气，暗中忖道：“这小妮子对我倒注意了很久，我却疏忽了，也难怪今日在大殿中，她一口就道出了我的名字，而且我对她也好像有点眼熟的感觉。”

“若你还不回去，你爹会着急的，天早已黑了。”轩辕边说边拉着雁菲菲行出了树洞。

“我想在水潭中洗个澡，反正我在部落里也是很晚才回家的，爹爹早已司空见惯了，他不会着急的。”雁菲菲望着那仍闪着点点粼光的潭水，突然道。

轩辕吃了一惊，道：“这潭水深不可测，又经常出现异物，在这黑夜之中，怎能下潭洗澡呢？何况这两天接二连三地发生了这么多事，如果你不早点回家，别人岂不担心？”

“嘿，说着玩的，看把你急成了这个样子，人家又不是洪水猛兽，你却这么希望人家早点走！”雁菲菲搂着轩辕的脖子嗤笑道，顿了顿又道，“可人家被你弄得浑身无力，只怕连路也走不动了，你送我回营，好吗？”

第六章　娇雁依龙

轩辕被她在耳边吹气，只吹得脸上发烫，又似乎觉得蛟幽那双明亮而无邪的眼睛在暗处看着他似的，不由推开了雁菲菲，吸了口气，平息了一下心中的波动，道：“我不想去有虢族，今天我只想在这里静静地待着，谁也不想见，请原谅。”

雁菲菲有些失望，幽怨地道：“好吧，我走了，那你明天可以陪我吗？”

轩辕觉得有些为难，心中又涌出一股怜惜之意，暗自叹了口气，道：“好吧，明天我尽量找个时间去看你，只是你回去时要小心些。”

雁菲菲松开了轩辕的手，转身而去。

轩辕微感一丝失落，一丝酸涩，他的内心深处似乎觉得有些对不起蛟幽，而这神潭正是蛟幽坠落之处……

“哎哟……”正当轩辕想着心事时，雁菲菲的痛呼打断了他的思路。

雁菲菲竟然绊了一跤。

“你怎么了？”轩辕赶忙走了过去，扶起雁菲菲，关切地问道。

“没什么，只是不小心摔了一跤。”雁菲菲有些不好意思地道。

“叫你小心一点嘛，天黑了，我为你点一根松脂！”轩辕微微有些责备，同时顺手在身旁的松树上折下一根枝条。

“不要，没关系！”雁菲菲突然有些慌乱地阻止道。

“你干什么？”轩辕有些不解，却依然打起了火折子，将松枝断口处渗出松油的地方点着，同时又自腰间口袋里掏出细长的松脂，在松枝断口处的火光上引燃。

雁菲菲不由得微讶，轩辕点火的技巧之高明，就像是变戏法一般，如果是普通人，想以火折子点燃这松枝，至少需要半盏茶的时间。尽管断口处有松油，但这火折子微弱的火光怎么也不可能立时点燃它，轩辕点着火并非全是依靠火折子，而是以一股炽热的气劲将之点燃。

“让我看看你的伤。”轩辕命令道。

“不用了，没什么伤。”雁菲菲的脸色有些苍白，头发也有些乱，略显尴尬地回答道。

“你脸色怎么这么难看？你怎么了？”轩辕不知道为什么，竟对这个有些随便的女人有一种莫名的关心，或许就因为洞中的那一段情缘吧。

人有时候会有着极为奇怪的表现，也许轩辕并不是一个不负责任的人，虽然他并不爱雁菲菲，但却总觉得应该为雁菲菲承担一些什么。

雁菲菲有些不敢正视轩辕的目光，脸上却出现了一丝潮红，不知是因为羞涩还是什么，但却显然有些慌乱：“没……没什么，可能是刚才太……太高兴了吧。”

轩辕将信将疑地问道：“真的没什么吗？”

“真的没什么，我走了，你不要送了，这松脂就给我吧。”雁菲菲忙接过松脂道，同时偷偷看了轩辕一眼，转身又向部族方向行去。

轩辕满腹狐疑，总觉得雁菲菲的行为有些怪怪的，望着雁菲菲渐行渐远的身影，他似乎发现了什么。

是的，雁菲菲走路的步子似乎与一个时辰前挡住他视线之时的轻快步子极不一样，此刻的她步履有些蹒跚，更如同行走不便之人一般。

看到这里，轩辕心中便涌出刚才那两场疯狂的“战斗”的情形，不由微微有些歉然，咬了咬牙，道：“菲菲，等一等，我送你回去吧！”

“啊……”雁菲菲一惊，立刻转身，显得极为惊喜。

轩辕心中却有些难过，走过去扶住她，有些歉然地道：“对不起，我太自私了。”

“不，不，不是这样的，都是我不好。”雁菲菲忙道，同时伸手扫去轩辕肩头的一片树叶。

轩辕不禁为她的善解人意而感动，轻声道：“走吧。”

雁菲菲甜甜地一笑，伸手轻轻拂了一下额际的长发，突然一惊，道：

“我那支玉钗掉了!”

“玉钗?”轩辕也是一惊，反问道。

“难怪头发一直披在前面。”雁菲菲有些恍然道。

“你在这里等等，我去找!”轩辕忙扶雁菲菲坐下，接过她手中的松脂，转身就向来路行去。

雁菲菲似乎突然想起了什么，忙呼道：“不要找，算了。”

轩辕停下脚步，有些不满地道：“怎能算了呢?你坐一会儿，我去找找。”

说话间轩辕已到了刚才雁菲菲跌倒之处，却并没有发现玉钗，不由忖道：“看来应该是掉在树洞之中了。”遂向树洞中行去。

“不要，轩辕，不必找了，在这里!”雁菲菲忙喊道，可是此刻轩辕已经到了树洞口。

在雁菲菲呼喊声传入轩辕的耳中之时，他的脑子嗡的一声，一片空白，但刹那间，又似乎百感交集。

这时，他突然间明白了许多，又有许多他不明白之处，但不可否认，他被树洞之中的情景怔住了。

树洞之中，那支碧色玉钗在微弱的火光照射下闪耀着一种幽蓝而柔和的光彩，但轩辕并不是为此而怔住的。

怔住轩辕的，是那斑斑落红，如几瓣暗红的花朵，在洞中的地上、草上留下了沧桑的印迹。

那正是刚才他们疯狂缠绵之处，在微若的火光映射下，那鲜艳的血迹仍无法逃过轩辕的眼睛。

刚才因为洞中光线太暗，根本就无法看清地上的残物，可此刻……

轩辕只觉得身子有些沉重，双腿也极为沉重，一切的行动都变得缓慢起来，他步入树洞，极为虔诚地拿起那支碧绿无瑕的玉钗，心中犹如翻江倒海般难以平息。

“为什么她刚才要说那些?为什么她会强忍着痛苦迎合他?为什么她要忍受如此的屈辱?为什么她不对自己说明白?她怕什么?她担心什么?她想什么?难怪她的脸色会那样苍白，难怪她走路会显得有些不便，难怪她不想自己点燃火把，难怪她不让自己找钗……可是，这究竟是为什么?”

轩辕来到雁菲菲的身前，他也不知道是怎么走过来的，因为他脑中一片混乱，但站在雁菲菲的面前时，他感到羞愧，一阵无法抑制的羞愧让他无法面对雁菲菲那张苍白的脸。

“你什么都知道了?”雁菲菲垂头玩弄着自己的衣角，声若蚊蚋。她站起身子，却不敢正视轩辕。

轩辕吸了口气，抬起头来，充满歉意地望着雁菲菲，为她轻拢了一下秀发，将玉钗温柔地插在她的头顶，这才紧紧抓住雁菲菲那消瘦却极为圆润的双肩，轻声道：“对不起，轩辕是个傻瓜，但我会对做过的一切负责的!”

雁菲菲偷瞥了轩辕一眼，微微有些欣慰，也有些心痛地道：“别这样，好吗？我希望你能快快乐乐地去面对这一切。我知道，你是个好人!”

轩辕深深地望了雁菲菲一眼，有些惑然地问道：“你刚才为什么要对我说那些？为什么要对我这么好？你知道这对你来说很不公平吗?”

雁菲菲涩然一笑，道：“我是个比你更傻的傻瓜。”

轩辕一呆，心中涌起无尽的怜惜，不知不觉间，他发现雁菲菲竟是那样的美丽。他知道，这一刻，他爱上了雁菲菲，绝不是因为有了肉体的关系，也不是出于一种责任，而是真实地爱上了这个相识才半天的美人。

轩辕有些感激地紧拥着雁菲菲。

“你知道吗？蛟幽姐姐是我最好的朋友，也是我最尊敬的人，而你是她最爱的人，我之所以能认识和了解你，也是自蛟幽姐姐那里开始的。我们曾一起观察你，偷看你练功，暗中陪你看云，看天空，看美丽的姬河。于是不久，我发现自己已经喜欢上了如你那般静静地思索，只是我不知道，这时候我已经爱上了你……”雁菲菲似乎是在梦中呓语。

轩辕没有作声，但心却在抽痛，因为蛟幽，那仿佛是一柄刀，一柄锥心的刀。

“你真是个特别的人，正因为特别，才引起了我的好奇，才会让我陷入其中。我羡慕蛟幽姐姐，但我却不嫉妒，仅只是高兴。昨天，我得知蛟幽姐姐坠崖之事，大哭了一个晚上，也想了一个晚上，我心痛，我难过，我又无奈，可我能为蛟幽姐姐做些什么呢？但我知道，也许有人比我更难过，更心痛，更悲伤，而那些人一定是蛟幽姐姐的亲人……我想了一夜，整整一夜，也终于明白该为蛟幽姐姐做些什么，冥冥之中，似乎要让我代替蛟幽姐姐去安慰所有因她而受到伤害的人。于是，我只能极力去抚平所有人心中的伤口，去安慰蛟伯伯和蛟伯母，我要用自己的心去为他们带来快乐，为他们赶走伤痛的阴影，让他们的伤痛减少到最少。你知道吗，这些人中，还有一个你！”雁菲菲微微有些伤感，也有些无奈地轻声诉说道。

“还有我？”轩辕的心不由被揪紧，拥住雁菲菲的手禁不住有些颤抖起来，那松脂也在不经意之中灭去，他简直无法想象雁菲菲那颗善良而又伟大的心。

“不错，还有你。我知道，你心中的伤绝不会比蛟伯伯他们轻，因为你深爱着蛟幽姐姐，这我知道，而且蛟幽姐姐的死多多少少与你有些关联，我想你一定在忍受着外人无法理解的痛苦……”

“你……你都知道了？”轩辕吃了一惊，讶然问道。

“不错，蛟幽姐姐将与你一起放走‘祭品’之事和整个计划都告诉了我，所以我知道这些，只是我没想到会出这样的事。”说到这里，雁菲菲的声音有些哽咽了。

轩辕的心中却不知是何滋味，他心中似乎也隐隐明白了些什么。

“这就是你今晚为何要如此做的原因吗？”轩辕沉重地问道。

雁菲菲轻轻点了点头，吸了口气道：“在大殿之中，我听过你说的话，我从来没听过这么好的辩驳，我想，这就是思索的结果吧，而且你那丝毫不畏强者的气概更让菲菲心中涌起无限的敬佩。当我看到你准备离去时的那种眼神，就知道自己没有猜错，你心中的痛苦比任何人都要沉重。可这绝不是蛟幽姐姐所希望看到的，她是一个只希望所有人都快乐的人，因此我也不希望你从此陷入痛苦之中，消沉下去，所以我在晚饭后避开所有人就来找你了，甚至猜到你会待在蛟幽姐姐坠崖的地方。”说到这里，雁菲菲叹了口气，接着又道，“我果然没有猜错，但我却不知道如何让你忘掉痛苦，如何让你找回快乐，重新振作起来。我看见你对潭水发呆，这并不是往日你对天、对云思索时的表情，我能明白你心中的感受，所以才故意胡搅蛮缠将你自痛苦的回忆和思索中唤醒，但看到你对我视若无睹时，我竟生气了，真的生气了，这时我才明白，原来自己已经如此深深地、暗暗地爱上了你，为你的漠视而怒，可是我看见你生气时，心中又软了，又害怕了。不过，我却为蛟幽姐姐而感到高兴，只是，我已经无法控制住自己的感情，于是，一切就这样发生了。”

轩辕轻轻地推开雁菲菲的躯体，目光定定地望着她的俏脸，黑暗之中，他似乎看见雁菲菲的脸上闪着无比圣洁而柔和的光彩，他从来都没有像这一刻如此震撼过，从来都没有！

只为雁菲菲那平实而又饱含深情的话语。

“你为什么这么傻呢？难道你就不爱惜自己的身体吗？”轩辕感动而又有些责备地道。

“只要你能高兴，我愿意让你将心中的痛苦以任何一种方式发泄出来。你知道吗？我当时很痛，但十分快乐，因为我为蛟幽姐姐，也为我自己做了一件最有意义的事情，也知道了什么是快乐，什么是痛苦，在快乐与痛苦之间，我和你一样，需要找一个突破口发泄出来。所以，我咬紧了牙关，但我知道你是个好人，你有着一颗善良的心，如果知道我是处子之身，肯定会心生内疚，肯定有着一种负罪感。因此我才谎称我早已不是处子之身，这样一来，你至少不会内疚，不会负罪，也不必对我负任何责任。因为，要让一个人去对一个自己不爱的人负责任，那本身就是一种痛苦……”

“别说了，菲菲！”轩辕紧紧地抓住了雁菲菲那有些冰凉的玉手，紧紧地捧在怀中，声音却有些颤抖。

雁菲菲的眼角滑出了两行清澈的泪珠，竟然如同明珠一般反射着星光，晶莹剔透，沾衣未化，只是轩辕和雁菲菲并未注意到这一细节。

“你真傻，你真是比我更傻的小傻瓜！”轩辕痛惜地拥着雁菲菲，有些埋怨地道。

雁菲菲的身子也禁不住在轩辕的怀中轻颤起来，更不停地抽咽哭泣。

也许，她是因为失而复得而快乐，也许是有感蛟幽的死去，也许是知道爱神的降临，也许没有这么多的也许，只是哭泣。

雁菲菲的哭泣……

“菲菲，原来你在这里呀……你们……”

轩辕和雁菲菲突然都回过神来，却是蛟龙持着火把赶了过来。

雁菲菲忙挪开身子，有些尴尬地望着蛟龙，不好意思地问道：“龙大哥怎么来了？”

蛟龙望了雁菲菲一眼，又将目光移向轩辕，显然满目都是妒火。

轩辕并不想与蛟龙争论什么，皆因此刻的他已经被雁菲菲那种高尚而善良的本性所震撼，觉得一切都没什么大不了的，何况他的确是在为自己庆幸。

蛟龙狠狠地瞪了轩辕一眼，又转向雁菲菲，微微有些责备：“你怎么一个人跑出来？一出来就是近两个时辰，你爹十分着急，所以我就来找你了。”

“对不起呀，让你们担心了。”雁菲菲感激地道。

“没关系，这是应该的。对了，你的脸色怎么这么苍白？是不是哪里不舒服？”蛟龙轻轻一跃，就来到轩辕的身边，拉住雁菲菲的手，有些吃惊地问道。

“没事，没事，可能是昨晚没有休息好的缘故吧。”雁菲菲的脸上微微一热，忙解释道。

蛟龙拉着雁菲菲，冷冷地瞪了轩辕一眼，不带任何感情地道：“你好好地对着神洞反省一下吧，看你做出的都是些什么事情。”

轩辕毫不回避蛟龙的目光，神色间也显得极为冷漠，但他并不想与蛟龙发生太多的冲突，于是他扭头转向雁菲菲，怜惜地道：“你好好回营帐中休息吧，明天我一定会来看你的。”

蛟龙眼里闪过一丝杀机，似乎很怒，但只是冷哼了一声，一手扶着雁菲菲，声音极力放得柔和一些：“我们走吧，今晚有圣火会，你定会成为会中的公主！”

雁菲菲微微挣开蛟龙的手，转向轩辕，有些迫切地道：“你不参加吗？和我们一起去如何？”

轩辕心中微暖，但却并没有参加圣火会的意思，只是有些歉意地道：“我想一个人静静，如果你想参加的话，你就去吧。”

蛟龙妒火狂升，醋意十足地道：“他还要在这里反省呢，不要管他！”

“龙大哥，你还是先回去吧，我也想静一静，你就告诉我爹，说我在神潭边，与轩辕在一起，请他不要担心。”雁菲菲恳切地道。

“这怎么行？”蛟龙心中气极，双目之中凶芒尽露，他就不明白轩辕怎会有这么大的魅力？很明显，雁菲菲的心偏向轩辕，这使他恨不得将轩辕撕成碎片。当然，这自是不能当着雁菲菲的面。

轩辕岂会不明白蛟龙的心思？不由得微感好笑，也暗自得意，他本不想借雁菲菲来打击蛟龙，但是此刻却是雁菲菲无意中帮了他，不过他并不觉得与蛟龙相斗是有必要的，毕竟，蛟龙是蛟幽的大哥。

蛟龙松开了雁菲菲的手臂，向轩辕冷冷地道：“你跟我来！”

“龙大哥！”雁菲菲吃了一惊，有些不知所措地唤了一声，她隐隐感觉到了轩辕与蛟龙之间会发生一些什么事情。

“不关你的事，你在这里等一会儿。”蛟龙拍了拍雁菲菲的肩头，淡淡地道，说完转身就向林子深处行去。

“轩辕……”雁菲菲一脸惊慌地望着轩辕，担心地小声问道，“是不是我做错了什么？”

轩辕心中一阵怜惜，双手轻按着她的双肩，柔声道：“不，你没有做错，请不用担心，我不会有事的，你就在这里等我一会儿好了，我很快就会回来的。”

“你能否不去？”雁菲菲担心而期盼地问道。

轩辕见蛟龙头也不回地走入林中，便双手轻捧着雁菲菲那张有些苍白的俏脸，轻吻一口，微笑道：“傻菲菲，这怎么可以？你放心好了，我们不会有事的。”

雁菲菲心中一阵迷茫之时，轩辕已松开了手，紧随着蛟龙向林中走去。

一阵轻风吹来，雁菲菲竟感觉到有些冷，想再喊住轩辕，但却没有出声，她似乎明白，这是不可以改变的局面，而此刻她的心情也变得无比复杂，甚至有一种深深的负罪感。

“你们怎会在一起?”蛟龙转身冷冷地盯着轩辕，寒声问道。

“你很想知道吗?”轩辕与蛟龙相距一丈，倚在一棵大树上，淡淡地反问道。

蛟龙的眼中闪过一丝冷杀的厉芒，冷冷地道：“我希望你能离她远一些。”

“为什么?”轩辕不屑地反问道，心中更感到好笑，他最看不惯的就是蛟龙这种自尊自大的德行，就像自己比别人高出好几辈似的，且别人一定要听他的命令，不过，轩辕却从不买他的账。

“因为她已经是我的未婚妻!”蛟龙冷冷地道。

轩辕神色一变，嗤笑道：“真是笑话，谁不知道你根本就没有什么未婚妻，你就别拿这顶帽子来压我了，为什么这事连她都不知道?”

“那是刚才决定的事情，在晚宴之时，阿爹已经代我向雁族长求亲，而且雁族长也已经答应了，只不过菲菲她不在场而已，此事只等今晚圣火会上由我爹和雁族长宣布，现在你该明白了吧?”蛟龙冷冷地略带威胁道。

轩辕怔住了，如果他不知道雁菲菲已将处子之身献给了自己，而真当她是个很放荡的女人，他一定会毫无留恋，但此刻雁菲菲在他心中的形象完全可以与蛟幽相比，而且他也知道雁菲菲深爱着自己，他怎会答应此事?不过，这件事情来得实在太突然了，使他有些手足无措，不知应付了。

轩辕脑中几乎一片空白、混乱，想到雁菲菲那高尚而善良的性情，那种舍己为人的思想，更是伟大得让他羞愧，他绝不能让雁菲菲受半点委屈和苦难。

“我想你应该知道怎么做，你就好自为之吧。”蛟龙冷哼着自呆如木瓜般的轩辕身边走过，漠然说道。

轩辕自混乱之中苏醒过来，冷喝道：“站住!”

蛟龙僵硬地停下步子，转过身来，而轩辕也有些麻木地转过了身子，两人四目相对，爆起一束冷芒。

“你想怎样?”蛟龙身上散发出一股浓烈的杀气，逼视着轩辕，语出如冰。

轩辕的腰杆也挺直如枪，双目冷冷地与蛟龙对视着，愤然道："这不公平!"

蛟龙哈哈一阵冷笑，道："你以为怎样才算公平?"

轩辕发现自己与蛟龙相对第一次陷入劣势，他实在没有想到蛟龙会这么快就向雁虎提亲，这使他还来不及向族人宣告他与雁菲菲的事，如果雁虎真的已经答应了蛟龙与雁菲菲的亲事，就难以再反悔，除非轩辕与蛟梦、蛟龙正面交涉。如果要让雁菲菲去推掉这门婚事，势必使雁虎难以做人，雁虎最大的让步，也只会是将责任推给轩辕，毕竟自己与雁菲菲之举名不正言不顺，即使可以解决，那也只会形成武力的对峙。

轩辕很明白蛟龙的个性，霸道而又有些乖戾，甚至还有些偏激，此刻蛟龙的态度，正是要将他逼上武力解决一途。

"这件事情应该由菲菲作出决定，只要菲菲没有答应，她就不算是你的未婚妻!"轩辕冷冷地道，目光仍是毫不回避这个几乎比他矮了一个头，但极为健壮的对手。

"哼，天地父母，父母之命岂可违?菲菲是否乐意，那是她的事，我只是警告你，不要在其中瞎搅和!"蛟龙藐视地笑了笑。在他的心中，轩辕是个很讨厌的家伙，他不明白为什么妹妹会喜欢这样一个令人讨厌的人，而且雁菲菲也似乎偏向这个讨厌的另类。不过，眼下蛟幽死了，他虽然有些悲伤，但暗地里竟有些高兴，或许是因为轩辕也痛苦的缘故吧。不知为什么，他觉得此刻的轩辕更是让人讨厌。

轩辕不屑地笑了笑，也冷冷地回应道："既然如此，我的事情你也管不着，在菲菲没有嫁入你蛟家之时，哼，你也没有权利过问她的事!但我要告诉你，没有谁可以阻止得了我与菲菲在一起!"

"你找死!"蛟龙的杀意大盛，那冷肃的气机引动着空中微旋的气流，让树枝轻轻拂动着。

轩辕丝毫不在意，似乎并不知道蛟龙随时都可以爆发出疯狂的一击，只是静静地与之对视着，意态显得十分悠闲："如果感情是可以用武力来征服的，我轩辕也不会怕任何人，不过我还是要请你三思!"

“哼，你是在威胁我？”蛟龙冷笑道。

“我只是在告诉你，为了爱，我不会向任何人妥协！”轩辕针锋相对道。

“你一定要跟我争？”蛟龙也知道，自己不可以杀了轩辕，如果他真的杀了轩辕的话，只怕永远都无法真正得到雁菲菲的原谅，是以他不能不强忍着心中的杀机。

轩辕感到有些好笑，望着蛟龙，半晌才道：“我从来都不想与别人争什么，但我只喜以自己的方式行事，更何况这之中，已经不是争不争的问题，而是有些事情已经无可挽回，你今后会明白的。好了，我们该去见菲菲了，那终不是一个安全之处。”

蛟龙感觉到轩辕的眼光有些怪异，其口气又是不冷不热，不由大怒道：“你说的是什么事情无可挽回？给我讲清楚，否则休怪我对你不客气！”

轩辕眉头皱了皱，冷冷地望了蛟龙一眼，却并不开口，他的确对蛟龙咄咄逼人的态度极为不看好，也不想理会。

“你不说?!”蛟龙杀机无法抑制，手指已经搭在腰间玄竹剑的柄上，庞大的气机已将轩辕完全罩住。

轩辕移了移步子，他知道，这一场决斗终是无法避免的，似乎宿命中早已安排了这一切，因此，他决定不再回避。

感受着轩辕气势的增长，蛟龙眸子里的杀机转化为强烈的战意，如同燃烧的火焰。

林风瑟瑟，气旋回流，树枝也在随风轻舞，虽然是黑暗之中，但这并不影响轩辕和蛟龙的感官，他们依然可以清晰地感应到对方的存在，每一丝每一毫都不会遗漏。

“你终于肯跟我交手了！”蛟龙语气之中有一丝狠厉，也有一丝轻松。

在有侨族中，唯有轩辕不曾与蛟龙交过手，而每一次与别人交手，轩辕总会选择不胜不败，对高手如此，对庸手也是如此，这就使得轩辕总留给人一种高深莫测之感。但轩辕从不会主动与别人交手，每每总是到迫不得已之时方会出手，但是对于蛟龙这个对头的挑衅，轩辕一向都表示沉默，不仅不出手，而且会以各种理由让蛟龙难堪而退。

在有侨族中，真正主动挑衅轩辕的人不多，大都为蛟龙一党之人，其余众人倒相安无事。这皆因在有侨族中，本就存在着一种和平的氛围，但此刻却不同了。

此刻蛟龙终于将这个死对头逼上了出手的地步，这是轩辕无法回避的事情。

事情皆由感情而起。

轩辕此时的状态并不乐观，只因左臂仍然没有完全恢复，虽然可以运动，但却有些隐隐作痛。可是他所面对的却是在有侨族中有第一年轻勇士之称的蛟龙，而且蛟龙继承了蛟梦那神鬼莫测的剑法，其实力之强，只怕已达到了长老级别的分量了，也许比起几大祭司，也相去不远了。

轩辕从未与蛟龙交过手，但却看过蛟龙出手，深知这个对手绝对是一个极为可怕的人物，他不敢有半点轻敌之心，唯一可以庆幸的就是蛟梦的流云剑道轩辕也学过。

蛟龙跨出一步，竹剑拔出五寸，气势也增强一分，他似乎已经算计好每步之间一丝一毫的尺寸，而拔剑的速度与脚步配合得无比默契。

蛟龙对自己的剑法极为自信，虽然他知道自己与父亲蛟梦比起来，仍有一段很大的差距，但他还很年轻，他有着用不完的体力，再加上他掌握了流云剑道的剑意，所欠缺的只是功力和火候。不过，他认为对付只与他做了五年师兄弟的轩辕，已经足够了，毕竟，轩辕在族中大多数人心中，只有一个堕落而孤僻的形象，是一个没有斗志的另类。

轩辕感受着蛟龙的气势一步步地增强，他竟然闭上了眼睛，只是脚尖微微移动了一下，成八字状面对着蛟龙。

蛟龙似乎也微微吃了一惊，他感觉到轩辕的气势不再与他对抗，也不再向四周扩散，反而成一种内敛的形式，便如同一个空荡的只有唯一出口的死山谷，风自谷口吹入，却被山谷吸纳、包容。

不仅仅如此，蛟龙更感觉到那股内敛的气势正向轩辕的手上转移，他终于似有所悟，于是他再也不想等待，再也不想给轩辕更充足的时间。

竹剑出鞘之声响起，夜空之间的气流却被撕裂。

夜很黑，根本就无法看清剑的形状，何况它是那么快，蛟龙自身也如同一只怒豹。

夜黑，无光，有风，只要有风就已足够，轩辕并不需要什么光线，他的眼睛本来就是紧闭着的，对于这里的地形，他熟若指掌。而对于气流的敏感度，他更是比常人不知强多少倍，这归功于他平时喜欢静思，喜欢在风大的岩头孤坐。当他的内心处于“死寂”状态时，外界的每一点变化都显得那么清晰，那么实在，所以只要有风，轩辕就可以知道蛟龙挥击出来的剑存在的位置。

轰……蛟龙的剑斩空了，击中的只是轩辕身边的那一棵古树。

轩辕如同鬼魅一般，已经落在那棵古树的一根大树枝之上，更借着这根大树枝的弹力飞速向蛟龙狂扑而下。

轩辕的反应快得连蛟龙都感觉到有些吃惊，更让蛟龙难堪的是，他终还是没能阻止轩辕的举措。

轩辕出剑，剑带风雷，大有君临天下、气吞山河的魄力。

蛟龙所猜没错，轩辕之所以内敛气势，之所以要将气势转移存储于右手，那是因为他要将所有外放的气机凝为一点，以最强横、最霸烈的气势一下子迸发出来，这样才会造成最具威胁力的攻势。

蛟龙吃亏在这是晚上，吃亏在这里的光线太暗，而轩辕却似乎极为习惯黑暗，更能将这种环境很好地利用起来。

蛟龙不退反进，向轩辕刚才站立的位置快速冲进，而玄竹剑回挑，在即将与轩辕的剑身相交之时，以最快的速度屈身回击，玄竹剑犹如怒矢暴射而出。

当……两剑相击的声音极为清脆。

蛟龙竟无法凭借屈身回击的冲力扳回那一击的劣势，身子一挫，冲出数步，撞在一棵树干之上。

轩辕也好过不了多少，他的身子在空中倒翻几番，落地之时依然无法稳住身子，左肩撞在一棵树干之上，只痛得他冷汗大冒。

那只伤口本就未愈合的左臂，再经受这么一撞，更是使他痛上加痛。对于蛟龙来说，他的天生神力并不能占到多大的优势，皆因轩辕也同样具有撕裂虎豹的神力。

“好，果然是深藏不露，难怪你一直都敢与我作对，看来以前是我小看了你！”蛟龙战意不减地冷声道。

轩辕也是有苦自知，刚才他以绝对优胜的战术发出那样一剑依然没有占到半丝便宜，可见蛟龙的实力的确比他略胜一筹，至少此刻在他左臂受伤之时是这样。不过，对他有利的是夜色的掩护。

轩辕不再答话，只是尽力将真气运行于左肩，使疼痛减轻，他对自己仍有着极强的信心，因为他知道蛟龙的剑道之秘，所以刚才他能够如此准确地捕捉到空隙并巧妙地运用合理的战术。不过，轩辕的剑太短，而玄竹剑的长度几乎是普通剑的两倍。

“那边有声响，可能是蛟龙，去看看……”

“我好像听到兵刃相击的声音，莫非有敌人潜入？那可就糟了……”

“快点去看看……”

轩辕和蛟龙对这三个声音并不感到陌生，说话之人都是族中的年轻好手，不过他们并无心思去理会这赶来的三人，因为他们都在应付那缠得难解难分的气势。如果他们之中谁先松懈的话，很可能就要遭受到对方无情的攻击。

火光渐近，轩辕也睁开了眼睛，他明白，如果失去了黑暗的掩护，战局可能是极为艰难的。

“哇，好强的杀气！”

“是蛟龙，另外一人是……”

“是轩辕，没错！喂，你们俩在搞什么鬼？圣火会都开场了，还在这里斗鸡似的！”说话者是木青，他是一个正直的人，也是一个十分厉害的人。

与木青一起来的是白夜与竹山，他们平时与木艾很要好，也是蛟龙的死党。

轩辕和蛟龙都没有动，火把的光亮之下，两人的目光比刀锋更锐利，浑身都在散发着浓浓的战意，空气受到气势的冲击，林风瑟瑟。

木青、白夜与竹山有些惊讶地看了轩辕一眼，他们似乎没有料到轩辕竟能有这般强烈的气势和战意，居然可以与蛟龙相抗衡，这的确不能不让他们感到吃惊。

“你们这是干什么？敌我不分，自相残杀！蛟龙，雁姑娘呢？那边圣火会已经开场了。轩辕，把剑收起来，自家兄弟怎能刀剑相见？好好的，真不明白你们俩是怎么想的。走！大家一起去找雁姑娘，参加圣火会去！”木青有些微恼地劝解道，不过他却不敢步入两人气势所罩之地，因为他实在没有把握将两人交织的气机击溃。一个不好，他自己也会陷入其中，成为三人对阵之局可就更加麻烦了，是以他只是站在一旁劝说。

“是呀，龙老大，我看就算了吧，大伙儿都在等着你与雁姑娘登场呢！”白夜也附和着道。

“是呀，我们兄弟还等着你和雁姑娘向我们敬酒呢！”竹山并不知道蛟龙和轩辕为何会闹成这样，他们的确没有想到轩辕和蛟龙是为雁菲菲而战的。

轩辕心中暗吃了一惊，知道蛟龙刚才所说的话并没有骗他，很可能真的是雁虎答应了蛟龙的这一桩亲事，是以白夜和竹山才会这么说，这样一来，如果自己真的要在圣火会上闹一场的话，也的确犹如打了蛟龙一记耳光，难怪他心中会这样恼火。正思忖间，他感到蛟龙的气机渐敛，他也不得不跟着收敛气机。

“哼，轩辕，记住我刚才说的话，如果你要乱来的话，休怪我蛟龙无情！”蛟龙还剑入鞘，冷哼道。

轩辕也还剑入鞘，与蛟龙冷冷地对望了一眼，他并不想以语言还击，只是悠然转身，朝木青点了点头，这才一言不发地向雁菲菲所在的方位走去。

“轩辕，你去哪里？难道不想参加圣火会吗？”木青对轩辕并无偏见，在他未娶老婆之前，也和其他年轻人一样，有些不看好轩辕，可娶了老婆之后，才常常静心思索一些问题，而也自从这之后，他渐渐改变了对轩辕的看法，而刚才见轩辕竟具有如此气势，可见平时族人都小看了他。一个不爱出风头的高手才是真正具有内涵的，是以他这一刻竟然很关心地问道。

“谢谢木大哥关心，我只想一个人静一静，雁姑娘就在前面，你们一起去吧。”轩辕回头向木青投以友善的一笑，有些落寞地回应道。

白夜和竹山及木青都呆了一呆，也立刻明白了轩辕的心境，心中皆微感黯然，蛟幽新丧，而他们却纵情欢乐，这的确有些说不过去，本来的那分快乐也减少了许多。

此刻，白夜和竹山及木青倒有些同情轩辕了，发现轩辕并不是那么不近人情。

白夜和竹山也走了过来，拉住轩辕，白夜嬉笑道：“去参加圣火会吧，也许心情会好一些。”

竹山附和道：“不开心的事情就不要去想它，喝口酒，大醉一场，一切的烦恼会消失殆尽的。”

“是啊，轩辕，一个人闷着也不是办法，不只是你一个人，大家何尝不是一样呢？就让我们去痛快地醉一场，什么都不想好吗？”木青叹了口气道。

轩辕轻轻地推开了白夜和竹山的手，感激地道：“谢谢你们的好意，轩辕已经习惯了静静思索，不耽误你们的时间了，你们快去玩吧，我去叫雁姑娘过来。”

“不用了，我去叫！”蛟龙冷哼道。

轩辕冷冷地望了他一眼，脚步向神潭移去，他实在不想与蛟龙多说，而且他还要让雁菲菲有个心理准备。

“你们是怎么了？”木青有些不解地望着蛟龙和轩辕，弄不懂两人之间发生了什么事。

砰……砰……砰……一种奇怪的震动突然在众人耳边响起，似乎是什么东西自地底撞击岩石发出的声音。

白夜和竹山两人的脸色在惊愕之中突然变得极为难看。

“轩辕，龙大哥……”远处传来了雁菲菲惊恐无比的呼叫声。

轩辕和蛟龙及木青诸人大惊，飞速向雁菲菲那边赶去，但就在他们起步之时，却被另外一件怪事骇得浑身直冒冷汗。

因为，那砰砰的声音竟自每一个人的胸腔内传出，不知为什么，那声音显得如此空寂而诡异。

不仅如此，每一个人更感觉到心脉随着那诡异声音的频率而跳动，而怦怦之声更是心脏跳动的声音。

林间虚空中的异声消失了，却似是钻入了每个人的心脏，由五脏传入大脑。

那种恐惧的感觉几乎让他们快要发疯了，他们从来都没有想过自己的心脏会跳动得如此剧烈，如同一只小兔在胸腔之中撞动。

“菲菲……”轩辕再也不去想为什么会出现这种情况，他只牵记着雁菲菲的安危。

“我的心，我的心……”白夜伸手猛地按住胸口，但随着那怪异频率而剧烈跳动的心跳仍未慢下，便恐惧无比地嘶喊起来。

蛟龙也从未遇到过如今日这般恐怖的事情，他也有些恐惧地望着白夜和竹山，问道：“你们也是一样?”

“是的，有鬼，肯定有鬼!”竹山无比恐惧地叫道。

“雁姑娘，轩辕!”木青忍着对那分恐惧的慌乱，这才记起轩辕和雁菲菲。

第七章　鬼技惊龙

轩辕一手用劲按住胸口，迅速冲出林间，看到雁菲菲跌跌撞撞地向他这个方向奔来，火把也掉在了地上。

“菲菲，你没事吧？”轩辕惊叫着冲到雁菲菲的身边。

雁菲菲一把扑入他的怀中，那恐惧之情似乎减了一些，但仍止不住慌乱得泪水直流，道：“我的心，跳得好快……好快，好可怕的声音。”

轩辕清晰地感受到雁菲菲那颗狂跳的心便和自己一样，不由大惊，一时也想不到问题所在，只好勉强安慰道：“别怕，不会有事的，我们快离开这个地方，这里有些诡异！”

“声音是从神潭里面传出的，我看到那些潭水荡起一个很大的波纹！”雁菲菲紧紧抱住轩辕，惊恐万分地道。

轩辕闻言扭头向神潭望去，果见神潭中浪花异常，在那支仍未熄灭的火把光亮照射下，那三道飞泉也似乎显得有些异常。

哗……一股巨大的水柱冲天而起，竟然飞起十多丈高。

“啊，快走！”轩辕一惊，心跳也变得更为厉害。

轰……轰……神潭水柱一股接一股冲天而起，那巨响的频率竟正是轩辕与雁菲菲心跳的频率。

轩辕顾不了心中无比的惊骇，抱起雁菲菲就向部族方向跑去。

哗……水柱洒落到轩辕刚刚立身之处。

哗……水柱竟也有斜冲的，而且似乎看准了二人，冲出十余丈远，斜击向他们。

轩辕大惊，只感背后风声大作，而且有铺天盖地之势，忙向侧边飞掠。

轰……一棵小树被冲上岸的水柱击倒，另一根水柱又冲了过来。

“轩辕，你竟敢如此无礼！”蛟龙一眼就看到轩辕与雁菲菲紧紧抱在一起滚于地上，浑身被水湿透了。

轩辕知道无法避开随之而来的水柱，是以选择伏地躲过一击，却没想到蛟龙刚好赶出林子，相隔十余丈远，对于他与雁菲菲的搂抱看得一清二楚。

轩辕根本不理会蛟龙，一把抱起雁菲菲，再次向林间奔去。

哗……哗……

“小心身后，轩辕！”木青忍不住大声惊呼，蛟龙此刻似乎也知道情况有些不妙了。

轩辕只好再次滚倒在地，以自身为雁菲菲挡住自天而降的大水。

“你没事吧？菲菲！”轩辕喘着粗气问道。

雁菲菲虽然惊恐万分，但心中甚感甜蜜，小声道：“我没事！”却伸手将轩辕抱得更紧，那颗狂跳的心紧贴在轩辕激颤的胸膛之上。

“你爹准备将你嫁给蛟龙。”轩辕抱起雁菲菲再次跃起时，趁机小声道。

“不，我只要你！”雁菲菲大惊道。

“快躲，轩辕！”

轰……轩辕身子一震，刚才被雁菲菲的话分了神，竟没有躲开冲来的水柱，顿时被冲得跌倒在地。

“哟……”雁菲菲也摔痛了。

轩辕呻吟一声，一把推开雁菲菲，道：“你快去木青那里，我来挡住这些水柱。”

吼……吼……一阵地动山摇的吼声只让人心胆俱裂。

“快逃！神龙出现了，快！”木青和蛟龙忍不住惊骇地齐声大呼，但却不敢上前接应雁菲菲。

轩辕和雁菲菲大骇回头，却见神潭之中升起一个巨大的肉柱，足有两丈多高，一颗硕大如缸的大头告诉人们，那是一条大得让人无法想象的巨蛇。

雁菲菲被那巨蛇如拳头般大且泛着幽绿光芒的眼睛给吓得双腿发软。

“它望……望着我们……”雁菲菲竟不知道逃了，目瞪口呆地道。

轩辕心中的震骇是不言而喻的，他从来没有想到世间会有如此巨大的蛇，也许正是神话传说中的巨龙。

“菲菲，快逃！”蛟龙骇然惊呼，木青和白夜诸人感觉到心跳突地恢复正常，可是双腿竟有些发软。

轩辕清醒了过来，忙道：“快……快走！”同时伸手将雁菲菲一把抓住，向蛟龙扔去。

“接住，快走，我来挡住它！”轩辕暴喝道。

蛟龙一惊，见雁菲菲已迎面飞来，急忙接住，惊慌失措地道：“小心一些！”此刻的他也禁不住对轩辕担心起来。

“快走，轩辕，你挡不住它的！”木青大惊，那巨大的蛇身粗如缸，几有两人合抱那般粗大，岂是人力可以抗拒的？

轩辕心中却极苦，他知道巨蛇盯上了他，只要他一动，那怪物就会立刻发动无情的攻击，只看那露出水面的一截躯体和蛇头，就知道这条大蛇有十几丈长，如果行动起来，就算你会飞也难以快过它。那时候不仅轩辕无法逃脱，只怕连雁菲菲诸人也只有死路一条，甚至会殃及族人。

“你们快走，不要管我，我一动，它就会攻来，那我们都得死，你们快去告诉族长，让族人赶快离开这里！”轩辕焦灼地呼喊道。

“轩辕，你不能这样，你若不走，我也不走！”雁菲菲大急，就要冲上来。

“快挡住她，带她走！”轩辕急声吼道，其实轩辕不说，蛟龙和木青也知道拖住雁菲菲。

“危险，你不能去！”蛟龙没有时间吃醋，拖住雁菲菲吼道。

“你们这些男人，为什么只留下轩辕？即使是死，我也要跟他一起死！”雁菲菲大怒，痛呼道。

木青和蛟龙心中一阵惭愧，但知道犹豫不得，一把制住了雁菲菲的穴道。

“快走!”轩辕回头吼道，他的额头上都冒出了冷汗，但脚下却不移半分。

“轩辕，用我这柄剑!”木青喝着将自己那柄几可与族长的奇玉剑相媲美的含沙剑抛给了轩辕。

轩辕反手一抄含沙剑，心中涌起一股强大的斗志，双手握剑朝那条渐渐向潭边靠近的大蛇吼道：“来吧，畜牲!”

蛟龙和木青也感受到了轩辕那奔腾的战意和无上的斗志。

刹那间轩辕仿若变另一个人似的，蛟龙和木青这才发现自己与轩辕相比较竟然显得那般渺小，就如轩辕与那大蛇相比一般。

“轩辕，你一定要活着来见我!”雁菲菲哭喊道。

众人感受着雁菲菲那撕心裂肺的哭喊，心中全都不是滋味，难得的是蛟龙竟没有妒意，反而希望轩辕真的可以活着回到族中。

也许，那是一种基于对弱者的同情。

轩辕心中一阵苦涩，但雁菲菲的喊声似乎为他注入了无穷的活力，他高声回应道：“我不会死的，一定会好好地活着回来见你!”

蛟龙和木青、白夜及雁菲菲都在那巨蛇的吼叫声中听到了轩辕的话，除雁菲菲之外，其余的人都心中暗自叹息，却没有勇气回头为轩辕助战，皆因谁都明白其结局的残酷，那几乎是不成比例的战斗，他们能做的，唯有为轩辕祈祷。

“来吧，畜牲!”轩辕抛开心中的一切杂念，鼓足了所有力气，注入含沙剑内，剑身也随着潭水的涌动而颤动起来。

巨蛇已渐渐靠上了岸，两只巨大的眼睛如两盏明灯，照亮了轩辕周围的林木，森冷得让轩辕如同置身于冰窖之中。

水涌浪翻，整个水潭如同烧开了似的，巨大的蛇身已经露出了三丈巨躯。

那宽长的红信犹如一条长长的红腰带，不停地伸出试探着。

巨蛇与潭边相隔十余丈，但轩辕深深地感受到了那种无可形容的压力，自巨蛇口中吐出的腥风阴冷而狂野，两者虽然相隔如此之远，但仍将轩辕脚边的枝叶吹得四处飞舞。

与地祭司石洞之中的那条大蛇相比，石洞之中的那条大蛇就如同一条小蚯蚓，而轩辕与这条大蛇相比，就像是蚂蚁与水牛相提并论，根本就不成比例。

轩辕的手心在冒汗，他不知道为什么那条大蛇还不攻击，他几乎已经被压迫得喘不过气来，此刻的他，却想到了吹箭。

“如果有一支吹箭，不，只看巨蛇身上那闪着黝光的鳞片，就知道吹箭根本不可能射进去!”轩辕心中思索着。

“有没有一种力量大得足以洞穿这蛇皮的利箭呢？如果不是以口吹，而是以手刺，是否可以刺入这巨蛇的厚鳞之中呢？”轩辕望着巨蛇，心中却在不停地思忖着。

嗞……正当轩辕思忖之时，一股巨大的内旋之风差点将他的身形拖得踉跄冲出。

轩辕大惊，原来是那巨蛇张口吸气，那强大的吸力来源就是那张巨大如山洞的嘴，伸出足有一丈五尺长的蛇芯不停地翻转着，灵活得如鬼叉。

轩辕冷汗再次渗出，心中暗忖道：“如果与这巨大的怪物近身格斗，那岂非唯有死路一条，连半点活命的机会都没有？”虽然他有含沙剑在手，且有力搏虎豹之能，可面对如此巨物，犹如小蚂蚁与巨人相斗。

石洞之中的那条巨蛇已经够可怕的了，那种力道都是轩辕难以应付的……

轩辕重重地甩了甩头，努力让自己的思绪平静下来，不去想这些让自己失去信心和斗志的事，不过他却知道，如果在潭水之中与这庞然怪物相斗，他根本连一点逃命的机会都没有，如果自己进入了林中，或许还可借助那些古树阻挡巨蛇，也许有逃脱的希望。

巨蛇的上身在水面上不停地晃动着，似乎对轩辕这个弱小的生命有些兴趣，但又没有发动主攻的意思。不过，轩辕却知道只要自己一动，就会立刻引来巨蛇的攻击，这距潭边的十几丈距离对于这巨物来说，根本就不算什么。

轩辕不想坐以待毙，脚下缓缓后移，更小心戒备着巨蛇的突然袭击，他必须将生死置之度外，绝对要保持冷静，以一种极为平和的心态去面对生与死的威胁。不过，轩辕无法抗拒冷汗的渗出，与巨蛇相对，便如同面对十个绝顶高手，那种压力和气势绝对毫不逊色。

怦怦……怦怦……

轩辕神色再变，他竟又听到了那奇怪而恐怖的跳动之声，心脏竟不受控制地又跟着那声音的频率而跳动。

不仅如此，巨蛇也开始骚动起来，那双巨大如灯的眼睛之中渐露凶光。

怦怦……怦怦……

轩辕强行调动体内气息护住心脉，他的目光斜斜扫视了一下周围的环境，他的直觉告诉自己，这声音并不是巨蛇所为，巨蛇也不会发出如此人性化又充满诡异色彩的乐音。而且，巨蛇也应是被这诡异而恐怖的声音召出来的，甚至它也是受害者。

吼吼……巨蛇一声低嘶，自喉中冲出的气流竟化成一阵疯狂的吼叫。

轩辕从来都没有听到过蛇会发出吼声，也许所谓的龙吟就是这般吧。

神潭之水迅速溢出，更哗然击石，蛇身探出五丈。

轩辕知道僵持的局面终于打破了，就是因为那诡异的震动声。

轩辕飞速倒退，向林中倒退，但又极力控制住身子的平衡，他必须正面面对巨蛇。此时他唯一的好处就是对这里的地形极为熟悉。

轩辕只感到一股巨大的吸力，使他后退的身子变缓，巨蛇那庞大无比的头颅裂成一个深邃无比的黑洞，猩红的舌头犹如一条长长的彩带向他卷来，那拳头大的两只眼睛暴射出无穷的凶光，腥臭阴风更是笼罩了轩辕立身处的五丈范围，更可怕的却是那巨蛇自水潭之中带起的那股席卷而至的浪头。

轩辕大喝一声，双臂力压足下，以使自己不受那道以巨蛇喉咙为中心的巨大吸力的影响，更看准巨蛇长舌滑动的地方，他要给巨蛇沉重的一击，哪怕明知必死，也绝不会让巨蛇好受。

嗖……正当轩辕立住身子准备以死相搏之时，竟有一道红影犹如快箭般自他头顶掠过，向巨蛇那深不可测的喉中射去。

轩辕大惊之时，更有一缕怪笑飘过，显然是那红影的笑声，而那红影竟比声音还快，笑声过处，轩辕的心脏又恢复了正常，其实那笑声便如那诡异的敲击声一样诡异。

轩辕的直觉告诉自己，这红影绝不是巨蛇的食物，若是因为巨蛇强大的吸力，又怎能让这红影的速度如此快呢?

啸……在那红影即将射入巨蛇喉中之时，突地横射来另外一道白影，犹如幽灵鬼魅一般，快得不可思议。

轩辕看清了这白影的来向，是自三道飞泉旁射出的，在他还没有来得及作出反应之时，便听到轰的一声爆响。

两道快若疾电的身影，在蛇口前横向相撞，巨大的冲击力竟让巨蛇的冲势一顿，轩辕压力大减，而且地下的碎石和浪花四射而飞，强大的震力使得轩辕一阵心旌摇曳。

“好强大的气劲！好浓烈的杀气！好霸道的气势！”轩辕禁不住心中骇然。

一红一白两条身影根本就不受巨蛇吸力的影响，向两面弹开，如同弹丸一般。

“歧富老儿，你又来坏老子的大事，老子要将你煎皮拆骨，碎尸万段！”那红影迅速落在距巨蛇左侧七丈外的大古树上，狂怒地吼道。

那白影也落在巨蛇右侧七丈处，笑应一声道：“你这老魔都快入土了，还如此贪得无厌，老夫岂能不插手管上一管?”

巨蛇似乎已被激得大怒，卷起滔天水浪向两名神秘人横扫过去。

轩辕这才第一次看到巨蛇那潜于水下的尾巴，心中吃惊至极，他吃惊的不仅仅是这条巨蛇长达十五六丈，更吃惊于那一红一白两个神秘人物的盖世功力。

在如此嘈杂而混乱的声音中，那两个神秘人物的声音竟清晰可闻，而且他们对巨蛇丝毫不放在心上，这的确让人吃惊。

“歧伯！”轩辕低低地念了一声，他的眼力极好，虽然无法看清那两人的面貌，但却听到了两人的谈话，那白衣人的声音对轩辕来说竟显得十分熟悉和难忘。

只看那仙风道骨、飘逸如仙的身影，轩辕就知道那白衣人正是自己盼望了数年都未见回返的奇人歧伯。

“小子，小心！”白衣人显然早已认出了轩辕，也极为关心地道。

“老不死的，原来这小鬼是你的旧识！”那一身衣着如血，却矮如侏儒的人充满杀意地道。

轩辕这才回过神来，那巨蛇的舌头如风般卷来，不由惊呼着反跃而出。

轰轰……巨蛇的蛇尾疯狂地扫中歧富和那红衣神秘人所在的树上，两棵古树竟应声而倒，岩石激飞四射，但歧富和那红衣人的身子却迅速弹射向虚空，速度之快，自不是巨蛇之尾所能比拟的。

哗哗……轩辕立身之处的石头被蛇尾扫得乱飞，更有几块砸在轩辕背上，只痛得轩辕龇牙咧嘴。

“畜牲，来吃我吧！”那红衣人像是极为喜欢喂蛇腹，竟迅速掠至蛇头部，口中更是疯狂地喊道。

轩辕还是首次见到这么古怪的人，竟主动将自己送进蛇腹，这完全是不要命的架势，不由又惊讶又感好笑。

“老魔头，你的如意算盘是打不响的，今日你除非将我歧富放倒，否则休想打龙丹的主意！”

轰……轩辕根本没有半点思考的余地，唯有不停地跳跃，那巨蛇实在太大，其行动的速度快得令人无法想象。蛇芯未卷中轩辕，巨大的头颅又如陨石般砸在轩辕第一次跃落的地方。

轩辕心里寒气直冒，那巨大的蛇头似乎不知道什么叫疼痛，竟将碎石堆砸出一个大坑，然后又急速弹起，向轩辕攻去。

轩辕无可奈何，他知道自己的速度根本不可能快过巨蛇，他唯有挺身应战。

“来吧，畜牲！”轩辕不退反进，向蛇头撞去。

呼……巨蛇口中喷出一股腥臭的气流，直扑轩辕，那长若彩带的蛇信更是直卷而至。

轩辕大惊，闪身跃过，含沙剑划过一道美丽的弧迹，直斩向长长的蛇信。

轰轰……歧富与那红衣侏儒已在空中连续交手，战得难解难分，犹如两个幽灵，在风中舞动。

“老不死的，那小子的剑法不赖，你就眼睁睁看着他死去吗？不如我们打个商量，先解决了这畜牲，再将龙丹平分如何？”红衣侏儒边战边退道，显然，他似乎并无意与歧富拼个你死我活。

“哼，你以为我不知你的诡计吗？只要你进入了蛇腹中，谁还能抓得着你？你岂会诚心与我平分蛇丹？”歧富显然也看透了红衣侏儒的心思，冷哼着回应道。

“你这老不死的臭东西，我鬼三又不是与你有不共戴天之仇，我苦候了二十多年，好不容易将它逼出来了，你却在此瞎搅和，你……老子就先宰了你这多管闲事的老鬼！”红衣侏儒无比愤怒，他辛辛苦苦在这里守候了二十多年，好不容易找到今日这个最好机会，却因歧富而要前功尽弃，怎叫他不怒？

轩辕的剑根本就没有斩中蛇芯，巨蛇之舌灵活得让他无法想象，在他的剑挥出之时，蛇芯绕了一个大圈，自轩辕根本想象不到的角度卷住他握剑的手腕。

轩辕几乎无法抗拒那股巨力的牵扯，踉跄之下差点弃剑，更可怕的却是巨蛇那张足以活吞虎豹的大口正等待着他这个弱小的食物进入喉中。

“小子，苍天之气，清静则意志活，顺之则阳气固，虽有贼邪弗能害也，此因时之序，阴味出下窍，阳气出上窍。味厚者为阴，薄者阴之阳；气厚者为阳，薄者阳之阴。味厚则泄，薄则通，气薄则发泄，厚则发热。壮火之气衰，少火之气壮。壮火食气，气食少火，壮火散气，少火生气。记着了！”歧富见轩辕遇险，却并不能抽身相救，而是迅速说出一大串文字。

轩辕心中大急，虽然听清了歧富的话，但一时却无法明白其中的意思，又没有时间去思索，不过，他知道歧富在暗示他什么。

对于轩辕而言，歧富的确是个极为神秘的人物，若不是刚才鬼三与歧富的对话，他仍不知那个只让他称呼为歧伯，并再三叮嘱他不能泄露其身份的怪老头名为歧富。

在轩辕的猜想中，歧伯只是一个世外奇人，也许的确有着深不可测的武功，但他却没想到竟然如此厉害，可在空中如鸟一般飞跃，那是他做梦才想到的境界。轩辕来不及回忆五年前那次与歧伯秘密相会的一个月时间，就被一股巨力将他向蛇腹中吸去，他甚至连反抗的力量都没有。

巨蛇喉中涌出的那一股灼热而腥臭的湿气几乎将轩辕熏得昏了过去。

“轩辕！”远处的树林之中传来了雁菲菲和蛟梦及雁虎诸人的惊呼声。

树林之中更是灯火通明，人声鼎沸，显然是两个部族中人已经闻讯，大批人手持兵刃前来驰援。

嗖嗖……一轮吹箭，一轮羽箭，更有人掷出飞矛。

轩辕也闻声清醒过来，眼见自己即将进入蛇口，猛地一蹬足，竟奇迹般地踢在巨蛇的下颚上，撑住自己向蛇腹中飞射的身子。

“那是什么人？呀，那有两个人在天上打架……”两族之人不仅仅看到了轩辕正在蛇口，同时也发现了一红一白两道身影在巨蛇上空飞跃，便如大鸟一般在虚空中追逐交手。

“轩辕，你支持着，我来救你了！”雁菲菲不知哪里来的勇气，手持一杆长枪向巨蛇奔去。

“菲菲，危险！”雁虎和众族人不由得全都大惊，以巨蛇如此可怕的力道，如此硕大的躯体，岂是凡人可以接近的？

蛟梦抓过一杆长枪，如飞般向巨蛇奔去，他怎能忍心让轩辕丧身蛇口？

轰……蛇尾横扫而出，以排山倒海之势向蛟梦诸人袭来，立时树折石飞。

“快闪开！”雁虎大惊，一拉雁菲菲，退回树林之中。

蛟梦弹身闪过巨蛇威猛的一扫，长枪贯注螺旋劲气刺向巨蛇的身子。

嘭……一声巨响，蛟梦的长枪却只刺下巨蛇的几片鳞甲。

轰轰……巨蛇经受蛟梦那巨力一击，也感觉到了痛，竟疯狂般以巨尾横扫。

“轩辕，你撑住！”雁虎见轩辕在这种时候仍然能够与巨蛇相抗，禁不住心中大感佩服，但也知道轩辕此时的情况危如垒卵。

轩辕的腰身几乎被蛇芯勒得快要断裂了，但为了雁菲菲这稍存的一丝信念，他的双腿死撑着，双手以剑柄顶住巨蛇的上颚，以保证身子不被吸入蛇腹，但他不敢奢望自己能够在蛇口逃生。

“小子，入腹才是活路，记住我刚才说的话！”歧富在与鬼三交手的时候，见轩辕仍与巨蛇僵持着，不由得急呼道。

轩辕一愣，却犹豫了一下。

“歧富，老子与你不共戴天！”那鬼三听歧富如此一呼，不由大急，舍弃歧富，向轩辕飞扑而来，同时怒吼道。

嗖……一支利箭擦着轩辕的腰身而过，射入了巨蛇的口中。

轩辕爆出惊天动地的一声大喝：“来吧，畜牲！”在巨蛇上颚下合之时，他猛地拔出腰间短剑，疯狂地刺入了巨蛇那如灯笼般的左眼。

“吼……”巨蛇一阵疯狂的嘶叫，整个身子都扭曲了起来，那正合闭的大口又再一次因痛而张开了。

族人一阵欢呼，鬼三先是一喜，后见巨蛇之口又张开，不由大惊。

“你们保重……”轩辕一声高呼，身子一缩，随着蛇信的内收，他犹如一颗弹丸般投入了巨蛇那深不可测的喉咙之中。在投入蛇腹之时，他的双手紧紧握着含沙神剑，以锋锐无比的刃锋划开巨蛇的喉咙内壁，更割断了蛇芯。

“轩辕！”雁菲菲一声惨呼，竟昏了过去，这也是轩辕听到外界的最后一个声音。

“吼……”巨蛇身子一阵扭曲翻滚，随着自腹中呼出的那股腥臭的热风，竟将断了的蛇芯带了出来，还有那支射入它口中的羽箭，其中似乎还夹杂着轩辕的一双草鞋。

“快走开！”蛟梦似乎明白了什么，飞速向林中退去，更让族中之人迅速向林子深处撤退。

鬼三刚好在这口腥臭的热气喷出之时赶到了巨蛇的嘴边，竟被这股气流冲得倒退八步，只觉腥臭难闻。

呼……巨蛇的尾巴如同坍塌了的天梁，向鬼三无情地砸下。

鬼三脚下一旋，双手竟推出一团如同火球的气劲，直击向巨蛇的身子，他不仅不退，反而更向巨蛇靠去。

轰……轰……首先是鬼三挥出一团如火球般的气劲重重击在巨蛇的身

上，再是巨蛇的尾巴击在鬼三刚才的立足之处。

巨蛇硕大无比的头颅竟翻到了一边，当它再次抬头之时，巨大的尾巴已在竖起的头部周围绕起如一座小山似的蛇饼，它似乎知道自己遇到了对手。

"畜牲，把我吃了吧！"鬼三如同饿狼般呼号着冲天而起。

有虢和有侨两族众人哪想到这怪人竟如此厉害，连这样的巨蛇都似乎对他有些畏惧，但更让他们不解的是，这怪人为何要让巨蛇吃了他呢？

巨蛇的蛇头竖起犹如一座灯塔，达五丈多高，而那数十丈的巨大身躯盘卷着，使其灵活度大增。

蛟梦和雁虎两人大为惊骇，鬼三和歧富的武功之高就是他们也是首次见过。

"鬼三老魔，你别白费心机了，只要它永远不开口，你就永远没有机会，哈哈……你还是先与我继续打完这一架吧！"歧富身形如雀一般，在夜空中滑过一道白影，也向巨蛇头部攻来。

呼……巨蛇的头部疯狂地向歧富撞去，虽然它已经废去了一只眼睛，但仍可清楚地感应到歧富飞来的气旋。

"人祭司，快带族人离开这里！龙儿、木青，你们护送菲菲去休息！"蛟梦迅速吩咐道。

蛟龙心中有一股难言的滋味，所有人的心中又添了一丝苍凉和无奈，更有着一种难言的恐惧。

"这就是神龙吗？"雁虎也禁不住疑惑起来。

"这是他咎由自取，他放走了河神的'祭品'，只好由他来替补这个'祭品'了！"天祭司没有半丝怜悯和同情地笑道。

"天祭司！"蛟梦生气地沉声道。

"族长难道认为我说错了吗？为什么事情会如此凑巧？"天祭司并不惧怕蛟梦的责怪，反问道。

蛟梦心中更是沉重，却不想与之争辩。

"我不认为祭司之言有何根据，这巨蛇显为魔物，怎能以神论之？这只是一条成了气候的凶物而已，以防它为祸人间，我们应该倾力将之除去才对，轩辕死得英勇！”木青也有些不满天祭司如此幸灾乐祸之态。

“是呀，怎么说轩辕也是为了救我们才会独对这畜牲，以弱小人力挑战如此凶物，他才是真正的勇士，是我们大家的骄傲！”白夜竟第一次大胆地出言反对天祭司的观点。

两族之人都深有同感，刚才轩辕在巨蛇之口时的那种冷静、那种勇悍和斗志的确深深感染了在场每一个人，特别是轩辕挥剑勇刺巨蛇之目，又回头叫族人保重之时，那一脸视死如归的表情，以及那清澈明亮的眼神，就像是一个无敌的斗士，虽然没有几人能理解轩辕那最后一瞥的用意，但那绝对会深深烙入每个人的心中，让人永远也无法忘记。

歧富并不回避蛇头的攻击，反而主动迎上蛇头。

鬼三根本无法掌握蛇头的动向，更难使巨蛇开口，见巨蛇向歧富攻击，他也落井下石，如疯如狂般向歧富攻去。

“歧富老匹夫，你去死吧！”鬼三怒呼道。

“不见得！”歧富一声长啸道，而在同时，他竟抓住了巨蛇左眼之上的短剑，身子更借力腾起，离地近七丈。

巨蛇一阵扭曲，鲜血自左眼处狂喷而出，蛇尾也向天空中疯狂猛甩而起。

鬼三见蛇口因痛张开，不由大喜，又中途变招，向蛇口中钻去。

“你中计了！”歧富大笑着挥剑向鬼三扑去，整个身子在虚空中化成一片白霞，以快得不可思议的速度罩定鬼三方圆五丈范围。

鬼三大惊，这才想到歧富是故意设了这个局，因为歧富知道他最希望的并不是击杀对方，而是钻入蛇腹中取出蛇丹，因此有意为他制造了一个让巨蛇开口的机会，其目的就是要让他分神。

鬼三知道他必须接下歧富这一剑，否则他在钻入蛇口之前一定会变成两截，而他已经不是第一次与这老头交手，因此对歧富剑法的厉害之处太清楚了。

“好剑法，没想到世间竟有如此神奇之剑法！”蛟梦禁不住赞叹道。

“呀……”鬼三一声暴喝，那侏儒一般的身体竟在刹那间暴涨两三倍，一身如火的红衣更如充满气的球，整个人犹如一团燃烧的火焰，向那片白霞迎去。

嗤嗤……轰轰……噗噗……一连串爆响，两条人影都融入一片霞彩之中。

呼……巨大的蛇尾以天崩地裂之势疯狂地砸入那片霞彩之中。

“轰!”

强大的气流如同海啸一般以那团霞彩为中心，向四周的空间散射开来，方圆十丈之内飞沙走石，树木如摧枯拉朽般尽数毁去。

蛟梦和雁虎只觉无数剑气和一股灼热的气流涌向他们，若非他们功力已达到炉火纯青之境，只怕已经伤在这股毁灭性的气旋之中。

鬼三和歧富如同两颗弹丸一般被弹出十余丈开外，那巨蛇竟也被震得翻滚了一阵，如同在忍受着极大的痛苦。

当蛟梦和雁虎骇异之时，巨蛇竟然飞速滑下神潭，潭水涌起一层巨大的浪花和水柱，水波四溢。

“别走!”鬼三见巨蛇竟然逸入水中，不由大急，拔腿就追。

歧富却在另一棵古树上一边咳着，一边大笑着。

鬼三冲到潭边，竟被冲起的水柱击倒在地，更咳出两大口鲜血。

“哈哈……咳咳……哈哈……”歧富大笑一阵子，才幸灾乐祸地道，“真有你的，竟在这个时候还有心情洗澡，不过，你倒像只落水狗。”

“歧富，总有一天我会杀了你的!”鬼三以手撑地，望着歧富咬牙切齿地道，他恨不得将这个可恶的对手千刀万剐，以泄心头之恨。

“哼，现在你的神厄寡煞魔功已破，拿什么来杀我?”歧富咳了几声，得意地回应道。

鬼三似乎更恨，支起身子，冷冷地望着歧富，咬牙切齿地道：“希望你不要落在我手上，否则我会让你生不如死!”

歧富漫不经心地道：“我会等着的!”

蛟梦和雁虎对视了一眼，都看出了双方的惊骇，他们对这两个神秘人物的身份没有一点头绪，刚才上演的一幕只让他们变得有些糊涂了，而且这两人的武功可以说是世所罕见，伴随着巨蛇的出现而出现，他们究竟是为了什么?不过，很显而易见，这两人都已身受重伤。

“哼，你等着就是了！”鬼三冷哼一声，身形迅速向北边的林子中掠去，虽然已不如最初那般来去如风，但依然捷若灵猫，只是眨眼工夫便消失在黑暗之中。

歧富倚在树干上猛咳了两口鲜血，自言自语般嘀咕道：“这老魔的魔功真是厉害，只差那么一点便将我废了，哈哈，看来这几年我太荒废了，是该反省反省一下了！”

“前辈，你没事吧？”蛟梦试探着向歧富问道。

“还死不了，多谢你关心。”歧富自嘲道。

蛟梦一呆，歧富已自树上跃下，却头也不回地向东面的林子走去。

“喂，前辈，可否到我们族中休息一日，明天再走吗？”蛟梦似乎极想挽留这个古怪的老头。

“哈哈，老夫已习惯栖身山野，不喜欢人气旺盛之地，更不敢有劳阁下。”说完，歧富加快脚步，很快融于黑暗之中。

唯蛟梦和雁虎相视发呆，近日来所发生的稀奇古怪之事的确太让人难以接受了。

潭水血红未褪，水潭的岸边也是一片血红，那是巨蛇喷出的鲜血，也有由蛇眼中涌出的血渍。

神潭边的地面潮湿一片，也是一片凌乱，断树残枝零零落落，显示着昨晚那一场让人此刻仍心有余悸的战斗，是如何的残酷和惨烈。

轩辕的一双草鞋上也沾有血迹，是巨蛇的血迹，这是人们唯一还可以找到的属于轩辕的东西。

蛟梦昨晚便已发现巨蛇吐出的猩红舌头，几乎长达一丈五尺，显然是被轩辕斩断的。

蛟梦不得不对那个平时让他失望的轩辕再作估计，皆因轩辕的那份镇定，居然在被卷入蛇口后仍能够保持着清醒的头脑，更趁机割断巨蛇的舌头，单凭这份镇定，就足以让人对他刮目相看了。

雁虎此时也大感尴尬，雁菲菲竟执意不嫁给蛟龙，这使他很是恼怒，但此刻雁菲菲精神极为不振，也很虚弱，所以他也不好逼她。同时，雁虎似乎明白这些很可能与那个已死的轩辕有关。自昨晚雁菲菲对轩辕的关切之情中，他很明显地可以看出宝贝女儿对轩辕的那丝情愫。

祭天之事并没有想象中的那么让人心情振奋，没有了最重要的“祭品”，人们的心中全都笼上了一层挥之不去的悲哀，也许是仍未能自昨晚的惊悸之中回过神来。

蛟龙并没有因为轩辕的死而高兴，反而多了一分恨意，是因为轩辕的死，使雁菲菲推辞了他的婚事。他心中不明白，为什么那该死的轩辕似乎是他宿命中的敌人，死前是这样，死后仍是给他留下了无比恨意。不过，轩辕终还是葬身蛇腹。

轩辕葬身蛇腹，木青和白夜及竹山都不舒服，他们有些气恨自己当初为什么不留下与轩辕并肩作战，身为有侨族的勇士，在最关键时刻却害怕了，舍弃战友而苟且偷生，这使得他们始终无法释怀。

轩辕的死，自然也有人伤心，也有人惋惜，也有人说这是天意，甚至有人将之编成一种极为玄乎的神话。

蛟幽和轩辕两人先后在两日之中丧身于神潭，这虽然是一种巧合，但太多的巧合聚在一起就成了另外一种情况。

蛟幽喜欢轩辕，轩辕也爱着蛟幽，这是众所周知的，如此一对恋人先后在两天之中以不同的方式葬身于神潭，而且又是这极为特殊的两天——祭天的前两日，姬水之神复苏之期。于是有人便说，这对年轻的恋人是被姬水之神召去了，他们本就是姬水之神身边的金童玉女。

蛟幽的美丽是不容任何人置疑的，在族中，早有人说她像姬水之神一样美丽的说法，而轩辕也不可否认是族中极能吸引女孩子的少年，那高大而矫健的体形，那张虽然不是很帅气，却极具魅力的脸庞，那双深邃而不可揣测的眼睛，再加上轩辕对族长和祭司们的那番关于“神”的辩驳，而且轩辕平时的行径与其他族人显得有些格格不入，比如他总会在姬水之畔静坐，这使得族人对他的传说更多了一层神秘的色彩。

对于轩辕和蛟幽的传说，在有侨族中越传越真，越传越神，众族人想到轩辕力搏地祭司，重创妖人又救了那一群女子，这一连串的举动，使大家不再为轩辕和蛟幽的死感到悲哀，反而庆幸，姬水之神的两个童子竟生在自己的族中，这对于有侨族族人来说，是一种无可限量的鼓舞！

蛟夫人思女心切，她竟告诉众人，说蛟幽托梦给她，到最后连蛟夫人也相信蛟幽就是姬水之神身边的玉女了，于是有虢和有侨两族便在神潭不远处建了一座神庙，里面供奉着姬水之神与两大童子轩辕、蛟幽，连那条巨蛇也成了众人供奉的对象。不过，那巨蛇只是姬水之神的坐骑，那一丈多长的蛇芯经过特殊处理，也不会腐烂，只是缩成一丈二尺长，按在泥塑的巨蛇身前。

神庙完工已是八月，这还是两族之人极力配合才得以在两个多月中建成这规模还算比较大的神庙，这里也将成为两族以后每年祭天之地，不过祭天时以活人为“祭品”之举取消了。

第八章　返璞归真

“阿轩，把那些柴劈了之后，去挑几担水来。”一个娇脆的声音呼道。

“哦，我知道了。”回答的是一个身材极为高大的年轻人，头发犹如野草之根一般短而硬，竖在头皮上，有些乱蓬蓬之感。

那年轻人的皮肤倒极为白皙，脸上却有一丝异样的红润，也许是因为太阳光线太过强烈的原因，但他似乎有一种悠然自得之感。

这里是一处农家小院，四周都以五尺高的木桩并排围拢成墙。

木桩一截钉进土里，埋入四尺，地面五尺，唯留一道出入的大门。大门两边的木桩极高，地面之上高达一丈有余，更做了一扇活门，看上去一切还算考究。

院子不是很大，一座三进的木构房子，顶棚以棕叶、茅草之类的东西盖着，在木构房子的左边，有一篱笆围成的圈，里面是几头养得很肥的猪，还有几只鸡在院中的草地上悠闲觅食。

被唤作阿轩的年轻人正在劈一堆粗木，并将之架成一堆一堆的，看样子极为认真卖力。不过，看他抡动斧头的样子，以及劈成的一大堆柴片，就知道他的力气极大。

“芸妹，今晚多做一些饭菜，会有十几个客人来。”一个极为雄壮也极为英俊的小伙子推开大院的木门，快步小跑进入了院中，但没有瞧阿轩一眼，径直向后院行去。

那是做饭的地方，由两个大树杈吊着两个大鼎罐，更有几个蒸饭的大木桶。

这是有邑族族人的饮食之处，而这个进来之人，乃是有邑族年轻人中有些声望的化三。

“阿三呀，是什么客人?”一位中年妇女自木屋中探出头来问道。

“原来花婶也在呀，这客人我也不太清楚，大概是与高阳氏有关吧，反正族长说可能有大事发生，到时候就知道了。”化三笑着答了一声，迅速蹿到木屋之后那正在洗米的花芸身边，亲昵地道，“看我给你带回了什么?”

“什么呀?”花芸并未在意地扭头，但旋即一声欢呼：“哇，好美的鲜花，你在哪里摘的?”

花芸迅速擦干了手，双手从化三手中捧过一大束艳红娇嫩的花朵，喜不自胜。

“你喜欢吗?”化三右臂一伸，揽住了花芸的香肩，邀功似的问道。

花芸的俏脸泛起了一阵羞红和陶醉，但却白了化三一眼，娇笑道：“把眼睛闭上!”

化三一愣，有些不解地问道：“闭上眼睛干什么?”

“你管这么多干吗，我叫你闭上就闭上，不闭就算了。”花芸嘟着小嘴不依地道。

化三满脸疑惑地闭上了眼睛，却不知花芸又要要什么把戏，刚闭上眼不久，只觉脸上一阵湿热，同时又有“啧”的一声轻响。

“哈，看见了，看见了!”阿轩不知什么时候劈完了柴，来到后院提水桶，笑着呼道。

化三忙睁开眼睛，不由自主地伸手往脸上抹了一下，只见花芸脸上泛起一阵红霞，一副羞怯之态，不由大惑地向阿轩问道：“阿轩，你看到了什么?”

阿轩大声笑了起来，有趣地反问道：“她都把小嘴凑到你耳边了，你居然……”

“死阿轩，我叫你说……”花芸大窘，抓起灶边一块干柴，向阿轩砸去。

阿轩一挑两只大桶，迅速跃开，大笑道：“不说就不说，又不是亲我，有什么好说的?”

化三哪里还会不知道是怎么回事，也禁不住乐得欢笑起来，更紧紧地将花芸搂住。

“死阿轩，回来看我怎么收拾你!”花芸恼羞成怒。

阿轩却不管他们，径自挑着两个大桶向外走去，耳边却隐约听到花芸极难为情地小声道：“别，别，娘都看到了呢……”显然是化三已经不太老实了，不过，他对此见怪不怪。

“阿轩，又来挑水了?”俏寡妇叶清老远便呼道，她也真是眼尖，阿轩才转过山脚，她就发现了。

阿轩望了河边几个正在洗衣服、洗兽皮的女人，不由得点了点头，算是打招呼。

每天阿轩来挑水，那俏寡妇都会老远便打招呼，而且叫得亲热，可他却不好回避。

俏寡妇，柳叶眉、桃花眼、瓜子脸，身材修长而匀称，如水蛇般的腰肢，白嫩的肌肤，可算得上是族中难得的美人，但对于有邑族族中的男人来说，似乎都不想沾惹这个女人，因为她已经死了九个丈夫，而且是在五年之中，说她是俏寡妇，实际年龄才二十岁。

族中的女人都极为同情俏寡妇，但同情归同情，却没有男人敢惹她，谁都想让这个漂亮的女人做自己的妻子，都想钻入这个女人的被窝中，只可惜谁都怕成为第十个冤魂。

俏寡妇十五岁时与族中最勇敢的一位年轻人结婚，但两个月后，新婚丈夫在一次狩猎中被黑熊咬死。三个月后，又有一名族中年轻人与俏寡妇共同过日子，使之从悲痛中恢复过来，但不出五个月，这个年轻人却被猛虎吃掉。自此之后，俏寡妇几乎人都变了，也不知如何过日子，族人也想她能好好生活，又先后为她介绍了几个年轻人，可这些人都相继死去，在俏寡妇第五个丈夫死时，她变得放荡起来，也许是受的刺激太大，然后她又嫁给了一个比她大三十岁的中年人，可是那中年男人仍是没有活下来，另外两个曾与她偷情，有过肉体关系的人也都相继死去。于是再也没有人敢去惹她了，因为俏寡妇似乎正是男人的克星。

有人说，俏寡妇一定是遭了魔鬼的咒骂，才会克夫。

族中人并没有排斥她，但却只让她单独住在一间屋子中，虽然也是在族人居住的地方，但也有种隔离的意味，毕竟五年之中发生在俏寡妇身上的怪事太多。

阿轩对俏寡妇的事也有耳闻，但却并不是很清楚，因为他本不是有邑族之人，他是在三个多月前被族长狩猎时捡回来的。

对于这里的生活，阿轩其实很快就适应了，族人对他也都很友善，因为只要是长老和族长说的话以及决定的事，族人都不会反对，也就不把阿轩当外人看了，因此阿轩很快融入了族人的生活中，只是他的来历仍是族人的一个不解之谜，而这个谜团唯有阿轩自己才清楚。

他不想让别人知道他的身份和过去，但他的这种隐瞒并没有什么恶意。

有邑族比他过去的部落似乎先进了很多，有许多东西都值得他去学习，比如牛车之类。是以，阿轩才会隐姓埋名，留在这里，但他没有一刻忘记过去，没有一刻忘记那伤感的往事与一往情深的爱人。每当夜深之时，他总会对着天空，对着月亮想着那善良而美丽的爱人。

三个多月了，有侨族中究竟发生了什么变化？那群关心他的兄弟又怎么样了呢？

阿轩正是三个月前被巨蛇吞入腹中的轩辕。

他的存活，可谓是一个奇迹，一个了不起的奇迹。可轩辕没有丝毫的欢喜之情，因为在他恢复知觉之后，才蓦然发现自己往日所修习的先天真气全被一股神秘的力量封在丹田深处，而他不管用何种方式，都无法冲开那股力量的封锁，现在唯一能用的，只有他那天生具备的神力，虽然这力量已经足够资格成为一个优秀的猎人，但却无法成为一个高手，而他更不知道自己的部落在何方，不知道他思念的爱人究竟距他有多远。

轩辕的心在痛，心痛不是因为无法动用真气，而是心痛雁菲菲是否已成为了蛟龙的妻子，他恨自己没能向雁虎和蛟梦说出来，但他又庆幸自己没有向雁虎说明，他不敢想象雁菲菲在认为自己死了之后会有什么反应。

其实，他也听到了雁菲菲最后那句声嘶力竭的凄喊。轩辕每当忆及此处，他的心就开始痛，于是他只有忘情地投入这个陌生的族中，忘情地干活、干活……唯有这样，他才会少一些时间去想那些让他揪心的事情。

原来，轩辕那日被巨蛇吞入腹中之时，双手握紧了含沙神剑，灵台一直保持着一片空明，直到他的含沙神剑被巨蛇喉口的软骨所嵌住时，他才感到巨蛇腹中的巨大压力，只让他几乎喘不过气来，更有一股股异样的液体包裹着他，使之浑身燥热难当。

轩辕完全无法感受到巨蛇体外的剧烈震荡，在蛇腹之中平静如死，一共也只出现过两次震荡，那是他刚滑入蛇腹不久产生的。

轩辕也不知支撑了多久，他感觉到自己的呼吸越来越难以畅通，那怪异的黏液更使他燥热得快要爆炸，他脑海之中浮现出许许多多的人，包括母亲……

在轩辕感觉快要死去之时，竟想到了歧伯，那个暗中教他练气和指点了他数月武功的怪老头。虽然他没想到歧伯的武功竟是如此之高，但却记起了他被巨蛇吞入口中前歧伯所讲的那一段话。

“苍天之气，清静则意志活，顺之则阳气固，虽有贼邪弗能害也，此因时之序，阴味出下窍，阳气出上窍。味厚者为阴，薄者阴之阳；气厚者为阳，薄者阳之阴。味厚则泄，薄则通，气薄则发泄，厚则发热。壮火之气衰，少火之气壮。壮火食气，气食少火，壮火散气，少火生气……”

正当轩辕身处生死关头之时，这段话竟如一盏明灯，使他欣喜若狂。恍惚中，他记起当初歧伯教他练气之时也曾讲解过这一类型的文字，而以他对先天真气的掌握和了解，并不难明白这一段话的意思。只是他当时在蛇口之中没心情去思考，此刻偶然间想起，又身处这特殊的环境中，竟豁然顿悟。

“阴味出下窍，阳气出上窍……味厚则泄，薄则通，气薄则发泄，厚则发热……”轩辕意念至此，体内那几欲爆裂的气机立刻顺意而动，阴阳两分，走上下两窍，那种澎湃的感觉立去。

至此，轩辕完全明白了歧伯的意思，更深悟那段话的精妙所在。“壮火之气衰，少火之气壮。壮火食气，气食少火，壮火散气，少火生气……”轩辕依据这一番道理，加之往日练气的经验，他很快便理顺了体内的真气，更不断地生出一缕缕真气，在体内进行自给自足，进入龟息之状。体外的压力顿减，那怪异的黏液似也无法对其造成任何损害，但轩辕的灵台始终保持一片清明，意念未止，唯感巨蛇体内一片死寂，根本不知道巨蛇已在剧痛之下，自一条地下水道飞速远行，通向黄河，疾行数千里之远。

当轩辕的灵台达到最清明之时，脑海之中竟似乎将巨蛇体内的五脏六腑全印了进去，虽然他什么也看不见，但那感觉告诉他，他此刻是在蛇喉之中那块横起的软骨下，而蛇喉之大，足可容下他的躯体。

轩辕自是不想在蛇腹之中长待下去，当他完全可以控制体内真气之时，便开始试探着拔下那嵌在软骨中的剑。后来他成功了，但一股液体将他冲入了巨蛇的食道，更有一股吸力将他拖得更深。

这是轩辕没有想到的变故，差点使他体内真气走岔，幸亏他定力极好，终于记起手中的含沙神剑。

神剑挥过之处，巨蛇食道尽裂，这一刻轩辕可以感到巨蛇在剧烈地翻腾。当然，他管不了这么多，只知道破坏，将巨蛇的五脏六腑全都破坏无遗。

就在轩辕大感快意之时，他的躯体突然触到了一团烈火一般的东西，这似乎是一个充盈着巨大能量的容器，散射着无与伦比的生机。

轩辕体内的真气与之一触之时，竟散得无影无踪，他骇得肝胆俱裂，暗叫吾命休矣。黑暗之中，他根本就看不到那究竟是什么东西。

巨蛇顺着黄河一直东下，后来蹿入一条地下暗河，奔行了三天，足足行了两千多里，但在地下暗河之中却被卡在狭窄的河道中间，且因巨蛇体内的五脏六腑被轩辕以含沙神剑破坏无遗，已是强弩之末，早已无力挣扎。若在平时，巨蛇肯定是无法被卡住的。

轩辕在巨蛇腹中三日有余，却未死去，他也不知道过了多长时间，总之，他心里明白自己并没有死。虽然他体内的真气早就被那团如烈火般的东西激得荡然无存，可是那烈火般的东西似乎将无限生机注入了他的体内，让他不惧蛇腹中缺氧的威胁，以及那致命的压力与化肤的液体，但轩辕真的感到饿了。

已数天未进粒食之人，自然是极为饥饿的，轩辕勉力移动手脚，竟触摸到那团火热的东西。

其物并不大，入手温软，但却有一股生机和力量自手心传入体内，四通八达，使之精神大振，轩辕心中的惊讶是无与伦比的，他无法想象这顶多只有拳头般大小的东西，竟具有如此魔力，不仅仅激散了他体内的真气，更支持着他的生命，心想至此，轩辕心头一动："若是吞掉这东西，会不会永远支持着我的生机呢?"

在强烈的好奇心和难忍的饥饿驱使下，轩辕最终摘下了这拳头大的东西吞进了腹中，一入喉，立即化作数股火热的甘流直通四肢百骸，轩辕只感无数股力量向丹田汇聚，犹如百川汇入大海一般。

轩辕大喜，借着浑身充盈的无限生机和力量奋力挥剑直向蛇腹之外乱刺。

巨蛇此刻真是连半点活命的机会也没有了，但却拼尽余力挣扎，最终仍然无法脱开卡住躯体的河道。

轩辕的剑刺穿了蛇身外皮，却再也破不出去，因为剑尖已顶在石壁上，反而让水渗入蛇腹中。

轩辕大惊，也骇异莫名，当他伸手自巨蛇腹部打开的血洞摸出时，立即明白了此刻巨蛇身陷水洞之中，他知道，要想逃生，唯有自蛇口爬出。

此刻轩辕浑身犹如置身于一个熔炉之中煎熬，虽然浑身是力，但也痛苦莫名，当他心头仍有一丝灵志时，奋力向蛇口爬去。

也不知道费了多少时间和花了多少力气，他终于以含沙神剑割开了已僵死的巨蛇之口，落入了地下河水中，然后只有一阵漂流碰撞的感觉和几乎快要爆炸的热力在冲击着他的每一寸肌肤。

也不知道过了多少时间，他终于失去了知觉。

轩辕再次醒来时，已经置身于有邑族中，浑身似乎没有一点力气，头脑中一片混沌。

当他有了意识之时，明白这些人要将他充作奴隶，而且还拿走了他身上仅存的两件物品——含沙神剑和血如意。同时他发现自己的头发已经半根不剩，后来又来了一个老者，想出了一个折中之策，让轩辕以神剑和血如意换取自由。

轩辕当时根本没有丝毫力气，更遑论反抗了，只好同意，以待恢复力气后，再将之夺回。

当有邑族人问及轩辕的过去之时，轩辕只是说记不起过去发生了什么事情，只记得别人叫他阿轩。

后来那老者向他施展异术，其实轩辕当时一直都处于清醒状态，所以那老者也被骗了。

这一点连轩辕都无法理解，不过他估计可能与自己在蛇腹中所吞服的东西有关吧。

的确，事实上轩辕猜得没错，在巨蛇腹中，他所食的正是鬼三谋求了二十年都未获得的龙丹，而轩辕却鬼使神差地吞服了。

龙丹乃至阳之物，一旦融入轩辕体内，立时使其万邪不侵，那老者的异术自然无法奏效，这秘密除深知龙丹底细的人知道外，轩辕和有邑族之人当然无法明白。

轩辕服食龙丹的过程只怕连鬼三和歧富也没有料到，因为连鬼三和歧富那等级别的高手都绝不敢直接口服龙丹，因为龙丹之中所藏的巨大生机和热力会使一个人的经脉爆裂，那种热力会生成一股强劲无匹的气劲由体内向外冲击皮肤，又岂是人力所能承受的?

要知道，那巨蛇至少也有数千年的修行，方成龙身。龙丹乃是聚天地之灵气所成，这小小的一颗龙丹可以完全支撑着那条庞大躯体的全部生机，而人的躯体却是小得可怜，岂能容纳这般强烈的生机?所谓物极必反，正如将一水缸水装在水缸里则没事，但全倒进一个小杯中，则会尽数溢出。

而轩辕所遭遇的正是这种劫难，但他却活下来了，这可谓是天意。即使是鬼三吞服龙丹后，若无外界力量相辅也唯有死路一条。轩辕巧就巧在他落身于水道曲折无比的地下河中，自蛇腹中出来后顺水流淌，在河道之中四处碰撞，每撞一次，体内的劲气就外泄一些，又置身冰寒的水流之中，使得轩辕侥幸活了下来，但最终还是因龙丹的能量散发全身经脉，将往日所修炼的先天真气全都封锁。

那龙丹的生机和火劲也全都锁于丹田之中，无法运用。因为轩辕不能控制这股外来力量，所幸他天生神力，在有邑族中休息几天后，便可以干活了，体力恢复的速度极快。

于是，轩辕就在有邑族中做一些不重要的杂活、粗活，他在干活的同时，又不忘学习有邑族中的先进技术，更不断修习歧伯所传的练气心法，以图一点点地激活存于丹田中的那团外来真气。

同时，他私下打听这里距有侨族究竟有多远，但是大多数人根本没听说过有侨族这样一个部落，只有少数老者似乎听说过有这么一个部落的存在，但具体在哪里却一点也不知道，包括少典、褒氏部族这些轩辕熟知的邻近部落。即使偶尔有人知道，也只说距此相隔数千里之遥，听得轩辕直皱眉头，这就像是在说神话一般。

但轩辕知道，这里离自己的家园至少有千里之遥，虽然他懂得看星星辨路，知道有侨族所在的方位，但这么遥远的路程，又打消了他立刻返回家园的念头，即使要返回家园，至少也得等功力恢复之后，因此，轩辕便安心地住在了有邑族。

“阿轩，今天怎么这么迟才来挑水？”俏寡妇放下手中的活儿，那双桃花眼似乎有些挑逗地望向轩辕，脆声问道。

轩辕似乎极为受不了这种眼神，不由嘿嘿一笑道：“我以前不是这个时候来挑水吗？”

众女一愣，都望着俏寡妇笑了起来，有的甚至出言道：“叶清每天都给阿轩计了挑水的时间吗？难怪你这么远便发现了他，原来你已经望了好久……咯咯……”

“咯咯，嘻嘻……”河边上的女人都笑成了一团，轩辕禁不住也脸红了红。

“啐……”俏寡妇啐了一口，没好气地道，“看你们想到哪里去了，人家阿轩的脸皮可嫩着呢，别欺负人家哦。”

“咯咯，叶清啥时候变得脸皮厚了呢？”河边的年轻少妇们、老女人们，还有一些族中的靓妞们全都笑成一团，相互戏谑，更有许多年轻的少女们都把目光投向轩辕，似乎想看看这个神秘的阿轩有什么反应。

轩辕却再没有脸红，反而笑了笑道：“我真为你们担心，要是你们这样笑下去，还真怕会掉到河里去，我可不知该先救谁。”

“当然是先救叶清啰，她这么关心你，不救她救谁呀?”打趣的是化三的嫂子，这是一个极为风骚的女人。

轩辕苦笑着摇了摇头，无可奈何地道：“真拿你们没办法，不过，我倒有个主意，那就是你们全都跳到河里去试一下，看我到底先救谁，那时不就显而易见了吗?”

众女不由一呆，旋即又爆出一阵欢快的笑声，连那个最矜持的小美人燕琼也为之莞尔。

轩辕的目光随着笑声向燕琼望去，忍不住大感惊艳，她那抿嘴轻笑的样子犹如一朵含苞欲放的雪莲，十分醉人，有着一种回肠荡气的含蓄美，更因那白玉羊脂般的肌肤，在挽起的布裙之下，有着一股如彩虹般令人迷幻的震撼，那玲珑娇巧的身段，增一分则胖，减一分则瘦，皓齿明目，琼鼻樱桃小嘴，脸形的流线犹如一颗被大水冲琢了千万年的玉石，是那么的自然清爽。

燕琼与轩辕的目光一触，脸上立时泛起一丝羞红。

“人家阿轩眼里可只有小琼儿，哪里还有我哟?”俏寡妇对轩辕的视线敏感至极，不由微微有些吃醋。

众人的目光全都投向夹在中间的燕琼。

“清姐在……在瞎说!”燕琼慌乱之中，有些惶急地辩驳道，俏脸却红得犹如熟透了的柿子。

她不说还好，这么一说，却是越描越黑，众女不由都笑了起来。

燕琼更是羞急不已。

轩辕见她这样，不由自若地笑道：“这是清姐说的哦，以后不先救你，可别怪阿轩无情，其实我本来想说先救你的，既然……唉，算了，我没想好了。”

众人见轩辕如此坦白，不由又将攻击的对象转向了俏寡妇。

燕琼见轩辕出言为她解窘，禁不住感激地望了轩辕一眼，却见轩辕向她瞪着大眼，不由又羞得回过头去。

“不跟你们胡搅了，今晚有客人进入族中，我还得早点把水挑回去。”轩辕说完在俏寡妇的美目相送之下很快在河水的上游打满了两桶水，快步离去。

河边留下的唯有几个女人的惊叹，惊叹轩辕的力气，因为轩辕所用的水桶乃是族中很少有人能提动的大木桶，每只水桶几如水缸，足足可装一百五十多斤水，这一担水便有三百来斤，而轩辕挑着犹如没事人一般，走得飞快，更连水星也不荡出来。单凭这一点，族中就没有多少男人可以做到，但她们又不知轩辕的真正来历，就是族中的祭司也无法知道，因为轩辕正是祭司以法力唤醒的，而祭司却说轩辕已忘记过去。

祭司的话没有人会不相信，是以轩辕在有邑族中就成了一个谜。

轩辕正在后院用着晚餐，他虽然在族中算是自由人，属于族中的一员，但却只能同妇孺等级，特别是在有客人前来的时候，只有族中的勇士们才可以与长老、族长、客人们一起吃饭，是以轩辕只好留在这个院中做一些烧火打杂的事情。

客人来时，一般都在客厅中，那是一个以石头砌成的大殿，也极为气派，连屋顶都是以石梁搭起，然后以木板夹缝，上面再盖一层厚达五尺的黄土，并向两边稍稍倾斜。

顶上的黄土在建造时以水浇湿，待干燥时就会结成一大块板，连雨水都无法渗入其中。

客厅的大门高有二丈有余，宽六尺，更有几扇一丈见方的活动窗，夏天可全都打开通风，冬日便紧紧关闭，那也是族中唯一值得人们骄傲的建筑，因为它花费了五年时间才建成。

一般来说，当有重要客人前来有邑族时，都会在宴会之后举行野火会，轩辕来到族中已有三个月了，却未曾参加过一次野火会，因为在这三个月中没有什么重要的客人需要调动全族人的热情。不过，今天前来有邑族的客人十分重要，因为族长在下午就已宣告今晚会举行野火会，可以让族中的男女们尽情欢舞。

这是一个激动人心的消息，特别是年轻人，因为在这个晚会上，所有的年轻人都可向自己喜欢的人示爱，可以在这一晚与相爱的人结为夫妇……总之，这是一个极为受欢迎的夜晚。

“阿轩，待会儿有什么准备？”俏寡妇挤出人群来到独处一角的轩辕身边，笑嘻嘻地问道。

轩辕瞟了俏寡妇一眼，扒了一口麦芽饭，嘀咕着道：“能有什么准备？我可是姑娘出嫁头一回参加这等热闹，能准备啥？需要准备啥？”

俏寡妇差点没把口中的饭给笑得喷出来，紧凑在轩辕的身边好笑地道：“你不想去为你心爱的人夺一朵红花吗？”

“谁呀？我咋不知道自己有了心爱的人？夺一朵红花来只怕要扔到灶堂里当柴烧了，你看我这副模样，上台还不给人家三下两下给轰得鼻青脸肿？我看还是免了吧，在台下看猴把戏多精彩？”轩辕没好气地白了俏寡妇一眼，毫不在意地道。

“嘿，看不出你这人怎么如此没信心，也挺会装傻的，你不是看中了小琼儿吗？”

“你可别瞎说啊，清姐，人家可是天上的月亮，我算什么？我要是敢打她的歪主意，族中的一百多个如狼似虎的小伙子不把我踩扁才怪。不过，依我看呀，清姐好像有些不对劲啊。”轩辕打断俏寡妇的话笑了笑道。

俏寡妇向轩辕抛了个媚眼，嗲声反问道：“我有什么不对劲吗？”

轩辕高深莫测地摇了摇头，又笑了笑，却无言地继续闷头吃饭。

俏寡妇不由没好气地笑骂道：“只知道吃，撑死你就好了。”

“喂，你们俩在这里可说得挺投机呀。”化三的声音不知道什么时候在他们身后突然响起。

俏寡妇倒吓了一跳，一副受惊不小的样子，十分夸张地拍了拍那高挺而晃悠的胸脯，白了化三一眼，笑骂道：“你这小子想吓死大姐呀？如幽灵般神出鬼没！”

化三两眼放光地盯着俏寡妇那饱满高挺、起伏有度的胸脯，油嘴滑舌地道：“我哪敢呀，又怎舍得？”

轩辕似乎没有看到这一幕似的，放下已吃得很干净的竹碗，抹了一下嘴巴，回头向化三问道：“你怎有闲情下桌？可是又要送菜去了？”

化三这才似乎记起了正事，向轩辕笑道：“族长叫你到客厅去一趟。”

“送什么东西呀？”轩辕问道。

“叫你把自己带去就行了，其他的东西就不用带了。”化三好笑地道。

轩辕哦了一声，却有些疑惑地问道：“族长找我有什么事？”

“我怎么知道？族长只是让我来传个话罢了，你自己去问族长吧。”化三没好气地道。

“还不快去？”俏寡妇也媚声催道。

轩辕不由苦笑着摇了摇头，跟在化三身后，在众女人的目光下行出了大院。

“喂，小子，我们的寡妇大姐看来是对你小子很有意思，小子，不知你意下如何？”化三突然有些神秘兮兮地笑问道。

轩辕淡然一笑，道：“别瞎说，我没感觉，我当她是个姐姐而已。”

“你小子可别身在福中不知福，你试过她的味之后就知道不会亏待你的，许多人想都想不到呢。”化三吞了一口口水，低笑着骂道。

“那让别人去好了，我阿轩可是个死心眼的人，不过我劝你还是别打她的主意为好，否则我一不小心在芸老大的耳边说漏了什么，那可就不好办了。”轩辕也笑了笑，略带威胁的口吻笑道。

“你小子别好心没好报，我可是有心帮你，你反倒威胁我，你看我是那种人吗？”化三忙辩道。

“看，看，急了吧？放心吧，我嘴巴紧得很，好男儿多娶些老婆有什么不好？多为族中添些人丁，以你这种人才，十个八个老婆也不多。不过，芸老大对你可是一片真情哦。”轩辕笑道。

化三大乐，心头更是飘飘然起来，口中却不得不谦虚地道：“哪里，哪里，不过我对芸妹情真意切，苍天可表。对了，你小子怎的称芸妹叫老大了？”

轩辕无可奈何地摊了摊手，道：“难以抗拒她的雌威，不叫她老大，她会吩咐更多的活儿让我做。嘿嘿，叫她一声老大，今晚的碗都不用洗，水也不用烧了，多划算。”

化三先是一怔，继而忍不住笑了起来。

客厅分两进，前为大厅，乃是族中之人的会餐之厅，有十丈见方，中间以几根巨大的方石架着，这些粗有一丈见方的大方石起着支撑大梁的作用。

后厅才是主客所用之厅，但也有三丈见方，虽然所有的装饰都极为简陋古朴，却也显示着其气势的宏大。在这个年代，已经算是很宏伟的建筑了。

后厅之中，摆了两张大桌，桌上摆满了仍是热气腾腾的食物，有清蒸肥猪、爆烤山羊、清蒸熊掌、虎耳……一些丰盛至极的肉食，还有山果之类的小吃。

轩辕独自步入后厅，眼睛的余光已经看清了厅内的布置，那股香酥无比的肉香味可不是前厅所能比拟的，猴儿酒的甜香更让他暗吞口水。后厅只有十余人，但这些食物足够六十人吃，轩辕心中大叫浪费。

轩辕步入后厅的第一眼就落在一位极为清丽的美人身上。

那美人坐在第一桌上席，与族长叶放并排，但她身上所流露出来的气质犹如独具一格的完美艺术品，让人感觉到这个世界似乎没有任何一点俗物可以与之匹配，任何东西都无法融入她那种独立的格调之中。

那不能说是一种美，因为那已经超出了美的范围，因为任何人看到她，都会觉得是自己曾经梦想中美丽的最高境界，在这丽人面前，自己竟显得如此黯然，如此庸俗。

丽人身穿一袭似丝非丝、似皮非皮、似布非布的黑色软质长披风，极为惬意地在那纤长如天鹅般的美颈上轻绕而过，在锁骨之处挽了个接近蝴蝶般的结，灯光之下，滑嫩的脖子上挂着一串珍珠，更让那种意境飘然出尘。披风里面一袭浅绿色的紧身装更将那勾魂摄魄的躯体勾画得入木三分，没有任何男人不会为之拜倒。

但轩辕脑子里却不敢有半丝歪念，就因对方那冷如止水的眸子，深邃得似乎是无底的龙潭，那似乎有形有质的目光更如一盆冷水，可以浇灭任何人心中升起的燎原之火。

轩辕呆了一呆，尽量抑制自己，使目光从那丽人的身上移开，他看到了族长叶放，这也是一个极为英武健悍的男人，平时轩辕觉得叶放应该算是族中最有魅力的男人，可是此刻一看，顿觉一片黯然，索然无趣。

与那丽人相伴的还有叶放最得宠的五夫人，五夫人可算是族中最有魅力的女人，除了她大侄女燕琼之外，族中没有任何女人可以与她相提并论。特别是她那勾魂的媚眼与燕琼的清纯完全是两种不同的性格，这个女人曾经让轩辕暗慕了两个月。但此刻轩辕竟觉得她竟也不过如此，就像是一只凤凰身边的母鸡。另外几个引起轩辕注意的也是四名少女。

四名少女没有一个不是绝色佳人，甚至更胜燕琼几分，比起叶放的五夫人燕灵也是有过之而无不及。特别是其中一个有几分娇弱，丹凤大眼，身着鹅黄轻裙的美女，正在仔细地打量着轩辕，而且眼神很怪。

轩辕被对方看得心神禁不住一阵狂跳，他几乎不敢相信自己的眼睛，因为那个身着鹅黄轻裙的美女竟是他曾放走的“祭品”褒弱。轩辕心中的极度吃惊很快平静下来，知道自己此刻不能与对方相认，而且他根本就不清楚对方的来意，一个不好，反而会惹祸上身。

“咳……”轩辕故意轻咳一声，低下头极力避开那身着黑披风的丽人和褒弱投向他的眼光，有些心慌地道，“不知族长找阿轩前来有何事吩咐?”

内厅之中所有人的目光全都向轩辕投来，靠里面一桌的几人又继续不声不响地吃着食物，他们并没有对轩辕这个人物太过在意，但叶放这一桌的人都将目光盯在轩辕的身上。

“抬起头来!”叶放以命令式的口吻道。在他的眼中，轩辕只不过是一个下人而已，在族中只比那些在山谷中种地的奴隶强一些，是以叶放对轩辕并没有什么好的口气。

轩辕依言抬起头来，却不敢斜视。

“弱儿说的就是这个人吗?”那丽人轻缓地向那位自轩辕进门开始就上下打量他的黄裙少女问道。

轩辕心中打了个突，暗忖道：“这丽人究竟是什么来头？难道是她让我来的？该不会是褒弱这小娘们认出了我吧？这下可就要糟了。”旋即又想，“嘿，这里距有侨族少说也有千里之遥，她们又怎会想到我会出现在这里呢？也许她只是猜测而不敢肯定，只要我死不承认，见机行事不就行了？大不了一走了之……”

正想着，褒弱已起身离席，径直走到他的面前，只相隔三尺而立，那双充满灵气的丹凤眼深深锁定轩辕，坦诚而热切的目光中蕴藏着一丝激动。

轩辕并没有感觉到褒弱的敌意，心下稍安，但仍将神经绷得极紧，不敢有丝毫的大意。

褒弱见轩辕似乎没有反应，不由有些微恼地问道：“你难道认不出我了吗?”

轩辕忖道：“来了!”但却有些为难，他不知道该不该相认，犹豫了半晌，装作傻傻地一笑，挠了挠脑袋，摇了摇头，道：“姑娘是我们有邑族的客人，又是第一次前来本族，我当然不认识。”

“弱姑娘，他无法记起过去的事情了。”叶放出言提醒道。

褒弱一震，扭头望了望叶放，又望了望轩辕，有些失望地轻声问道：“轩辕，你真的记不起我是谁了吗?”

轩辕装作一片茫然地摇了摇头，道：“不知道姑娘是什么时候见过我的？我叫阿轩，不叫轩辕，不过姑娘真美，怎会认识我呢？想来是认错人了吧。”

褒弱失望的神情更甚，更似乎多了几许感伤。今日，她远远看见轩辕挑水，其背影很像她永远也无法忘记的轩辕，但她不敢肯定这个挑水的人就是轩辕，毕竟有邑族与有侨族相距太远。可是，她仍忍不住让叶放将今天挑水的人叫了过来。当轩辕一走入内厅时，褒弱几乎欢喜得要叫了起来，但由于前来是客，不能太过失礼，这才强压住心头的激动……

轩辕见褒弱如此失望的神情，不由大觉不忍，但却又无可奈何，不过他仍忍不住轻声问道：“轩辕对姑娘很重要吗?”

褒弱一震，眼神之中闪过一丝复杂的情绪，心中又似乎荡起轩辕那淡淡的声音：“你害不害怕?”“他们是我部落里的人，我也属于这个部落……”“因为你也是人，每个人都有享受生命的权利。因此，我不能让他们杀害你……”褒弱无法挥去这本来并不包含任何私情的声音，她也不明白轩辕是否对她很重要，但在她的心中，是多么渴求能够再次见到轩辕。

当褒弱逃出有侨族后，每天晚上她的脑海中都会泛起轩辕那双深邃如天空的眸子和那倔强不屈的眼神，还有那一头短短的乱发……她总会在入睡前将轩辕的话回想一遍……

“弱儿，回来!”那居于上席的丽人轻喝了声。

褒弱再次深深地望了轩辕一眼，心中仍忍不住颤了一下，却不得不依言回到席上。

“阿轩，你怎么一个人在这里？为什么不去看野火会?”

轩辕自沉思冥想之中惊醒过来，扭过头向说话者望去，他不禁感到有些意外。

“燕琼，是你?”轩辕揉了揉眼睛，还以为自己看花了眼呢，来者正是有邑族中那位容易害羞的美丽倩女燕琼。

燕琼似乎有些羞怯地避过轩辕那有些热烈的目光，轻声道：“清姐正到处找你呢。”

“她找我干什么?”轩辕并不感到意外。他其实早就知道，只要他不出现在野火会上，叶清一定会四处寻找，不过他对那俏寡妇并没有任何兴趣，也不想惹上一些没有必要的情感，抑或打一开始他就觉得俏寡妇其实很俗气，甚至有些……轩辕也不想将一个女人想得太坏，但自从见到那个似乎高不可攀的黑衣披风丽人和那个自称褒弱的少女后，他更感觉到俏寡妇的卖弄风情真是俗不可耐。所以，他有时特意回避那多情的俏寡妇，或许事实并不是如此，其实就是轩辕自己也说不清他自己心中的感受。

第九章　主宰自我

燕琼偷偷地望了轩辕一眼，小心翼翼地问道："你们不是关系很好吗？"

轩辕一呆，不由大感好笑，转过身来面对燕琼而坐，右手将嘴中的一根草茎摘了下来，笑问道："不知燕姑娘是指什么关系？"

燕琼脸上闪过一片红云，几乎想转身就走，但似乎又想起了什么，转过去的身子又转了回来。

轩辕心头一荡，知道燕琼的脸皮太嫩，自己刚才的问话也大有毛病，不由得干笑道："不好意思，轩辕太唐突了，其实我跟清姐一点关系也没有，若硬要说有，我也只是将她当姐姐看待，我想燕姑娘可能是误会了。"

"真的没有吗？"燕琼的俏脸埋得更低，小声问道。

若不是这个夜很寂静，轩辕恐怕也听不清了。但轩辕却听清了燕琼所言，禁不住心中大感兴奋，认真地道："这当然是真的，我无论骗谁也不敢骗你呀，对了，你怎么也没有去看野火会？"

"我……我……是清姐让我来找你的。"燕琼嗫嚅道。

"我们坐下来说，好吗？你身边有块石头，还是挺干净的。"轩辕尽量让自己的声音变得平静而恳切，可心里却涌起了丝丝缕缕、难以言喻的感觉，他可不是个傻子，燕琼的话语之中明显是对自己大有情意，否则怎会显得如此拘束？不过，他可不想太操之过急，吓着了这位脸皮嫩的小美人，虽然他也极想夺得这美人的芳心，但他知道一切必须循序渐进，首先稳住对方再说。

轩辕并不以为这是一种罪过，男欢女爱，这本是天经地义之事，爱美之心更是人人皆而有之，若谁不想将美人变为自己的女人，那才是真正的傻子，问题只是在于谁有足够的魅力让女人臣服于自己。

燕琼似乎也感受到轩辕那种自然流露的恳切，她不再心慌，反而依言坐了下来，也许是因为光线比较暗吧，燕琼似乎对轩辕那熠熠的目光并不是很敏感，反而坦然了一些。

“你刚才不是说清姐也在找我吗？”轩辕缓缓地由正题入手，尽量不给对方造成压力。

“是呀，清姐也在找你，但她怕一个人找不到你，所以就让我也来帮她找了。”燕琼语气中果然没有太多的不安。

“我又不是一只老鼠，小得钻进草丛就找不到了，干吗要这么多人来找？”轩辕嘀咕地埋怨道。

燕琼大感有趣，抿嘴一乐，气氛也就缓和了一些。

“咦，你怎么会知道我在这里？”轩辕惊奇地问道，心中却在盘算着，这种距离可不好玩，得坐近些才行。

“我也不知道，清姐往北边去了，我就向东边走，谁知道正好碰到你在这里。”燕琼微微有些羞怯地道。

“天这么黑，她也真是的，我又不是个小孩子，怕丢掉吗？还这么找，这荒山野岭的，要是你有个闪失，我看她如何向族长交代……”

“你别怪她，其实她真的有很重要的事情要告诉你。”燕琼打断轩辕的话，忙分辩道。

“很重要的事情？什么事情？你知道吗？”轩辕讶然问道，他似乎极为敏感地觉察出了燕琼语调中的变化。

“说出来后，你可不要生气。”燕琼有些担心地道，同时也有一些微微的伤感。

轩辕一怔，愣愣地望着燕琼，心中涌起一丝阴影，问道：“你说吧，我不会生气的。”

燕琼难得地正视了轩辕的目光，没有半点回避之意，犹豫了半晌才道：“族长准备将你送人！”

“什么？”轩辕惊呼一声，立身而起，有些不敢相信自己的耳朵，但他却已经听清了燕琼的话，自己的反问只是一个不需要重复回答的多余问题。

他心中涌起了一股无法抑制的愤怒，他竟然被叶放当成物品拿去送人，这跟奴隶又有什么分别？虽然他知道自己在叶放的心中只不过比奴隶稍稍好一些，但是他在这三个多月中，已对这个部族的人或事产生了一些无法解释的感情，他已把自己当成了这个族中的一员，可此刻叶放却作出如此决定，的确让他心中感到愤怒至极。

“你……你生气了？”燕琼吓了一跳，也跟着站了起来，有些手足无措。

轩辕吸了口气，知道自己不能在这个容易受到惊吓的美人面前发脾气，不由向燕琼苦笑了笑，道：“对不起，是我失礼了，没有吓着你吧？”

燕琼微微松了口气，心中却有些无奈，正想安慰对方几句，轩辕却抢先道：“没事，还是坐下来谈吧。”

燕琼一呆，轩辕已坐在离她只有两尺远的草地上，并轻轻地叹了口气。

燕琼的神情似乎被轩辕的叹气声触动了一下，本来还在犹豫是否该与轩辕坐得这么近，但听到对方叹息后，竟主动向轩辕靠近了一下，轻声安慰道：“如果你不愿意，我可以向小姨娘求求情，族长很听小姨娘的话，说不定不将你……”

“你不用说了，我知道你对我好，可是这种低声下气求人的事情，我阿轩不屑为之。”轩辕断然打断了燕琼的话。

“可是……”燕琼还想说什么，却又不知道该说什么好，她似乎并不明白轩辕心中想些什么，轩辕对于她来说，就像是一个谜。

“不要可是了，谢谢你对我的关心，该发生的事情终究会发生的，与其拖到将来更痛苦，倒不如快些面对它更好。但阿轩永远都不会忘记这三个月来的日子，不会忘记这里的每一个人。”轩辕说着扭头深深地望着燕琼有些异样的俏脸，口气坚定地道。

“燕琼会忘记阿轩吗？”轩辕有些期待地问道，虽然是在黑夜中，但在满天的星光和明媚的月色映照下，且两人相隔咫尺，轩辕完全可以清楚地捕捉到燕琼的每一丝表情。

燕琼微微垂下头去，不敢与轩辕那亮若星辰的眸子相对，一双玉手不自然地拧着衣角，但她却极为肯定地摇了摇头，表示她是在回答轩辕的问话。

轩辕的心情稍稍好了一些，但却没有再逼视她，只是将目光移向了空阔辽远的星空。

夜空是那般宁静深远，似乎隐含着无限的深意。

“月亮快圆了！”轩辕淡淡地嘘了口气道。

燕琼微讶，也跟着抬起头来望着那美丽的夜空，她似乎还是第一次发现夜空有些意思，不由应了声：“是呀，月亮快圆了。”

“月将圆，人却要散……”轩辕自言自语道。

燕琼不语，她心中也掠过一丝伤感，不明白为什么，眼前这位高大挺拔的年轻人却让她的心有些乱。她注意他并不是太久，才一个月的时间，可是轩辕给她的印象似乎极为特别，他仿佛有着与族人不同的内涵，后来她知道这个高大挺拔，还算英俊的男子果然并不是自己的族人和邻族之人，而是谁也不知他过去的神秘人物。于是她对他更加产生了一丝连她自己也抗拒不了的兴趣。燕琼开始注意轩辕的活动，开始留心有关于轩辕的流言和猜测。

对于轩辕这样一个神秘的新人物，女人们自是谈论得最多。有人说他长得精壮结实，有人说他力大勤劳，女人们的心思比较简单，对于异性，特别是很有魅力的异性，总会比男人们容易接受得多。因此，轩辕很快就成了女人们谈论的主题，而轩辕这三个多月的表现和那神秘的过去，的确是个很好的话题。

燕琼自然也暗中观察过这样一个几乎天天都听说的男子，发现轩辕不太喜欢说多余的话，更不会对任何人有什么抱怨，但却非吝啬言语之人，每一句话都似乎很得人心，又说到实处，更不介意别人拿他开玩笑，这在族中男人之中几乎没有。而轩辕的眼睛更是特别，似乎存在着许多或哀伤、或欢乐、或痛苦的往事，特别吸引人，还有那种淡淡的笑容……

燕琼只是想着，却无语，因为她不知道该如何安慰这样一个难以看透却又极为特别的男人。

“你一个人前来找我，那他们岂不都在找你?”轩辕突然笑着向燕琼道。

燕琼反问道："他们?"

"是呀，你走了，那些人夺了红花只怕没人送了。"轩辕笑道。

燕琼俏脸微微一红，道："他们送他们的，关我什么事?"

"哦，他们可都是族中的勇士哦，一个个勇悍无比，而且都喜欢你，难道你不知道吗?"轩辕有些怪怪地望着燕琼，反问道。

燕琼避开了轩辕那有些灼人的目光，毫不在乎地道："我才不稀罕呢!"

轩辕突然伸出右臂，大胆地将燕琼揽入怀中，讪笑道："那你稀不稀罕我送你一朵红光?"燕琼闻言又羞又急，却又全身发软，无力推开对方。

其实，就算她并没有全身发软，她也不可能胜过轩辕的大力，她只能够挣扎了一下。

"放开我，这样不好……"燕琼大羞，小声地喘息道，可这声音连她自己都听不太清楚，她简直已经快迷醉在轩辕那粗犷的气息之中。虽然她知道这样似乎有些不妥，但她又渴望这样，更似在身体里有某一种期待，如一个饥渴的人，渴求着水和食物一般。

轩辕的右手轻轻抬起燕琼那微尖的下巴，体内犹如有一团火在燃烧，他知道，如果错过了今晚，他将永远无法得到怀中的美人，他心中更有一种挑战的念头，他要让叶放知道，他这个在叶放眼里只是个货物的人能够获得族中最美丽的"肥肉"。何况，他的的确确喜欢这个容易害羞的美女。

轩辕知道，燕琼同样也喜欢着他，在这种原始的部族中，只要有爱，就可以擦出爱的火花，就可以……

燕琼无可抗拒地被轩辕的大口吻住了樱桃小嘴，起先她似乎很难适应，有些回避，但后来竟变得有些疯狂，被轩辕的舌头挑起了内心燃烧的火焰，也不再表现得拘束。自轩辕身上传来一股异样的热力，几如让她置身于一个火炉之中，整个人犹如化成了气，浮在不着边际的虚空之中，甚至感觉不到身体的存在，只有充满欲望的灵念在扩展、延伸，然后融入轩辕的灵魂之中。

轩辕体内的原始之火也在不断地扩展，他有一种强烈至爆炸的需求。

燕琼犹如水，而轩辕则是在沙漠之中饥渴了十日的野狼，是以他贪婪地吮吸着，对于这种收获感到十分欣喜、欢快。

呀呜声中，燕琼感觉到了轩辕那只发烫的大手正自她的肩头滑入衣衫之中，似乎带着一种电流，刺激得她浑身发颤。

轩辕的手是那般温柔，那般有力，只是这只手已缓缓自燕琼滑嫩的肩背处深入，摩挲着向前移动。

"不要！"燕琼的前襟已被解开，轩辕那只怪手在轻揉着她丰满而坚挺的双峰，但燕琼的声音和轻微的挣扎立刻变成了呻吟和喘息，那种无与伦比的快感，如潮水一般，一波波袭向她的全身每一条神经。她的挣扎已经完全转化，反而死命地抱紧轩辕那粗壮的脖子，犹如在虚空中飘游了千万年的孤魂，突然之间找到了实体，空虚了许多年几近干涸的心，突然被一股甘泉所注满。

"我的郎，来吧，我全都给你，全都……给你……"燕琼如在梦中呓语一般。

皓洁的月光之下，燕琼那洁白的胴体似乎泛着一层圣洁的光华，如一片淡淡玫瑰色的艳红——轩辕突然发现自己的眼睛竟能够在黑暗中看清楚一切颜色，包括燕琼那张泛起潮红的脸，那羊脂白玉般的肌肤，那已经闭合着完全无法睁开的眼睛外两道长长的睫毛，包括灰褐色的树干，枯黄的草丛之中灰色的石头……

一切都是那么清晰，犹如白昼一般，但又有着与白昼截然不同的感觉。

轩辕心中在燃起无限爱欲的同时，更多了无限的欣喜，他甚至可以看清二十丈开外的树枝和树叶的颜色。

他自然不知道这之中的原因，但他可以感觉到自己体内的变化正在发生，包括丹田之中的那股生机也在涌动、复活。

龙丹本是极阳之物，巨蛇所生活的地方乃是龙潭底部极阴之处，而蛇本就属于阴寒之物，巨蛇能够存活数千年，皆因龙丹的至阳之性中和龙潭之底的极阴之性，使之阴阳调和，野性渐去。否则，以巨蛇之威，绝对不会一直蛰伏不出。

此刻龙丹存于轩辕的丹田之中，在燕琼纯阴之体的刺激之下，自然开始蠢蠢欲动，更渐渐释放出生机，改变轩辕特殊的体质。

轩辕的体质早已不是常人所能够相比的，在吞服龙丹之后，经过地下河道的碰撞，他的体质早已非常人所能想象。

轩辕只感体内的生机在不断澎湃、激涌，由涓涓细流化作山洪暴发。气机由龙丹而生，然后流遍全身。他知道，此刻必须找一个突破点将过剩的阳气和生机尽数泄出，否则只怕又会重遭吞服龙丹之初时的那种后果。

燕琼却成了他最好的帮手，他再无顾忌，动作也变得粗暴起来。

野火会越闹越有趣，疯狂的舞会被褒氏部落中的几位美得让有邑部族所有男人都发呆的美少女推上了巅峰。

那几位美女的舞蹈，不仅仅让有邑族的男人们发狂，就连女人们也同样跟着疯狂，那些最简单如竹杠、木板……全都变得有了节拍，每一个人都可以感受到她们舞蹈的旋律，每一个人都可以感受到那包含在她们每个舞姿之中的感情。

以褒弱为首的四女在人群中飞旋着，犹如几只美丽的精灵，在篝火之中穿舞，让人们疯狂的不仅仅是因为她们那时如怀春少女，时若深闺怨妇，时若圣女参神等变化无常却又无比诱人的表情，更因为她们以一种美妙得难以形容的舞步配合着，而她们忽快忽缓的脚步踏在地上，更发出令人热血沸腾的节奏，完全主宰了场中的所有主调，让所有人的心神都围绕在她们的身上。

那飘舞的围裙，那飞扬的秀发，那柔和似柳的粉臂蛮腰，那勾魂摄魄的眼神，让人忘了这是天上还是人间，所有的人都只是忘情地投入，忘情地舞着，更不会有人记起那个轩辕，那个俏寡妇，那个美丽的燕琼，连叶放也不例外。场中唯独几个没有加入狂舞之人，就是那个独坐主台之上、头顶罩着黑纱、外披一袭黑色披风、内着浅绿色紧身衣的丽人和她身边几个神情极为镇定的老者，而叶放和五夫人的目光已经变得迷茫起来……

轩辕只觉得自己的感官在无限地延伸，似乎触摸到了那深不可测的夜空，更似乎清晰地捕捉到方圆数丈间的风吹草动。

在燕琼逐渐变得疯狂的呼叫声中，他感到自己在不断地膨胀，动作也由温柔变得狂野。

终于，他将燕琼第三次送上快乐的巅峰后，突地停了下来，燕琼如八爪鱼般死死地抱住他，身体软成了一摊烂泥般，不停地起伏着、喘息着。

轩辕依然停留在她的体内，似乎意犹未尽，不过他却捕捉到了一阵极为急促的喘息之声从他左边三丈之处传来。

这也是轩辕停下动作的原因之一，虽然此刻他也同样享受着无与伦比的快感，可他在快乐之中随之扩张的感官触觉却一丝不漏地将那喘息之声捕捉入耳。

轩辕的心中有丝疑惑，但却知道这也同样是一个女人在不堪刺激时才会发出来的声音，因为这与燕琼刚才发出的喘息全无二致。

此刻的燕琼在享受着暴风雨后的平静，几乎处于一种休克状态，她刚才太放荡了，她从来没有想到男女之间竟会有着如此美妙的境界，就像一只贪吃的猫，索求无度地放浪着，一改往日的矜持和胆怯，终于在第三次达到快乐的巅峰之时，全身都如同置于一种空灵而美妙的空间中，久久没有意识。

轩辕轻轻地在燕琼那露出满足笑意的脸上吻了一口，对着她的耳边柔声道：“你先休息一会儿，我去去就回！”说着轻轻移开她的手，抓起衣服盖在她那艳红犹未褪去的玉脂般的肌肤上，顺手爱怜地轻抚了一把。

燕琼此刻处于极度满足的状态，竟在轩辕的身下睡着了。

轩辕怜爱地看了她一眼，大步向那个急促喘息之声的来源处行去，他甚至连衣服都不想穿。

当轩辕止住脚步时，已经清楚地看清了那喘息之人是谁了，对于此时的他来说，几乎没有任何东西可以躲过他的眼睛，他甚至看清了那女人快要冒火的眼睛和涨得通红的脸蛋，蜷缩在地上不停地揉搓着自己的双峰。

那个女人竟然是俏寡妇叶清，她也找到这里来了，看来已经到这里有一段时间了，而且将轩辕的行动看得一清二楚，一个久缺情爱的妇人如何受得了如此刺激？

轩辕此刻意犹未尽，他也不知道为什么自己竟如此厉害，在将燕琼三次送上极乐后仍有着无法平息的欲念和冲动，心中忖道：“看来只好用这多情的俏寡妇来满足自己了。”更暗自决定，将来一定要多娶几个妻子，否则一两个女子只怕承受不了自己高亢的情欲。

“啊！”俏寡妇叶清见轩辕赤裸着身躯来到她的身前，忍不住低低惊呼一声，但当她看到月光下轩辕那雄壮的躯体闪烁着一种暗淡的黝光时，再也控制不住地轻颤起来。

“过来吧！”轩辕以命令式的口吻道，浑身更散发着一种张狂的热力和气势。

俏寡妇大喜，她那衣衫本就已经解开了一大半，此刻见渴盼已久的事情终于降临到自己的身上，哪里还会犹豫？

轩辕忍不住心中暗赞，俏寡妇那丰满而充满热力的玉体竟然不逊于燕琼，族中那些男人不知道享用，真是可惜。

“来吧，我的郎！”俏寡妇身上的衣衫已经脱得一干二净，一把抱住赤裸着的轩辕……

化三果然如愿以偿地抢到了一朵大红花，他连获三胜，成为第三个获得红花之人。

燕琼和俏寡妇及轩辕在掌声的掩护之下，没有人注意到他们是一起回到野火会的，但在化三为花芸戴上这朵红花之后，就立刻有人注意到燕琼的存在。

这个有邑族中最美最纯洁的小女人方才体验到云雨之乐，那种艳色似乎仍未褪去，整个人更显得娇媚无限、风情万种，就连俏寡妇也变得更让人神魂颠倒。

“这最后一朵红花是燕琼妹妹的……”不知是谁呼了这样一句话。

“对，这最后一朵红花是小琼儿的，若哪个小伙子得到了就向族长和五夫人请婚。”一个中年汉子也鼓噪道。

“对，是呀，鲜花配美人，勇士夺鲜花，唯有最好的勇士才配燕琼妹妹……”

“是啊，我们都赞成……”十多堆野火周围响起了一片热烈的响应声。

“不，不，我不要……”燕琼大惊，急忙反对道，她似乎没有想到会有如此突然的变故，一时之间竟然有些手足无措，不知该如何应付了。但她的反对之声早已被附和的声浪所淹没，数百族人都在附和，又岂是一人之声可掩盖过去的？

几个多事的女人更是推着燕琼，几乎是不容分说要把她推到中间那块空地上，还笑着道：“什么不不不的，大姑娘总得嫁人啊，能嫁给族中最杰出的勇士有什么不好……”

燕琼挣扎着向轩辕投去求助的目光，只希望轩辕能出面阻止，此刻的她，全部的身心都已交给了轩辕，但别人又怎会明白呢？

俏寡妇岂有不知燕琼的心思之理，忙拉开那几个推着燕琼的妇女，笑道：“人家小琼儿害羞，你们就别折腾人家了，你们以为小琼儿的脸皮有我们这般厚呀？我看就让她留在场下叫好算了。”

“燕琼妹妹害羞了，大家给她点掌声鼓励鼓励……”不知是谁又高声喊了起来。

啪啪……掌声响成一片，场中的气氛再一次推向了高潮，就连族长叶放和五夫人也禁不住被这气氛深深感染了。

轩辕暗自伸出右手握住燕琼那只已变得有些冰凉的小手，低声自信地道：“不要紧，这朵红花一定是我的！没有人能夺走！”

燕琼被轩辕那充满热力的大手一握，一颗心顿时稍稍镇定了一些，但仍摇摇头表示不愿意这样。

“大家静一静！”族长叶放长身而起，缓步来到十多堆篝火中心的空地上，高声道，同时以极为潇洒的手势做安静状。

众族人果然很快平静了下来。

叶放的目光投向燕琼，露出一个极为慈祥而温和的笑容，唤道：“琼儿，你出来。”

燕琼心中一惊，不由再次向轩辕望了一眼，却不知该怎么办才好，要知道叶放几乎等于她半个父亲。她的爹娘早亡，十岁以后就一直寄居于小姨娘家，与叶放的家人住在一起，因此可以说叶放已等于她的父亲，何况又是有邑族的一族之长？

“去吧，不要怕！”轩辕在一旁轻声道，他的声音却只有身边的几个人能听到。那几个人不由将目光投向了轩辕，有些不解，但态度却极为友善，皆因轩辕平时不会与人争风头，也极为勤快，颇有些人缘，虽然他并非真正的有邑族人，但大家已渐渐习惯接受他了。

燕琼犹豫了一下，只得挪着小步移到叶放的身边，低头不语，只是心中忐忑不安地抚弄着衣角。

族人见如此情况，不由得全都一阵大笑。

“都十五岁了还这么害羞，来，拿花来！”叶放也哈哈一笑道。

一名长老双手捧着一个鲜艳美丽的花环送了上来。

叶放伸手接过花环，向燕琼道：“你拿着！”

燕琼不敢抬头，但脸色却变得有些苍白，小手颤抖地接过花环。

“好！”叶放一手抓起燕琼抓住花环的手，两只手同时举起，向四下高声道，“凡族中未婚的男子都可以上场比试，而最后得胜者就连花环和琼儿一起归他！”

“好！好！”周围的人群立刻响起一阵欢呼，反应热烈无比，几乎可与褒弱儿女跳舞时的那种气氛相媲美。

在众人的欢呼喝彩声中，燕琼却偷偷向轩辕望了一眼，却见轩辕朝她点了点头，眼睛里充盈着无比的自信。她这才心头稍安，可是仍无法放下那种忐忑不安的感觉。

“叶郎，我有一个提议。”五夫人突然站起身来道。

众人又是一怔，不知道这位一向极为疼爱燕琼的五夫人有什么提议。

“哦，夫人有什么话何不直说？”叶放饶有兴致地问道。

“叶郎不是得了一柄宝剑吗？宝剑赠英雄，英雄配美人，我想用那柄宝剑作为琼儿的嫁妆。谁娶了琼儿，那柄宝剑就送给他！不知叶郎意下如何？”五夫人笑语盈盈地问道。

叶放先是一呆，继而大笑道：“原来夫人如此提议，好，我这做姨父的没什么好送，就以那柄宝剑作为琼儿的嫁妆好了，谁要是能成为最后的胜利者，就亲手为琼儿戴上花环，再把琼儿和宝剑一起带回家吧！”

“好！”四下更是哗然。

轩辕一看到那柄剑，就知正是自己曾经拥有的含沙剑，不由忖道：“这样一来正好，我不仅要夺回美人，更要夺回宝剑，如此一来，我也就不必以其他手段去夺剑了。”

四下族人都见过这柄宝剑的锋利，削木如泥，更不似普通的剑那般易折易断，竟可弯曲成一个弓状再弹回，如此好的韧性又锋利无比的剑可算是一件宝物，几乎所有的人都为之心动，更别说外加一个可人的美女了。于是野火会的气氛又推上了另一个高峰，众人更是摩拳擦掌，意欲大战一番。

燕琼与叶放一起退到与轩辕相对的那一简陋平台上，有些惶惶不安地望了轩辕几眼。

轩辕暗自向她使了几个眼色。

俏寡妇暗拉了轩辕一下，媚眼望了一下这个刚才给她带来无比快乐的男人，心中充盈着无限的爱意，她绝不会吃燕琼的醋，也许她有自知之明，能让她享受到如此男女之乐，只是因为燕琼的功劳。不过，她对轩辕是否能够夺下这最后一朵红花有些忧虑，皆因她从来都不曾见过轩辕出手。

平时轩辕所做的都是一些粗重之活，甚至连上山打猎都未让轩辕参加，是以族人都只知道轩辕的力气大，却不知道他是否能够胜过族中那些功夫极好的勇士们。

“轩郎，他们的功夫都很厉害，你……”

轩辕自信地一笑，反问道：“难道清姐觉得我的功夫不厉害吗?”

叶清不由脸儿微红，想到方才那一波又一波无可比拟的快乐一次次涌遍全身，将自己推上快乐的巅峰，心头又涌起一股热浪。

“对了，这比武可否用兵刃?”轩辕向叶清问道。

“不可以的，大家都是凭拳脚分胜负，若用兵刃怕万一伤了人，就不好办了。因此，族中有规定，这夺花的比武大赛是喜事，不能见刀光和流血。”叶清解释道。

“如此更好。”顿了顿，轩辕的大手在俏寡妇那丰腴的臀部重重拍了一记，又笑道，“放心吧，你到琼儿那里去，与她一起看好戏。”

叶清向轩辕抛了一个媚眼，顿时也对这个在一夜间变得风流的郎君充满了一种无法言喻的信任，此时的轩辕似乎已与白天的轩辕不同了，整个人仿佛笼罩在一层无形的气势之中，特别是那双眼睛，变得更让人无法揣测。

轩辕也暗自奇怪，自己怎会有这番举动，难道自己在一夜之间变得好色起来？行为举止怎会变得如此轻佻？而且体内有某些无法捉摸的东西起了明显的变化，而外在的变化更体现在眼睛上，黑夜竟无法有碍他的视觉，而且在与燕琼欢好之时，自己的感观触觉明显在扩展延伸，竟能在一边欢好时捕捉到方圆数丈开外的风吹草动，这是他以前想都没有想过的事情。

这一切究竟预示着什么呢？是因为燕琼的原因，还是因为自己体内本来就有着一个无法解释的秘密？只是轩辕不知道，当他在与燕琼欢好时受到了刺激才激活了那潜在的能量。

此刻轩辕对自己似乎充满着强大的信心，相信就是遇到黑熊也能够空手相搏。他感觉到自己体内充盈着一股旺盛的精力，体力并没有受到刚才的“野战”的影响，反而更为强盛，这是他以往从来都不曾有过的事。

叶清似乎对轩辕的话百依百顺，果然顺从地绕到叶放那个看台上，挤入叶放那一堆人群中。

叶放见来人是这个命苦的堂妹，也就没有责怪，其实他也挺疼爱这个堂妹的，只是无力帮她，族人一般都是看在他的面子上才没有太过责难叶清，否则族人恐怕早已将她列入害祸之流，赶出有邑族了，是以叶放也为这个堂妹感到惋惜。

燕琼见叶清也来了，心中似乎稍稍安定了一些，刚才叶清与轩辕发生的事，她自然也知道。不过，她心中很明白，单单她一个人根本就应付不了阿轩，若非叶清，她真不知该如何面对轩辕，她甚至清楚地感觉到，当她已经快乐到接近疯狂，再已无法承受恩泽之时，轩辕依然坚挺如昔，深深插于她的体内，因此她感激有叶清的存在，更不会嫉妒和不屑，更暗自决定，以后就同叶清一起伺候轩辕……

叶清挤在燕琼的身边坐下，抓住她那只有些冰凉的小手，使了个眼色，燕琼立刻明白是轩辕让叶清来的。

褒弱等人也在这一方，只是与叶放这个看台间有两尺宽的距离，那神秘的黑披风女子一直都没有作什么表示，不过轩辕却知道黑披风女子就是他所见到的那个绝美丽人，如果她不掩住与生俱来的姿色，只怕族中所有的人都会为之混乱，那反而成了祸事。

轩辕心中暗道：“自己若能一睹其芳容，可真是幸运。嘿，要是这丽人也成为自己的妻子，那可是……嘿……”轩辕的目光向那看台扫视了一眼，心中泛起一股热浪，忖道，“最好是连那四个俏小娘们也一并娶过来，特别是那个褒弱不能放过。”

“我花猛第一个上场，为美人为宝剑，也为我自己，谁来与我一战?”一道身影如猴子般连续几个倒翻，利落无比地掠过一堆燃烧正旺的篝火，落在场中尖声叫道。

“好！好!”一片叫好之声和鼓掌之声响起。

轩辕也暗自叫好，这花猛的身手的确不错，而且这一手先声夺人也为他自己挣到了不少颜面。

叶放默然点头，显然对花猛的表现加以赞赏，褒弱那一个看台上十余人的眼里也闪过一丝嘉许之色，褒弱诸女的眼睛亦为之亮了一下。

“花老大，再翻两个……”有人大胆提议道。

篝火燃烧正旺，火苗高达近六尺，而且一堆篝火有近丈宽，这样轻松翻过的确不简单。

花猛向脸色有些苍白的燕琼眨了眨眼睛，笑嘻嘻地道：“琼妹妹，我花猛等待这一天已经等了好久了……”

台下众人不由都大笑起来，燕琼羞得把头扭开了。

叶清不由笑骂道：“你别得意太早，小心有人把你扔进火堆里去，看你这小猴儿还敢不敢欺负人家脸皮嫩的小琼儿。”

“嘿，清姐别打岔好不好？大不了小弟我过两天带着琼妹妹给你多请几个安好了。”

众人又是一阵哄笑，这次连叶放和五夫人也为之莞尔，花猛在族中年轻人中完全可与化三等人相媲美，可算是极为杰出的一个小伙子，而且其人十分滑稽，说话比较俏皮，在族中的人缘也不错，叶放心中忖道：“如果最后获胜之人是花猛，倒也不错，琼儿嫁给他应该不算委屈。”

“花老大先别说得太得意，我猎豹也和花老大怀着一样的心情，等待这一天等了很久，本来还准备待会儿与琼妹一起向花老大敬酒呢。”一个粗犷的声音压过众人的哄笑声，但很快又再起一片哄笑之声。

“好，花老大就和猎豹耍两手，看谁能既得宝剑又获美人……”

“别忘了，胜了要为我凡三留碗酒哦……”

“哈哈哈……”

花猛转身正面与这个比他高出半个头的对手相对，笑嘻嘻地道：“好说好说，如果猎兄弟胜了，你一定要向我敬三碗，琼妹妹少敬一些，一碗如何?”

众人不由得大笑起来，猎豹也不由笑了起来，回应道：“当然可以，到时只要花老大想喝，十碗八碗都没有问题。”

“不过，我先说明了，如果我赢了，我与琼妹妹可只能一人敬你一碗，而且这一碗是同敬大家的!”花猛打住猎豹的话诡笑道。

“花猛小气，花猛小气……”众人不由得起哄道，猎豹也不由大感好笑。

“大家听我解释，不是花猛小气，而是新婚夜实不宜多喝，否则我醉死了，岂不给别人捡了便宜……”

众人一听花猛这么一解释，不由全都爆笑起来，女人们也全都笑骂花猛没正经，但却没人见怪，反而觉得花猛直率、可爱。

轩辕也觉得花猛这人很有意思。

“别啰里啰唆地直放屁，花猛，把吃奶的力气都使出来吧!”有人在一边呼道。

猎豹与花猛相距六尺而立，淡淡地道：“花老大，拳脚无眼，你要小心了!”

花猛知道眼前的猎豹是族中有名的猛人，力大可撕裂虎豹，身子也极为灵活，他并不敢小看，道：“来吧，我也不会手下留情的!”

猎豹肩头一耸，整个人在刹那间涌起无穷的斗志，目光变得犀利起来。

花猛微微曲膝，扬手摆出一个欲自下盘强攻的架势，众人的起哄声也在这时全都安静下来，唯有风声和篝火的毕剥声。

轰……猎豹向前轻迈了一小步，便如同在每个人的心上踏过，那沉闷的声响生出强大的气势直罩向花猛。

“打！”花猛一声暴喝，出腿如电向猎豹下盘扫去。

猎豹冷哼一声，力沉下盘，以劲腿相迎，但他并没有截住花猛扫出的腿势，因为花猛已借那只支撑自己身子的腿将身子弹起，如一只凌空翻滚的猴子，直向猎豹身后翻去。

猎豹警觉之时，背后风声已起。

砰砰……两声闷哼，花猛的两脚已踢在猎豹的后背之上。

猎豹一声闷哼，身子冲出几步，再回身之时，身前已是满眼的腿影，花猛来势好快。

“去吧！”猎豹一手护住胸头，一拳轰出，风雷隐动，直向那满眼的腿影击去。

周围的众人都屏住呼吸睁大了眼睛，显然为眼前这一场精彩的比武所吸引。

砰砰……轰……

一串闷响之后是一声爆响，猎豹那硕壮的身体向后连退七步，几乎快退到火堆之中，但花猛的身子却退了一丈有余，两人的胸口都在急剧地起伏着。

“花老大好快的腿！”猎豹拍着胸口一个个脚印上所沾的灰尘，平静地道，神色间显得更为凝重。

“猎老弟好重的拳！”花猛笑得有些不太自然，而这时一阵夜风刚好吹来，花猛胸前的衣衫竟飘落一块拳头大的布片，胸口的破洞之处，露出一个淡红色的拳印。

众人这时才忍不住都惊叹起来，轩辕也不得不承认这一场比斗的确很精彩，一切的细节他都看得十分清楚。花猛主攻为腿，那腿法之精妙的确诡异莫测，但猎豹却硬受花猛十多腿，但他却还了一拳。

猎豹只还了一拳，但这一拳却是无可匹御的一拳，花猛的双手变换了三十七种手法都未能完全架住这一拳，最终被猎豹穿过他双手的防护网，击在了胸口上。不过，此刻的拳劲已经大减，否则花猛身受这一拳只怕不死也得身受重伤。

褒弱那边看台上的几个老者眼中都露出了骇然之色，并低声交谈着，就连那一直如泥雕般的丽人也略略颔首，但立在那丽人身后的两名中年人却神色漠然，似乎根本没有看到这场精彩的表演。

“两位勇士暂停，我们圣女有话想说！”褒弱突然行至台前，其声犹如黄莺出谷。

众人一怔，全都把目光移到褒弱所在的那个看台，顿时又被那几名美人所深深吸引了。

叶放也有些意外，长身而起，走到那个看台向神秘丽人极为客气地问道：“不知圣女有什么吩咐?”

“你告诉他们两人，胜了的人我送他一颗宝石，败了的，我送他一柄宝剑！”神秘丽人平和地道。

众人不由大感讶然，但众人更为那神秘丽人的声音所倾倒，便如天籁之音自九霄之外悠然降下一般。

褒弱身后的两位美人合力捧出一个长盒子行到台前，轻柔地打开。

火光下，那盒子之中豪光乍现，犹如五彩霓虹缭绕。

“哇……”众人未见其宝便已经惊叹起来。

“好宝石！”叶放也忍不住惊叹道，双手自盒子中捧出一颗鸡蛋大的五彩石，在火光辉映之下，美不胜收。

花猛和猎豹眼中都放出异样的光彩，舔了舔干燥的舌头，如同一匹饥渴的狼。

“获胜者，可得这颗五彩宝石！”叶放高声道，说完又将宝石放入长盒之中，在众人惊羡的目光之中，叶放又抓起一柄雪亮的长剑，入手冰寒。

“请将剑给我！”其中一名美人抓起一块石头，一手抓过剑。

锵……弧光一闪而没，空中那块被抛起的硬石变成两半落了下来。

“好剑法！好剑法！”台下一片欢呼，那美人刚才露的一手的确神乎其神，准、快、狠，而且剑身所过的弧迹更含极为玄奥的内涵。

叶放抓起两块被斩开的石子，抚摸了一下断口，忍不住连声赞道："好剑！好剑！"说着将两块石头扔向花猛和猎豹。

花猛和猎豹一人抓过一块石头，一摸断口，平整至极，而且断口宽达两寸，石质坚如钢铁，如此一斩而断，那这剑是如何的锋利可怕可想而知，两人不由同时相视发了一会儿呆。

"还不向圣女称谢?"叶放提醒道。

"谢谢圣女，谢谢圣女！"花猛和猎豹同时大喜地称谢道，他们心中却有些疑惑，这圣女到底是哪一路人物？不过，他们听说这群人是来自高阳部落，却没听说高阳部落中有个圣女。不过他们心中明白，高阳部落对有邑族有大恩，既是来自高阳部落的客人，自然是最尊贵的客人，何况还有如此宝物奖给他们，也就是说不论他们谁胜谁负，都不会吃亏。

"好吧，继续比武，但希望你们点到为止，不要伤了彼此的和气。"叶放淡然道。

四下的族人也全都将目光回到花猛和猎豹两人身上。

第十章　豹灵拳猛

猎豹一步一顿，但每一步犹如战鼓狂擂，气势也随着每一步的前移而增长，目光紧紧罩定花猛。

花猛左脚微微向前跨出半步，以侧身对着猎豹，右手却在那个拳印上轻轻揉了揉，脸上居然仍显出一丝笑意。

猎豹向前踏出第六步之时，花猛突然发出一串暴喝："打，打，打……"整个身子全都融入了一片腿影之中，直踢向猎豹。

猎豹如同一只竖立的人熊，双腿微曲，双臂如同拨浪鼓般不停地挥动，以格挡花猛那如同狂风暴雨般的腿招。

砰砰砰……猎豹不攻只挡，弯腰以双臂护住头脸、胸腹，犹如惊涛骇浪之中的礁石，不退半步，那双眸子更是亮得让人心寒。

"打……"花猛一轮急攻，竟然无法击退猎豹半步，不由微微有些急了，竟兵行险招，左腿以力劈华山之势，自空中划过一道美丽的弧迹，重击猎豹脑袋，整个身子也腾空而起。

猎豹一声暴吼，趁花猛腾空的一瞬间迅速前冲，撞在花猛的膝盖上。

砰……花猛右脚一下子踢中猎豹的胸膛，但迅即被猎豹抓住右脚，而花猛的左脚没有砸中猎豹的头颅，却击在猎豹的背门，可猎豹如同没事人一般，因为他撞中了花猛左腿膝盖处，这一脚顶多只能发出三成力道。与此同时，猎豹以迅捷无比的速度抓住了花猛搭在他肩头的左脚。

花猛暗叫不好，四下的族人更是惊呼出声。

"去吧！"猎豹两手分抓花猛两足，轻轻一送。

花猛的身子在空中几个倒翻，重重落在地上，一脸惭愧之色。

“猎老弟胜了!”花猛无可奈何地道。

猎豹苦笑道：“侥幸而已，只要花老大不冒险进攻，再攻一会儿，败阵的就是我了。”

四下的众人不由全都叫好，他们都知道，猎豹之力可撕裂虎豹，刚才抓住了花猛两足，完全可以将之撕成两半，但他却没有这么做，而花猛输了就是输了，丝毫没有半点不服之情，也是难得。

“别忘了，你答应过的三碗酒，要努把力，争取夺得美人哦。唉，我倒有些不甘心，你小子真有福气啊!”花猛耸耸肩，一脸无可奈何地苦笑道。

“花公子，这柄避邪剑从今日起，就是你的了!”褒弱捧过那个长木盒，双手端着送到花猛身前，脆声道。

花猛大有受宠若惊之感，慌忙接过长木盒，狠狠地瞪了褒弱那张绝不比燕琼逊色的容颜一眼，嬉笑着问道：“不知姑娘可有心上人否?”

褒弱眉头微微一皱，白了花猛一眼，落落大方地道：“他可比猎公子更厉害哦。”

众人先是一愣，旋即爆发出一阵哄笑，花猛接过宝剑，一手挠头，却不以为忤，笑了笑道：“那我只好再去练几年再来找你了。”

褒弱也不由大感好笑，但却并不理会他，只是向猎豹道：“那颗五彩宝石是猎公子的，待公子战罢，便来拿吧!”

“花老大，你没有机会了，你再练几年，可那个比猎豹厉害的他也会再练几年，我看你还是趁早死心吧……”“别不知足了，花老大，得了这么好的一柄宝剑，还是赶快过来检查一下有没有假吧……”众人大呼道。

花猛再次向燕琼望了一眼，心中暗自叹了口气，他知道永远失去了得到这个美人的机会，表面上虽然显得极为轻松，可他心中却不是滋味。

猎豹向燕琼望了一眼，眼中尽是欢喜之色，他终于保住了获得美人的机会，这对他来说的确是一件值得欣喜之事。

族中没有哪位未婚的小伙子会不爱慕燕琼，但却知道想胜过花猛和猎豹这两个族中屈指可数的高手，的确很难，特别是刚才猎豹表现出来的那种勇悍霸烈、简单直接的攻击方式，足以让任何人都为之心寒。

若是普通人遇上花猛那如暴风骤雨般的快腿，早已经不知道败了多少次，就是叶放也不敢肯定自己是否能够完全躲开。但猎豹如同不死战神，没有一点惊乱，而且完全承受了花猛的重击，可见其横练功夫是如何的可怕。

猎豹其实是有苦自知，刚才他冒险取胜，抓住时机取胜的代价却是无法躲过花猛那击在胸口的一腿，这使他受了伤，只是他不能表现出来而已，否则挑战者会接二连三地出现，只怕他根本就难以成为最后的胜利者。他也不得不承认花猛的腿法厉害，若非他的韧力惊人，抗打能力极强，又选择了正确的应战方式，这次输的人一定是他。

“还有没有人挑战猎豹?”叶放高声问道，猎豹也向四周环视了一眼，气势笼罩之中，犹如立在十多堆篝火中的铁塔。

轩辕发现燕琼那急灼的目光已经望向了他，他也读懂了对方的惊惶和担心。

俏寡妇叶清本来还对轩辕抱有极大的信心，但是此刻见到猎豹和花猛的交手，几乎所有信心都泡汤了，禁不住为轩辕和燕琼担心起来。

轩辕依然自信地笑了一笑，只向燕琼微微抬起右手，在虚空之中用力握了一下拳头，表示极有把握。

燕琼心中勉强安定了一些，但仍禁不住有些紧张地望着猎豹，又不时偷瞥一下轩辕，可轩辕迟迟没有出手的意思，她不由又心急焦灼起来。

猎豹见迟迟无人上场，不由心下得意起来，更有些意气风发之感，想到美人、宝石、宝剑就要归自己所有了，的确有些兴奋。

“既然众位兄弟如此承让，那猎豹就不客气了。不过，你们放心，我猎豹一定会一心一意呵护琼妹妹……”

“慢！先别得意，等过了我这一关再说这些吧。”一个沉冷的声音在人群中响起。

众人扭头回望，却是一个蓬头汉子，一身黑衣，浑身散发着一股浓浓的战意，所过之处，众人纷纷让开。

“叶皇!”众人不由惊呼道。

“五哥!”俏寡妇叶清也忍不住惊呼一声。

“你来干什么?”叶放脸色铁青地怒问道。

轩辕望着那个步过篝火的汉子，只见他头发蓬松披散，几乎遮住了他的半边脸，留下的半边脸显得有些苍白，不可否认，这人有一种诡异的魅力，不过年龄应该快三十了。

四周的族人纷纷私下议论起来，显然是对这个突然出现的人有着极深的戒惧，轩辕也感到有些诧异。他在族中已有三个多月，却还是头一次见到这个人。但他却深深感受到来自叶皇身上的那股阴冷战意，禁不住为猎豹担心起来。

“叶皇，你回来干什么?”几位有邑族长老也站起身来，质问道。

“难道你们认为我已经不够资格做有邑族的一员吗?”叶皇在猎豹身前一丈处站定，却向叶放和几位长老反问道。

叶放和几位长老一愣，不知该如何回答，叶放吸了口气，沉声道：“我让你在南山思过，没有长老会的决定，你私下跑回，难道仍想触犯族规吗?”

“大哥不要忘了，五年之期已在今日结束，所以我不请自回。”叶皇淡漠地道。

叶放脸色一变，叶清却忍不住流出泪来，声音有些哽咽地道：“五哥，这些年你还好吗?”

叶皇的目光落在叶清的脸上，眼中难得地闪过一丝暖意，但却没有正面回答，只是淡然道：“清妹，五哥活得很好，没有人能够让我死，从今日起，我就是自由之身，一切都会从头开始!”

“叶皇，你也爱琼妹妹吗?”猎豹有些惑然地问道。

“美人、宝剑，谁不爱?何况今日是我新生活的开始，怎能没有美人相伴……”

“叶皇，你也是为琼儿而来的?”叶放心中大恼，质问道。

“大哥说过，只要是族中未婚的男子都可上场比试，我也是族中的一员，更是单身一人，有何不可?”叶皇冷然道，同时伸手一拂挡住那半边脸的蓬散长发，露出一张与叶放极为相像的脸庞。众人不得不承认，叶皇如叶放一样是个货真价实的美男子，甚至比叶放更具一种诡异的魅力。

“我今年才不过二十八岁，凭我的条件，相信不会配不上琼妹妹！”叶皇又自信地道。

族中众人再见叶皇的面容，不由微微惊呼，有些女人们更是低头不敢去看叶皇的脸和眼神，但也有人怒形于色。

轩辕满头雾水，不知道这叶皇与族人之间究竟有何恩怨，他又犯了什么过错，竟然被罚至南山思过五年？轩辕只知道南山乃是奴隶们种地之处，关押有一百多名与外族交战时俘获的外族人，这些人就成了族人公用的奴隶，为他们种地垦荒……

叶放一时语塞：“你……你……”

“大哥是一族之长，而这件事情又是众乡亲们赞同的，如果大哥想收回刚才所说的话，就是在欺骗族中的兄弟姐妹，叶皇只好澄清这一切了！”叶皇咄咄逼人地道。

“五哥，不要这样好不好？”叶清有些惶急地道。

“男人的事，你不要管，我只是在争取我自己应该得到的东西而已。”叶皇冷然道。

“来吧，叶皇，不必说这么多废话！”猎豹显然有些不耐烦这个对手，甚至对叶皇有些鄙夷。

“猎豹！”叶放沉声喝道，他似乎已经预知到结果似的，脸色显得极为难看。

“族长请放心，猎豹想战叶皇并不是一天两天的事了，只可惜这一拖便是五年，现在就让猎豹在今日与叶皇决一高下吧！”猎豹有些激动地道。

叶放望了两人一眼，又望了望脸色苍白的燕琼，心中暗叹，忖道：“看来只好听天由命了，以猎豹的武功不一定会输给叶皇！”

“族长！”猎豹轻唤了一声。

那几个长老的脸色也有些难看地望了叶放一眼，叶放无奈地道：“好吧，你小心一些！”

猎豹脸色缓和了一些，浑身战意如烈火般，几乎快要燃烧起来。

“来吧，叶皇，让本人看看这五年来你的功夫是否增长了！”猎豹充满自信地道。

叶皇露出一丝诡异的笑容，冷然道："很好，果然了不起，我族中有你这样的人才也真是难得。不过，我先提醒你一声，我的速度会比花猛更快，我的力量也会比他更猛，你要小心了。"

四下围观之人不由又小声议论起来，如果事实真如叶皇所说，猎豹是否仍能不败呢？其实，早在五年前，族中之人就知道叶皇是继叶放之后最可怕的人物，可是事隔五年，年轻高手层出不穷，叶皇是否能胜过猎豹呢？

猎豹的左脚微微探出，稍屈，火光之下，只见他的衣衫似乎在震动，显然是他身体的肌肉在翻滚，接着众人就听到了一阵爆响之声，如同破竹。

叶皇也露出惊讶之色，猎豹的气势仍在增长，就像永无止境，连他也感受到了压力，看来这个比他高出半个头的大个子的确不简单。

叶放似乎稍稍放下了一颗心，猎豹的武功的确有些出乎他的意料之外，也许这些日子他没太在意这些年轻人。

轩辕心中暗叹，他似乎已经知道了结局。

"小心了！"叶皇说话间已突破了一丈的间距，拳头已经抵达猎豹的面门。

众人都没有看清叶皇是如何动身的，可见叶皇刚才并没有吹嘘，他的速度的确比花猛更快。

猎豹并不慌急，他似乎早已料到叶皇攻击的方位，是以在叶皇的拳头抵达面前时，他的拳头已重重击出。

呼……猎豹的拳头落空，叶皇的劲拳已朝他当胸击去。

猎豹处变不惊，迅速回拳相击，他不是想阻住叶皇的拳，而是直击叶皇的面门，因为他知道，论速度，他连花猛都比不上，又如何能与叶皇相提并论？唯有与叶皇比横练功夫，哪怕他挨叶皇十拳，但只要让他击中叶皇，就不会输，因为他相信自己拳头的威力。

呼……猎豹的拳头再次击空，叶皇竟出现在他的左侧，更以手肘横撞他的腰间。

猎豹暗惊，迅速错步，但叶皇的速度的确太快，他根本来不及回避。

砰！叶皇的手肘击在猎豹的肩头，但并未击中肩头要害——腰肋部位。

猎豹的身子向前冲出一步，但叶皇的脚已经踢在了猎豹的背上，猎豹止不住冲势，又冲出了两步，这才稳住身子。

猎豹迅速转身，但叶皇却静立于距他五尺之外的位置，气定神闲，看向猎豹的目光，如同在看一只猎物。

叶皇并没有趁机追击，这让猎豹感到有些意外，四周的族人也微觉讶然，但就在这时，叶皇突然动了，如一阵风般直扑猎豹。

轰……猎豹欲出手相挡，但叶皇的速度实在太快了，根本就无法阻挡，于是叶皇的拳头正中猎豹的胸口，而叶皇又以最快的速度退离猎豹五尺开外。不过，叶皇的衣衫仍被猎豹撕下一角。

众人和猎豹此刻才明白，以叶皇的速度根本就不用乘胜追击，因为他任何时刻出手，那种速度都是防不胜防的。

猎豹被叶皇当胸一拳击得再退两步，五脏欲裂，气血翻涌，那正是花猛右脚踢中之处，此刻叶皇似乎看破了猎豹的这个弱点，毫不留情地再次予以重击。

众族人不由连大气都不敢喘出，紧紧盯着场上的两人，此刻人人都为猎豹捏了一把汗，也为燕琼的命运担心起来。要知道，族中想要胜过花猛的人只有那么一两个，而猎豹胜了花猛，能比猎豹的武功更高的年轻人，在有邑族中几乎没有，即使有，也是在伯仲之间，可是叶皇与猎豹之战却呈现一面倒之势。

虽然叶皇的力道比不了猎豹，但其速度却比猎豹快得太多，如果猎豹这样一直处于挨打的状态，一定唯有败亡一途，即使是铁打的人，也不能经受叶皇这等高手一连串的重击。

猎豹更为小心了，他知道今日胜算很小，但他绝不会气馁，为了燕琼，他绝对不会让叶皇取胜。可是他不知道自己是否能保住不败，不过他会拼尽全力。

“你比我想象中更能够挨打，刚才那一拳，我曾使一只野猪变成一堆废肉！”叶皇的语气之中不无赞赏，他也感到有些惊讶，猎豹的横练功夫几乎达到了铜皮铁骨之境，他不知道对方是怎么练成的，若不是他在速度上占了绝对的优势，恐怕根本没有把握取胜猎豹。

“看脚！”叶皇的脚如光影一般踢向猎豹的小腹。

猎豹的身子一沉，重拳下击，直迎叶皇踢来的劲腿。

呼……啪……猎豹一拳击空，他的拳头只是击在叶皇的一只脚影之上，而叶皇的脚却结结实实地踢在他的脸上。

猎豹惨哼一声，身子蹬蹬连退八步，但却并未倒下，鼻子中已流出了鲜血。

围观的众人忍不住惊呼出声，不仅仅是因为叶皇的攻势太过诡异，更因为猎豹的受伤。轩辕却暗叹，不过，他惊叹于猎豹在对方如此沉重的攻击之下，居然仍未倒地，却只是退了八步。

“还没有完！”叶皇低喝声中，身子如一道幻影般向猎豹射去，所出的仍是脚。

砰砰砰……猎豹的双臂如风车般在身前封挡，竟稳稳挡住了叶皇的一阵狂踢。

“哈哈，手来了！”叶皇一声长笑，身影竟分为五道，自五个不同角度袭向猎豹的脑袋。

轰！一声爆响声中，叶皇踉跄倒退五步，猎豹竟以拳对拳挡住了对方致命的一击。

叶皇脸色微变，手腕欲折，猎豹那如排山倒海般的气劲再次包围过来。

“好！”叶皇忍不住赞道。

众族人还是首次见到猎豹逼退叶皇，而且主动向叶皇发动进攻。

轩辕暗中忖道：“这大个子看来也不笨，不过，叶皇的速度可真是快不可言。”

叶皇连退十步，终于自猎豹的攻势笼罩中突围而出，在猎豹如暴风骤雨般的攻势之下，他竟然无法找到很好的反击机会，因为他的力道无法与猎豹的神力相比。

猎豹心中暗叹，此时他已使出了全身力气，却还是无法逼退叶皇，如想胜出，今日恐怕没有机会了。

果然，叶皇退出猎豹的封锁后，就抢得了主动，而且这一次他绝对不会如刚才那般粗心大意，更不给猎豹半点喘息的机会。

猎豹先机一失，对叶皇的快攻疲于应付，他根本就无法阻止叶皇那诡异莫名、变化无常的攻击。终于，他在承受第一百零八击之时，退至离篝火堆只有五尺之距，再也压制不住体内上涌的气血，狂喷而出。

“去吧！”叶皇得势不饶人，大喝声中，再一脚荡开猎豹封挡的左臂，而另一只脚毫无阻挡地直击其胸。

砰砰……叶皇竟以双手支地，带着身子飞速攻袭，而两只脚腾空快速连环踢，猎豹根本就挡无可挡，终于飞跌而出，向篝火堆中摔去，再次喷出一大口鲜血。

所有的人都大惊，叶放也噌的一下站起身子。

“猎老弟！”花猛想抢身去救，但已来不及了，猎豹离篝火堆太近。

呼……一阵风响，竟是一块横飞而出的木板准确无比地在猎豹健硕的身体下托了一托，与此同时，一道黑影在篝火上空一闪，轻飘飘地落在火堆中间的空地上。

叶皇大吃一惊，倒退了一丈有余，惊讶地看着来人，却是他并没有印象的陌生面孔。

“阿轩……”族人四下惊起，就连叶放和几大长老及五夫人也全都惊讶地呼了一声，燕琼和叶清还是初次见到爱郎施展身手，禁不住欢喜得立了起来，更是激动异常。

“你没事吧？”轩辕单手扶着猎豹，关切地问道。

猎豹哇……的一声再次吐血而出，苍白的脸色中慢慢现出血色，缓缓嘘了口气，苦涩地笑了笑，有些气促地道：“谢谢你，我还死不了。”

“没事就好。”轩辕欣慰地道。

“你也是个练气者？”猎豹轻声问道。

轩辕一震，眼中闪过一缕讶异的光芒，但却有些茫然地道：“我不知道，不过，你看来需要好好调养一番，五脏已经离位，不能再斗了。”

“谢谢你的提醒，你要小心了！”猎豹的心好痛，不仅是因为受伤，也是因为他将失去得到燕琼的机会。

“猎老弟，你怎么样了？”“你不碍事吧……”几名与猎豹关系很好的兄弟迅速奔了过来，花猛也是极为关心地问道。

“我没事，多亏了阿轩兄弟。”猎豹望了花猛一眼，有些虚弱地道。

“阿轩兄弟竟有如此好的身手，不过，还得谢谢你救了猎兄一命，咱们今后也就是兄弟了！”一个看上去比猎豹小两岁的少年伸出大手，与轩辕握在一起。

轩辕也知道这少年乃猎豹的好搭档凡三，也是族中极为活跃的一个人。

“阿轩兄弟，你要小心了！”花猛也重重地拍了一下轩辕的肩膀，诚恳地道。

“我会的！”轩辕淡然应道，这一刻他知道自己已经成功地打入了这群年轻人的圈子之中，至少在这些人的眼中，他比那个心狠手辣的叶皇要受欢迎一些。因为他并没有说自己准备参加比武，可是猎豹和花猛都这样叮嘱他，就是在暗示，让他去与叶皇争。

轩辕当然不需别人暗示，因为这本是他决定了的事。不过，此时他的上场，仿佛是因为救猎豹才上场的，一下子似乎代表了所有族人的愿望，当然再不会有人说他只不过是低人一等的外来人了。

“叶皇，你下手也太狠了吧？”叶放有些怒意地道。

叶皇这才把目光移向叶放，淡淡地道：“你也知道猎豹的可怕，你以为我不想手下留情吗？可我如果不全力击败他的话，那败的人就必定是我，没有人比他还能抗打！我也从来没有想过有人能被我击实十拳而不死，但他足足受了我一百多记重击才开始受伤，我哪敢收手？”

众人不由暗暗咋舌，不仅仅因为叶皇心狠手辣的快攻，也因猎豹的那身铜皮铁骨，竟挨了一百多记重击才受伤，难怪叶皇不敢停手。

叶放也为之骇然，他没有再说什么，因为说得再多也是多余的，只是将目光落在轩辕的身上，眼神之间多了一丝诧异和惑然，他将轩辕上下打量了好久，最后也被轩辕的眼神震了一下，才讶然问道：“阿轩也想来参加比试？”

轩辕的目光却先投向褒弱，只见褒弱脸上闪过一丝复杂的神情，但也有些苍白，似乎想说什么却又无法开口，另外几人的目光之中也闪过一丝讶异，轩辕更似乎捕捉到那道自黑纱之内投出的目光，不过他只是淡然一笑，又将目光移向叶放和燕琼，在燕琼兴奋的期待神色中，他认真地点了点头，道："不错，阿轩也是个凡夫俗子，爱美人也爱宝剑，身为有邑族中的一员，希望族长允许!"

叶放望了望叶皇，又望了望燕琼，目光再扫过几位长老，最终咬了咬牙，道："好，你要小心了!"

"谢谢族长!"轩辕向叶放施了一礼，微感得意地道。不过，他眼角的余光却发现那美丽的褒弱的脸色变得更为苍白，眼神也变得更为复杂。

褒弱神色欲泣，但很快避开了轩辕的目光。

轩辕的出场，的确引起了不小的轰动，皆因谁也没有想到这个平时并不被人看重的年轻人，竟是个深藏不露的高手。

只看他甩出木板承托猎豹的身体，再横掠过篝火救下猎豹，这一连串的动作犹如行云流水，利落至极，最难得的却是甩木板时的角度、力道、速度计算得极准，否则只怕猎豹仍是难免遭受烈火焚身之祸。

正因为如此，人们对轩辕那未知的过去更感神秘莫测。

"你是谁的后人？怎么以前从没见过你?"叶皇有些惑然地问道，虽然他在南山思过五年，但是族中的一些人他并没有忘记，何况轩辕也不是小孩，在五年前应该也有十多岁，可是叶皇对他却半点印象也没有。

"我是我爹的后人，我以前也没有见过你，不过我不认为这很重要。"轩辕移了移步子，与叶皇相距一丈而立，淡然笑道。

众人先是一愣，后又禁不住感到好笑，这个回答只是白答。

叶皇似乎有些怒意，狠声道："想不到我才离开五年，族中就多了这么多年轻的勇士，看来我有邑族兴旺有望了。"

"那是当然!"轩辕笑着肯定地答道，却似乎变成了坦然接受叶皇的称赞。

叶皇更怒，心中涌起了一股杀机，他甚至有些恨族人对他的冷漠，更恨叶放，宁可帮外人也不帮他，这使他五年来所忍受的孤寂和怨气一下子激发出来，心中暗骂道："不知天高地厚的小子，我就拿宰你来立威，再去找别人算账，哼！我就不信不能慑服你们这些愚人！"

"小子，你现在退出去还来得及！"叶皇冷冷地道。

轩辕笑着摇头道："不可能，我劝你还是别妄想了，你比小琼儿大了十多岁，几乎可做他的父亲了，却还在这里搅什么乱子，现在应该是年轻人的天下，你已经老了！"

"无知小辈，真是不知天高地厚！"叶皇怒笑道。

四下的族人都为轩辕捏了一把汗，那些如猎豹、花猛一般的年轻人不由都大声叫好起来，皆因轩辕的话正合他们那群年轻人躁动的心，而且轩辕所说的正是事实。叶皇年龄比燕琼大十余岁，虽然他仍不是很老，但在族人的心中，燕琼可是族中的娇女，怎能嫁给一个比她大十余岁的男人？更何况这是一个曾经为族人所不齿的败类。

轩辕的几句话立刻将他自己与族中年轻人结合在一起，仿佛他的出战就是代表族中的所有年轻人出战一般，因此他不再孤立，这也是一种策略。

燕琼先见轩辕出战，也为之激动不已，可是平静下来后，想到叶皇那鬼魅般的速度和武功，又禁不住为轩辕担心起来，为轩辕担心的还有叶清。毕竟，她并不知道轩辕的武功深浅，而且轩辕更成了她不可缺少的一部分，因为她知道，没有谁能像轩辕一般给她带来无限的快乐，这之中有欲，也有情。

轩辕并不是先与叶皇相对，而是首先向周围观看的族人作了个揖，客气地行了礼，又缓步走到叶放台前，向叶放和五夫人行了个礼，心中却暗忖道："哼，想拿我作礼物送人，我就将你的宝贝侄女也一起带走，看你怎么办！"

"小琼儿，你将鲜花准备好，很快我就会给你亲手戴上！"轩辕自信地笑了笑道。

四下的族人不由又是一阵起哄，年轻人更是叫得欢，似乎都在为轩辕打气，抑或是为轩辕那种自信所感染。

"很好，年轻人勇气可嘉，如果你胜了，我同样会一视同仁地对你！"

叶放不冷不热地道。其实，在他的心中并不怎么看好这位叫阿轩的年轻人，若不是因叶皇的出现，他甚至连轩辕上场的资格都要取消。但此刻的叶皇却是他族长之位的一个重大威胁和挑战，可又无人能将叶皇打败，对于轩辕的上场，他也只能让其一试，大不了败亡，他也不会在意轩辕的生死。如果轩辕击败了叶皇，自然更好，在叶放的想法中，轩辕的威胁与叶皇的威胁根本就不能相提并论，所以他才会答应轩辕上场，也暂时不计较他是外来人了。

“谢谢族长！”轩辕心中微喜，但却并不想感激叶放。他不是个傻子，也隐约知道叶放和叶皇兄弟之间有着某种矛盾，而他却是这个矛盾之间的缓冲，甚至他只是叶放眼中的一颗棋子。不过，轩辕并不在乎这些，燕琼他是要定了，绝对不能让别人得到，那是在他占有燕琼那一刻所下的决定。

“来吧，叶皇，让我来看看你的能耐吧！”轩辕转身与叶皇相对，语气变得十分平静。

叶皇心中的杀机很浓，轩辕的每一句似乎都在刺激着他，使他不由自主地产生怒意，生出杀机。

“很好，我就如你所愿！”叶皇话语一出，身影如电般向轩辕撞去。霎时，腿影、拳影漫天而起。

四周的族人禁不住全都大惊，为轩辕捏了一把冷汗，他们不知道轩辕该如何化解这自四面八方攻来的一招。

轩辕淡淡一笑，眼神竟如两盏明灯，透射出无比强大的信心，只是他没有动。

的确，轩辕没有动，连一根指头都没有动，可是叶皇的漫天腿影、拳影却散开了，在轩辕面前半尺处散得无影无踪。

叶皇仍是站在他刚才立身之处，与轩辕相距一丈二尺，他似乎根本就未曾出过手，而且连指头都没有动过，他只是冷冷地与轩辕相对，似乎在审视着一件未知的物体。

叶皇动过，任谁都知道叶皇出过手，但为什么轩辕连根指头都没曾动一下，眼皮也未曾眨一眨，叶皇却退了回来呢？其中的原因除轩辕和叶皇之外，恐怕所有的人都在疑惑，或许还有人不疑惑，但那种人却少之又少。

"好，果然有狂的资本！"叶皇似笑非笑地道，但他的脸色变得更为凝重，就连心也变得沉重起来，他从来都没有这种感受，他甚至连想都没有想到自己有遭一日会遇上这样一个对手。

刚才的举动，只是叶皇在试探对方，而且是吸引轩辕作出防护或还击，只要轩辕一动，他就可立刻以最快的速度找出轩辕的破绽所在，但是轩辕没有动，而且连手指头也没有动一下，仿佛将他的一切都看穿了，包括叶皇内心的打算和想法。

特别是轩辕那无比自信的眼神，那双眼睛就像是深邃莫测的天空，那锐利的目光更似有着洞穿一切的魔力。

轩辕淡淡地笑了笑，悠然道："如果你的速度仅止于此，那你就唯有认命了！"

叶皇脸色再变，就连四周围观的族人也全都为轩辕这狂妄的话语给镇住了。在他们的眼中，叶皇的速度已经快得难以想象了，可是轩辕却似乎认为这种速度仍是太慢，这实在让人有些吃惊。

轩辕双肩微微一耸，立时产生了两声关节的爆响，轩辕再扭了扭脖子，更发出一连串如破竹般的声响。轩辕每移动一个部位，该处总会发出一串关节的爆响，虽然不如猎豹那种全身关节一起响时强烈，但却比猎豹更多了一分洒脱。

轩辕的双手在虚空中轻轻一抓，指骨也发出一阵毕剥之声，这才露出一丝诡异莫测的笑容，吸了口气道："你小心了，拳脚无眼，我不会手下留情的，如果你因为刚才与猎老兄之战而耗损了太多的气力，我可以给你一炷香的时间休息！"

叶皇大怒，冷笑道："好狂妄的小子，对付你还用得着休息吗？就让我看看你到底有多大能耐吧！"

轩辕笑着摇了摇头，似乎是对叶皇的话大感不屑，也在显示着一种藐视之意，而且他还大步跨前两尺，与叶皇的距离拉近到相隔只有一丈。

叶皇再也忍受不住心中的怒火，轩辕的那些表情动作激得他无法控制情绪。

轩辕心中好笑，叶皇的确一直在受着他的算计，终于被他打乱了心神，而他也一直在激怒叶皇。

发怒的人虽然在力气上会显得更猛，攻击也会变得更为疯狂，但却也更容易出现破绽。而高手相争，心理因素最为重要，单凭叶皇受不了激将而发怒，就可算首先已输了一筹。

叶皇再如一阵风般攻到轩辕的身前之时，轩辕依然没有动，但就在叶皇快要触及身体之时，他突然感觉到一股汹涌的暗潮已经袭到他的臂膀之上。

轰……砰……两声闷响。

轩辕的身子晃了一晃，叶皇却惨哼着倒退了六步，同时左手捂着右臂，额上竟渗出了豆大的汗珠。

轩辕的胸间被印了一拳，衣衫碎裂了一大片，显然是叶皇的杰作。

四下众人不由得都讶然惊呼，他们似乎没有想到一上场，轩辕就采取以拳换拳的战术。

"好！阿轩，好样的！"猎豹和花猛诸人立刻明白轩辕所采取的战术是多么高明，与叶皇比速度，那几乎是死路一条，但轩辕取长舍短，与叶皇以拳换拳，这就使得叶皇的速度无法占到优势，反而因冲击力而无法抗拒轩辕的重拳。

猎豹之所以输，就输在他无法保持头脑的清醒，没有轩辕那种定力，他隐隐觉得在第一回合叶皇的试探攻击中，轩辕占了上风，因为轩辕连眼皮都不曾眨一下，使得叶皇的招式轨迹无所遁形。猎豹知道在镇定方面，他输了轩辕一筹，如果刚才换成是他，一定会被逼得首先出手，但轩辕不同，所以轩辕以拳换拳的战术能够发挥作用。

轩辕伸手轻轻在胸前揉了揉，虽然叶皇那一拳力量不小，但在轩辕体内似乎有一股连他自己也无法明白的力量迅速将叶皇袭入他体内的劲气逼了出去，使得轩辕没有受伤。疼痛当然有一些，不过他知道叶皇的右手这一刻根本就不可能再起到任何威胁，最多也只能发挥出三成威力。刚才若不是他手下留情，只怕叶皇那条右臂已被击碎了。

"再快的拳，如果缺少了力道的辅助，也是枉然，而再快的拳，在击到别人身上时，总会有片刻的停顿，而这片刻的停顿，就足以成为致命的破绽。只是有些人在面对快拳之时，总会失去方寸，无法把握住这致命的还击机会。因此，他注定会失败。叶皇，你明白了吗？所以今日你我相赌的，只是比谁更能挨打！因此，你注定会输！"轩辕露出一个灿若阳光的笑容，无比自信地剖析道。

轩辕那充满自信的笑容，只让那些女人们看呆了，再加上轩辕那种必胜的斗志和气势，所有的女人在这一刻才发现，轩辕竟然不比任何俊男帅哥逊色，与叶皇的帅气相比，轩辕似乎更多了一种阳光般的魅力，那是一种让人心情得以平静的魅力。

轩辕的魅力就在于那种让人心安的祥和，似乎让人有一种想被他呵护的冲动，那是一种积极向上、充满朝气活力和生气的魅力。不可否认，轩辕本身就很俊逸，而他强健高大的体魄在抛开一切投入战斗之时，更会产生一种如高山大海般无可比拟的气势，可以臣服一切的气势，那是一种很难言喻、却让人向往和崇敬的气势。

观斗者俱惊，轩辕的自信让他们吃惊，而轩辕的话语更让他们心惊，那之中的精妙之处对于每一个武人来说都是莫大的启迪，似乎是黑夜里一颗启明星，照亮了他们的路途。

所有的人都在思索着轩辕的话，顿时觉得叶皇那快如闪电的招式的确没有什么可怕的。

叶皇的脸色铁青，轩辕单凭一席话就说出了他的要害所在，而这也是他最担心的。在取胜的信心上，他禁不住动摇了。叶皇发觉轩辕竟是那么难以揣测，而他的一切都无法逃过对方的眼睛，这种心理上的阴影让他的斗志削弱了很多。而心中生怯，眼中自然会流露出一丝异常。

这自然逃不过轩辕的眼睛，轩辕心中暗喜，知道叶皇正在一步步陷入他的算计之中，而他绝对不会放过这个机会，于是长笑一声，轰轰轰……连续紧逼三步，每一步犹如踏在鼓面上，发出惊心动魄的声响。

对于叶皇来说，这三步犹如是在他心口擂了三记闷拳，轩辕身上所散发出来的霸烈之气犹如排山倒海般向他逼至，几乎笼罩了他每一条退路，这比猎豹当初所生出的气势更强，更无可抗拒。这之中又夹着无穷的斗志，几乎一下摧垮了叶皇的心理防线，让他心生绝望之感。不过，叶皇终究是叶皇，他绝对不是一个弱者，更不是一个坐以待毙的人，是以他再次出手了。

轩辕冷哼一声，并不出手攻击叶皇，他绝不想先出手，对付叶皇这种高手，绝对不可以与之比速度，而只能采取以不变应万变之策。

轩辕之所以步步紧逼，就是要在气势和心理上完全击败叶皇，如此才能迫使叶皇不得不首先出手攻击，这样才能够将整个局势完全掌握在自己的手中。

叶皇的攻击速度果然快，这次他学乖了，并不攻击轩辕的正面，而是以无数个虚幻的招式和奇奥的步法绕到轩辕的身后。

有人忍不住惊呼起来，那是因为叶皇的拳脚已经只隔轩辕背门不到半尺，在这个距离之中，轩辕绝对躲不开。

轩辕的确躲不开，但他仍想躲，上身向前快速倾伏。

叶皇暗笑道：“如果你想以这种方式躲过我的这一击，那我的‘快’岂不白‘快’了？”但叶皇没有来得及笑到最后。

砰砰……叶皇的劲拳重重地落实在轩辕的背上，但他却发现另外一股如山洪般巨大的力量从他的右膝涌入……

轰……叶皇还没有回过神来之时，身子已被击得倒跌而出，重重摔在地上。

轩辕身子前倾并不全是为了躲过叶皇的攻击，更是为了使自己后踢的腿更快更有力。

很不幸，叶皇仍然没有逃脱这种两败俱伤的结局，他躲不过轩辕的反击，虽然他快，比轩辕的速度快了很多，但正如轩辕所说，当他的拳头击在别人的身上时，其动作会有刹那间的停顿，而这个短暂的停顿，足够让轩辕发出那蓄势已久的一击，而这一击绝对是叶皇无法承受的……

第十一章　皇者之剑

轩辕前冲了三步，叶皇的这两击也挺重的，不过轩辕并没有受伤，只是有些痛。那是因为他在前倾之时，本就卸去了叶皇拳劲上的一些力道，加之体内自然生出抗力，使得叶皇的攻击力并未达到他预期的效果。

倒是叶皇吃亏得多，右腿几乎被踢碎了膝盖骨，这是他做梦也没有想到的结果，在刚才正式交手的两个回合中，他竟被重创了右臂和右腿，而且使他连站立都有些困难。

轩辕的背部衣衫也被击得破破烂烂，但背上却只有两个红印，他悠然转过身来，冷冷地盯着叶皇的脸。

叶皇以左脚支地，显得极为顽强地站立着，可是脸色已变得苍白无比，甚至有些难以置信的表情，因为这不是他想象中的结局。

叶皇知道自己败了，他的右腿几乎不能支撑整个身躯，也就是说他再不能使用最擅长的快速攻击了，如果他失去了速度的优势，根本不可能是轩辕的对手。在力道上，他又如何能敌过轩辕那天生的神力呢？

四周寂静无比，唯有篝火在毕剥地燃烧着，族人似乎连大气都不敢喘，这个结果不仅出乎叶皇的意料之外，也出乎他们的意料之外。是以在这种结果出现时，他们竟忘了呼叫，甚至忘了这次比斗的意义。

轩辕望着叶皇，淡淡地笑了笑，道：“你败了！还要继续吗？”

“阿轩，好样的，好样的……”猎豹和花猛同时高呼道，其余的年轻人也跟着呼叫了起来。

叶皇的脸色越变越白，身子禁不住摇晃起来。

轩辕伸出大手轻轻扶住叶皇，神色变得极为友善。

砰……叶皇一横手肘，重重地击在轩辕的胸膛上。

轩辕身子晃了晃，脸色骤变，叶皇却被一股反震之力冲倒。

“不要脸，你怎么可以这样……”几个年轻人见叶皇不仅不领情，更施以暗袭，不由怒叱道。

“阿轩，你没事吧?”燕琼竟在众目睽睽之下冲下台来，拉住轩辕关切地问道。

族中本来就有许多人鄙视叶皇，此刻见叶皇竟然如此卑鄙，不由齐声怒叱着……

轩辕不禁为叶皇感到可怜，他心中并没有怪叶皇。

轩辕轻轻拍了拍燕琼的香肩，柔声安慰道：“没事。”说完向四周激动的族人挥了挥手，做了一个“请大家不要吵”的手势，目光又在表情不一的叶放和叶清脸上扫过，再滑到那神秘丽人的席上，但那神秘丽人和两个面容冰冷的汉子不知在什么时候已经离场而去，倒是褒弱和另外三个美人及几个老者仍在。

褒弱的眼神里竟有许多关切之意，但似乎又不能说出，竟化为一脸幽怨，使轩辕心头微微一软，褒弱见轩辕望着她，忙低下头，双手有些不自然地抚弄着裙角。倒是那几个老者，显出赞许之色，另外三个美人似乎对轩辕极有兴趣，那种眼神就像是在向轩辕挑逗。

轩辕有些尴尬地移开了目光，落在有些惊惧的叶皇脸上，他轻轻地推开燕琼，小步来到叶皇身前，目光变得温和而诚恳，然后缓缓弯下身子，伸出大手递到叶皇的面前。

所有人的呼吸声都在这一刻变得清晰起来，轩辕的举止的确出乎众人的意料之外，就连叶放也感到十分惊讶。

叶皇难以置信地望着轩辕，望着轩辕那一脸诚恳之色与满目的真诚，呼吸变得粗重起来，神情显得无比复杂。

四周族人的目光全都落在轩辕身上，他们本来愤怒的心也全都平静下来。

“一切只是过去，一切都可以从头再来，从现在开始，是新的生活，新的你我，来吧，大家都在等你！”轩辕恳切而平和地道，目光坦然地望着叶皇。

刹那间，族人发现自己的确已经不再恨叶皇了，也不再对他有鄙视和疏远的感觉，目光全都变成了期盼。

叶皇似乎也感觉到了这种异乎寻常的静寂，感觉到了族人异常的变化，他的目光从轩辕身上移开，隔着篝火投向族人，他竟然发现族人眼中不再有鄙夷与憎恶，而是充满友善和期待，那种感觉就像是在迎接一个失散多年的亲人。

叶皇的心中涌起一股无法形容的感触，他的鼻头酸酸的，眼圈里出现了久违了的湿润，他知道自己的确与族人相隔太远了，所以他才会感到孤寂，才会变得偏激，才会……可是此刻……

叶皇的目光再次落到叶放和叶清的脸上，叶放的神色显得十分平静，目光之中似乎有某种东西在涌动，但很快叶放就避开了叶皇的目光，倒是叶清已经泪流满面。叶皇的目光再次落到轩辕的手上，然后移到轩辕的脸上，他感受到了对方内心的欣慰，他仿佛寻回了一种已遗失的情感。

对，那是善良和坦诚，叶皇清楚地感受到自轩辕眼中融入他心中的是善良和坦诚，这是潜藏在他心底，尘封了很多年的情感，在刹那间被激活了，像是一条被困锁深潭千年的蛟龙，突然之间破潭而出。于是，他再也无法控制那些在眼眶中流动的液体，让它滑了出来。

轩辕笑了，是因为叶皇终于伸出了那只未受伤的手，而且渐渐与他的手掌靠近，所以他笑了，笑得很欣慰，很开心，很真诚。

啪啪……在轩辕与叶皇两只手掌紧握之时，掌声雷动，比任何时刻都热烈。

流泪的，不只是叶皇和叶清，就连燕琼也被这种气氛感染得热泪盈眶，而叶清更发现叶放的眼中也奇迹般地闪烁着晶莹的液体……

轩辕没有醉，至少他仍有些清醒，知道是谁把他抬回自己那不大的房中，知道是谁为他送来了几大块兽皮被。更知道有好多人都来过他这间简陋的房子，而最后却只有燕琼留下来没走。

花猛、凡三与叶清诸人是最后离开轩辕房中的，他们也喝了很多酒，不过对轩辕的表现却感到很是惊讶，因为轩辕居然能挣扎着送他们到门口，还拍着他们的肩膀叫出了他们的名字。虽然他吐词已经不清，但没将他们几人喊错，已经是极为难得了，因为轩辕喝的酒的确太多了。

真让人怀疑轩辕的肚子有多大，是如何把那一大坛几乎有二十斤的烈酒全都灌进肚中的。不过，今晚这个野火会的确有些特别。

轩辕觉得自己没有醉，不过叶放好像对他说了些什么，他却一点也记不清了，连燕琼是何时躺在他身边睡去的，他也记不太清楚了。

当轩辕醒来的时候已经是日上三竿了，阳光自木板缝间射进来，他觉得有些刺眼，不由伸手在身边摸了摸，只觉空空如也。想来燕琼早已起床了，因为屋外传来了一阵清脆悦耳的歌声，不是燕琼还会是谁?

轩辕掀开被子坐了起来，发现自己并未穿上衣，也不知道是什么时候谁给他脱了，脚也在昨晚洗了，不由心中生出一丝暖意。他记起昨晚那一个个恨不得将他灌得不分东南西北的兄弟们，不由感到好笑。

此刻他觉得头似乎还有些晕，不由伸手轻轻拍了一下脑袋，站起身来，舒舒服服地伸了个懒腰，这才发现现在已经很迟了，按理此刻应开工干活了，但今日似乎没有人来催他。

屋外的阳光很好，轩辕穿上草鞋推门而出，一眼就看到燕琼在两树之间的老藤上晒着他前天没有洗的衣服。

望着燕琼那麻利的动作及美丽姣好的身影，倾听着那清脆而甜美的歌声，轩辕心中涌起了无限的柔情，心神更似乎飞越到无限的空间，在幽林清谷间飞翔，在云端风顶嬉戏。

“你醒了!”歌声忽停，燕琼回身惊喜地见到轩辕，不由仍有些羞涩地问道。

“没醒，没醒，我这不是在做梦吧?”轩辕装作一副不知身在何处的样子，温柔地答道。

燕琼不由掩口而笑，脉脉含情地行到他的身边，轻轻拥住那赤裸而健硕的上身，将下巴贴在轩辕的胸膛上，娇羞地道："夫君摸摸琼儿，看是不是在做梦？"

轩辕心中一荡，大手将燕琼的小蛮腰紧紧一抱，在她的俏脸上轻轻一吻，然后才笑道："嗯，好香，果然不是在做梦！"

燕琼被搂得浑身发软，倚在轩辕的胸前，深情地道："琼儿以后就是你的人了，夫君可要好好地疼爱琼儿哦。"

轩辕心中一乐，哈哈一笑道："那是当然，我会将琼儿当成心肝宝贝，绝不容许任何人欺负琼儿，否则我就捏碎他的脑袋！"

燕琼心中洋溢着一片温情，面对这个拥着自己的男子，她知道自己永远都离不开他了。当昨夜将一切都献给他，紧接又经过野火会比斗，燕琼就知道，幸福是真的降临到她的身上了。

"洗漱吃饭吧！来，我去花婶那里特意拿来了两只烤山鸡和灵芝汤与一只羊腿。"燕琼说着想起了什么似的把轩辕又拉回屋中。

轩辕猛吸了一下鼻子，果然闻到一阵阵香气，不由赞叹道："琼儿真好，我这上衣可是你脱的？"

燕琼的脸微微一红，但旋即欢笑道："你那衣服都破成那样子了，我就将它脱了下来缝一缝，现在还没缝好呢。对了，族长昨晚说待你醒来之后，就到他那里去一趟，他有重要的事情与你相商。"

"哦……"轩辕隐隐记得昨夜叶放似乎对他说了些什么，想来就是这些了。

轩辕牵着燕琼的手来到叶放所住的大院，倒的确让人惊羡。

此刻族中之人对轩辕都是刮目相看，不仅仅是因为轩辕那足以战胜叶皇的武功，更重要的是因为他在处理叶皇之事的方式上，的确做得漂亮至极，出乎族人和叶放的意料之外，却收到了远远超出任何人想象的最好结局。那不仅仅需要武力和智慧，更需要一个宽广而博大的胸怀。是以，轩辕完全得到了族人的支持和赞赏，所以，昨晚热情的人们抢着向他敬酒。

"这么快就醒了，真是不简单！"花猛见到轩辕与燕琼双双走来，不由略带惊羡地道。

“还多亏了花老大昨天将我抬回家。”轩辕笑了笑道。

“哈哈，你居然知道是我抬你回家的？了不起！想来你再喝二十斤酒也没问题，找个机会我一定要将你灌倒……”

“嘻嘻，到时只怕花大哥还没来得及让我夫君倒下，反而自己先醉倒了。”燕琼笑着打断了花猛的话道。

花猛立刻傻眼了，不敢相信地望了望燕琼，又望了望轩辕，神秘兮兮地问道：“阿轩老弟，你到底用了什么手段，让小琼儿如此大胆说话也不怕羞了？还‘我夫君’的叫得这么顺口？”

“拉倒吧，人总是要变的？因为她是我夫人，我自然是她的夫君了。”轩辕大感好笑道。

“啧啧，真是女大十八变，一天一个样。”花猛感叹道。

燕琼见花猛煞有其事的样子，不由掩口笑了起来，一时风情无限，只看得花猛大吞口水。

“阿轩来了，族长在里面等你呢。”猎豹脸色仍有些苍白地出现在内院门口。

“猎兄的伤势好些了吗？”轩辕关切地问道。

“托兄弟的福，经过一晚的休息，今天好多了，再过两三天就可以完全复原。不过昨晚我没来得及敬二位的酒，待我的伤好了之后，一定要加倍相敬，到时候二位不能推辞哦。”猎豹笑道。

“好说好说，我们一定奉陪到底！”轩辕大大方方地道，燕琼如小鸟依人一般挽着轩辕的手步入了内院。

“燕琼妹妹请留步，族长只让阿轩兄弟进去，请你先到五夫人那里去坐一会儿吧。”猎豹在进入内院后出言道。

燕琼不由望了轩辕一眼，显然有些惑然，轩辕却笑道：“听话，去小姨娘那里等我，我很快就会回来的。”

燕琼有些不舍和担心，但却不敢有违轩辕的意思，只得道：“我等你！”

轩辕与猎豹大步行入一个厅堂之中，这里与族人就食的那个院落很相似，这个厅堂也与那间木屋一般，但轩辕今天还是第一次进入叶放的居所。

叶放稳坐中堂，而坐在他左边的正是那神秘丽人，不过褒弱四女并不在场，厅堂内还有随同神秘丽人而来的一个老者以及有邑族的四大长老与族中的祭司天河。

“阿轩来了，很好，坐吧！”叶放肃然道。

“猎豹你先出去吧！”天河祭司向猎豹淡淡地道。

轩辕一怔，扫了厅堂中一眼，见左右下手各有三个空座，也便坐在右边的最末一张坐椅上，猎豹却转身而去。

“阿轩，知道我找你来有什么事吗？”叶放淡然问道。

轩辕目光禁不住向那神秘丽人扫了一眼，干咳一声道：“人心如面，各有不同，我怎能猜出族长心中所想之事？不过我却知族长一定会说出来的。”

叶放不由哈哈一笑，坐在神秘丽人下手的一个老者轻捋了一下微微有些花白的长须，表示欣赏。

天河祭司坐在右排最上手，但那似乎可以洞穿一切的目光有些讶异地望了轩辕一眼，就连四大长老也觉得今日的轩辕的确不简单。

“阿轩真的不知道自己的过去吗？”叶放又淡然问道。

轩辕茫然地摇了摇头，道：“我的确不知道，也很想知道，如果族长知道，那可真叫阿轩感激不尽。”

众人并不怀疑轩辕是在说假话，因为天河祭司曾深入轩辕的思想，追索他的记忆，但那竟是一片空白。据说那并不是因为轩辕没有过去，而是因其受到某种力量的控制和刺激，致使他失去了过去所有的记忆。在族中，还从来没有人敢怀疑天河祭司的话。

“你昨天晚上表现得很好，我有些奇怪，以你的武功，为什么甘心做三个月的杂活而没有意见呢？”大长老出言问道。

轩辕笑道：“杂活也是人干的，既然族长和长老们都当我是族中的一员，那我与别的族人就没有什么不同，如若别人可以干杂活的话，我阿轩也同样可以干。昨晚族长不是说过对待族人一视同仁吗？只要我们都是为族中做事，哪管它的分工？每个人只要尽力做好本职工作，何愁我族不能壮大富强呢？”

“说得好，说得好！”那个坐在神秘丽人下手的老者出言赞道，天河祭司与四大长老也忍不住点了点头，表示赞许。

叶放扭头望了望那神秘丽人一眼，神秘丽人依然脸罩黑纱，却不言不语，众人也不知她在想着什么，不过轩辕却感觉到她的目光在注视着自己。

“很好，看来我没有看错人。”叶放赞赏道。

“有人说你像一个人……”轩辕终于听到神秘丽人再次开口了，声音甜美得让人似乎在嚼着一块甜甜的软糖。

“就是那个轩辕？”轩辕反问道。

“不错，听说那个轩辕是千里之外一个叫有侨族部落里面的人物，那是四个月前的事情，这个时间与你有些巧合，也许那个叫轩辕的人与你有些关系，如有机会，你可以去查看一下！”神秘丽人淡淡地道。

“千里之外的有侨部落？”轩辕不由心中一热，忖道：“这里与母族果然相隔千里，我定要找机会回去。”想到久别的族人，轩辕又觉得头大，也不知这段时间族中究竟发生了什么变故。

“谢谢圣女告诉我这些，现在我生活得快快乐乐，又何必要去强寻过去呢？如果过去是阴暗的一片，是一段伤心的往事，我岂不是自找麻烦，多添烦恼吗？因此，我希望大家不必为我操心，让它顺其自然吧。如果天意要让我获知过去，相信上苍会为我安排机会的。如果天意不让我知道过去，逆天而行反而不美，想来族长和祭司一定赞同阿轩的说法。”轩辕悠然一笑道。

神秘丽人的目光似乎快要透过黑纱穿入轩辕的心中了，轩辕心神一凛，忖道：“看来这女人的确大有来头。”

“说得有理，如果阿轩有过去的话，也一定不是个平凡的人，我倒真的很想知道你到底是个什么人。不过，既然你如此说，就让上苍去安排好了，今日找你前来，是另有极为重要的事情要与你相商。”叶放的神情转为肃穆地道。

轩辕在进入厅堂之时就预感到会有极为重要的事情发生，皆因那种气氛早已告诉了他。

“承蒙族长不弃，如果有什么事吩咐阿轩去做，阿轩一定会竭力办好。”轩辕认真地道。其实他心中已经隐隐猜到了什么，而且一定与神秘丽人有关。他昨晚已自燕琼口中得知叶放要将他送人，而所送之人很可能就是这神秘丽人，抑或褒弱，那是一种预感。不过，因昨晚他表现得如此突出，这才使今日叶放的态度变得客气起来，而且他也知道，因燕琼之因，叶放绝不会再提将他送人的事，顶多只是将问题说出来与他商量，至于答不答应，还得看他阿轩是否愿意。

“我要你代表我有邑族的所有族人，率我族勇士护送圣女回到她原属的部落！”叶放认真地道。

轩辕一惊，站起身来，有些不敢相信地指着自己的鼻尖，惊讶地反问道：“族长是说让我带领族中勇士护送圣女回到她原属的部落？”

“不错，由你挑选族中十二名勇士护送圣女返回她的部落。”叶放也立起身来，极为认真地道，语气也变得十分诚恳。

“那怎么行呢？我如何能指挥他们？我看不如让花猛或猎豹领队吧，我可以做个小卒。”轩辕一时间有些无所适从地道。

“除你之外，我找不出更合适的人选，难道阿轩是要让我亲自去吗？”叶放认真地道。

轩辕一怔，一时间不知道该如何作答，心中极为兴奋，但仍装作担心地道：“我可是一点经验也没有。”

“不，你一定能够做好这件事，也许你去比族长亲去更好。因为你是个心思细密，且智计深远的人，难得的是你有一颗仁爱善良的心和宽广的胸怀。而你的命相更是老夫所见之人中福缘最深厚，也最难以揣测的人，我相信世间没有你办不好的事！”天河祭司肯定地道。

轩辕顿时有种受宠若惊的感觉，要知道，在有邑族中能得天河祭司的赞赏，是多么难得的一件事情，而且天河祭司的称赞在轩辕看来显得太过夸大，不由有些惶惶不安地道：“这……这……我哪有那么好？”

天河祭司认真地道：“不！昨晚自你上场的那一刻开始，老夫就注意到了你，而一开始你便一步步将叶皇逼向死角，使他一步步退入你设下的局，虽然只是一场较量，却可以看出你是一个能够顾全大局之人，而且心思细密，善于思考和布局。像你这样的人，若非大奸大恶，就一定会成为统领大局之人，但后来你不计叶皇之恶，伸手和好，足以证明你心地宽厚，本性善良，胸怀仁爱，而刚才你所说的话，更足以说明你的大智大慧，我天河从来都不会轻易称赞任何人的。”

厅堂之中一片寂静，轩辕也不知道是喜还是忧，却暗暗心惊自己锋芒太露，但幸亏很快便可离开。

“老夫虽无祭司之慧眼，但也对法相略懂一二，昨日初见你挑水飞行，便觉深具龙虎之形，且那么一大担水，不洒不荡，行走如飞，也知你非同凡响。昨晚在客厅再见你时，便觉你精华内蕴，福缘深厚，确是奇相。可是在昨晚的野火会上再见你，却发现你目深似海，已经再也无法揣测你之福缘究竟怎么变幻。老夫百思不得其解，也许是野火会的气氛引动了天地间虚无的气场，使你的命相也受到了感染吧。”那坐于圣女下手的老者也连连称奇道。

“哦，施妙法师竟发现了这个变化？”天河祭司有些讶异地看了轩辕一眼，又向那坐于圣女下手的老者望了望，问道。

轩辕心中暗惊，忖道：“难道自己真是在与燕琼欢好时发生了什么大的变化？那个施妙法师可真是厉害，连这也看得出来，幸亏他不知道自己只是在欢好中发生了变化，但是……难道我真的是福缘深厚的命相？”

“既然这样，还请公子不要推托！凤妮的命运就交给公子了。”那神秘丽人似乎对天河祭司和施妙法师的话很是在意，竟然亲口出言相请。

轩辕大感受宠若惊，莫名其妙地忖道：“原来这美人名叫凤妮，想不到名儿如此好听。”口中却道：“既然法师和大家如此看得起阿轩，我也就不再故作矫情，一定会竭尽全力将圣女送回所属部落，不过我猜想，这一路途中所要对付的不只是野兽之类的吧？还希望圣女和族长将这一路或眼下的情况跟我仔细讲一遍，我也好安排计划和选择人手。”

“公子说得不错，如果一路上只有野兽，我们根本不会来求助族长，我们一路上可能会遇到来自东夷和鬼方十族凶人的截杀，因此，这一路上行程千里，可能会凶险重重，九死一生！”凤妮吸了口气，肃然道。

“东夷和鬼方十族？”轩辕有些惑然。

“不错，这两大部族的凶人一个在极北，一个偏居东北角，他们族中有着数不清的各类高手！”施妙法师神色间有些犹豫地道。

轩辕也微微怔了怔，问道：“不知圣女的部落究竟在何处，又是隶属哪个部落？与鬼方十族及东夷族有何关系呢？”

“我属于有熊部族，那是地处东北的一个靠近涿鹿的大部落，部落之中有三千勇士，一万妇孺，至于与鬼方十族、东夷族的关系，待上路后再慢慢告诉你吧，不过公子以后不必称我为圣女，就叫我凤妮吧。”神秘丽人道。

轩辕不由得张口结舌，有些不敢相信地问道：“三千勇士？一万妇孺？这么大的一个部落！”

叶放认真地点了点头。

轩辕的心中微微有些沉重，一下子似乎多了许多许多事，对于他来说，有些无法适应。

这是一个突然的变故，轩辕的确没有预料到，是福是祸，他也无法得知。

当然，那多少有一些刺激感，面对新生活的刺激感总会让人多一些向往。

走出厅堂之时，已近中午吃饭的时间，轩辕一眼就见到焦灼不安的燕琼被凡三挡住，不能入内，理由是没有族长之命，谁也不准入内。不过，燕琼还是很快便发现健步走出来的轩辕，不由一把推开凡三，欢喜地冲了上来。

“等得急了吗?”轩辕有些好笑地问道。

“还笑呢，人家担心死了。族长是不是要把你送给那几个客人?”燕琼挽住轩辕的胳膊，担心地问道。

“哪会呢?不过，他却把那几个客人送给了我!”轩辕笑了笑，叹了口气道。

燕琼不由一怔，莫名其妙、不知所以地问道：“送给了你?”

“是呀，送给了我，不说了，我们还是先回去吧。”轩辕轻轻一搂燕琼的肩头，淡然道。

“阿轩，可真有你的，自从昨晚之后，小琼儿的脾气似乎也变大了，一刻没见到你就要发脾气，怎会变得这么难缠呢?”凡三笑着打趣道。

燕琼俏脸微微一红，噘嘴道：“多嘴!”

“你额头怎么了?”轩辕并没有在意凡三的话，却望着凡三额头上一块乌肿之处，问道。

凡三脸上有些尴尬，悻悻地道：“还不是因为你?”

轩辕讶然反问道：“因为我?”

“谁叫你那么能喝，本来只想将你灌醉后也就算了，谁知自己也喝得稀里糊涂，送你回去后，我走着走着就不分东南西北地乱撞啰，花猛那个没良心的，我醉倒在地上他居然没有发现，要不是清姐，只怕要露宿一夜了。”凡三气鼓鼓地道。

轩辕和燕琼听了不禁大乐，笑道：“这就叫害人害己，看你以后还安不安坏心眼。”

“看来我凡三不服也不行了，打也打不过你，喝酒那更不用说，大家都说你阿轩深不可测呀，昨晚化三才喝了那么一点，醉到刚才还在喊自己没醉的地步，你却一大早就起来了，了不起!”凡三伸出大拇指赞道。

轩辕禁不住笑了笑道：“人逢喜事精神爽嘛，下午有空吗?到我那里去坐坐。”

凡三望了燕琼一眼，笑道：“去你们家做客，没空也变成有空了。”

燕琼脸儿红了一红，轩辕却只是淡淡地笑了笑，道：“如此甚好!”

“阿轩，族长让你中午与他一起用餐，不用回家了。”猎豹自后面追了上来道。

凡三有些讶异地望了轩辕一眼，燕琼也大感惑然。

轩辕却坦然笑了笑，拉着燕琼转过身道：“这样也好，可以不用多走一些路了。”

“这件事情是有关我族起源的问题，今天，我既将这项艰巨的任务交给了你，也应该告诉你这之中的一些内情了。”叶放长长地嘘了口气，对轩辕道。

轩辕神色间也有些肃穆，但有些微讶地问道：“族长本不用告诉我这些的呀？”

叶放并不介怀地淡然笑了笑，道：“不错，我本不想告诉你，但我相信天河祭司和施妙法师的眼睛。你知道吗，天河祭司从来都没有看错过人，而施妙法师更是高阳部族的第一奇人。传说，他曾在伏羲大仙那里得到了一些启示，因此，我才决定将这一切告诉你。”

轩辕很少见到叶放对一个人如此推崇，想到施妙法师都如此受尊崇，那么伏羲大仙岂不是更不可思议？

“当年有熊部落比现在更强大，更旺盛，他们有足以填平湖海的人力，地达千里，更以涿鹿为中心。后来，因一场大旱灾而使得如此一个大族凋零，族人成群结队向西南方向迁移，有的远行几千里，有些人死于途中或虎狼之口，有些人却找到水草丰茂的河谷扎下根，便如同飞散的蒲公英，落到哪里，就在哪里扎根成长，更逐渐形成一个个部落，一个个氏族。”叶放似乎极为缅怀过去，有些伤感地悠然道。

轩辕心中暗想道：“难道有熊部族还不强大吗？族中拥有三千勇士，一万妇孺，我们部落的妇孺加起来也不足千人，至少在人力方面比我们多出十倍还不止，难道今日的有熊部落还不如以前那么强大吗？”

叶放望了轩辕一眼，似乎明白了他心中所想，不由淡然一笑道：“也许你觉得现在的有熊族很强大，事实上百年前的有熊族比今日强大十倍。”

“强大十倍？”轩辕惊得连嘴都合不拢，几乎不敢相信自己的耳朵。

“这是事实，在当时，只有南部神族、北部鬼方可与之相比。而在那场大旱灾发生后，有熊部族分裂成一个个小部落，星罗棋布地散布于各处，族中力量大弱，而南方的神族也在这年中分裂成三大部，分别以女娲、伏羲、太虚王母三系，又称三苗。而太虚王母一系西迁，伏羲与女娲两系仍居于南方，只是北部鬼方的势力仍强……”

“族长怎会对南方的情况了解得这么清楚？”轩辕不由微讶地问道。

叶放一愣，轻轻吸了口气，望了轩辕一眼，道：“圣女正是从南方回来，这些都是她说的。”

轩辕愣了愣，似有所悟，惊讶地道：“难道我族就是有熊族的一个分支？”

叶放望了轩辕一眼，含笑道：“你果然一点就通。不错，不仅我们有邑族部落是有熊族的一个分系，就连高阳部落也是有熊族的分系，还有向西的少典族中也有许多人与我们同宗，可以说，我们有熊族的子孙遍布神州大地。”

轩辕恍然大悟，忖道：“难怪你们对圣女如此客气，原来她是我们祖系的客人。想我有侨族也必有祖族，说不定祖族也是有熊族呢，若有机会倒要向哑叔问一问。”但又有些惑然地问道：“既然有熊族仍有如此强大的势力，为什么不派出勇士前来迎接圣女？而要我们护送呢？”

叶放神情微微变了变，叹了口气道：“这之中的内情我也不太清楚，这可能涉及族中内部的一些事情，而我们都已离开母族百余年，只认母族的信物，并不了解具体情况。你若想知道，就去问圣女吧，不过，这次的任务极为艰险，因为鬼方十族之中有数不清的凶人，更有不少绝世高手，另外东夷族乃是有熊族的叛系，也有着足以与目前的有熊族相抗衡的实力，甚至不会比鬼方十族的实力逊色。这次我之所以安排你护送圣女，皆因你身具龙腾之相，绝对不是一个命薄之人，希望你能够逢凶化吉，顺利护送圣女回到有熊部族。”

“在下具有龙腾之相？”轩辕惑然不解地问道。

“你去问问天河祭司吧，我也不知道这究竟如何解释。”叶放不好意思地笑了笑道。

轩辕哪还不明白这只是天河祭司所说的，不过他并不怎么在意，反正他早就听天河祭司与施妙法师说他身具奇相。他只在意那些实在的或即将发生的事情，是以轩辕闻言后顿了顿，向叶放深深地注视了一眼，道：“我是不是可以在族中的勇士中任意挑选这次护送圣女北上的十二人？”

叶放一怔，道：“当然，我可以为你介绍一下哪些人有什么特长，以供你更好地选择。”

“如此甚好，不过我还想将燕琼带在身边，否则燕琼肯定会忧心成疾。另外，我还想让叶皇也加入护送的队伍！猎豹、花猛、凡三这三人也要同去！”

叶放深深望了轩辕一眼，半晌才道：“我并未将圣女的身份跟叶皇提起……”

轩辕当然听得出叶放此语的用意，知道对方是在暗示他叶皇仍不能完全信任，但他只是笑了笑，道：“我相信叶皇再也不是以前的叶皇了，我们应该给他机会，因为他的确是一个难得的人才！”

叶放愣了半晌，想了想道：“好吧，一切都由你决定，不过我却想让你知道他的过去。”

轩辕淡淡笑了笑，道：“叶皇的事情我今早问过燕琼，我也知道他过去犯过难以饶恕的淫行，但男女间你情我愿之事很难说，虽然引诱别人的妻子是一件绝对不可原谅的事情，可是过去的毕竟过去了，每个人都难免会犯一些错误。现在，我看族人也都原谅了他，而让他离开族人也不可谓不是一件好事。”

叶放也不得不承认轩辕所说有理，不过他的忧虑并不是因为这点，他沉默了一会儿，正要说话时，轩辕却似乎看穿了他的心思，笑了笑道：“我知道族长心中担忧什么，我相信叶皇不会乱来的，他也想重新做人。更何况，如果我们此行多了他，对于我们的力量来说，绝对会有所提升。以他的武功，可以算是我们此行众人之中最厉害的，倚仗他之处相信会很多。”

叶放无可奈何地叹了口气，道：“既然是你决定的，就依你吧，但你最好让他离圣女远一些。”

“这一点请族长放心，阿轩会有分寸的。”轩辕淡淡地道。

“今晚，清妹来找过我，说是想在你居住的房子附近住下，不知……”叶放有些吞吞吐吐地望着轩辕，却并不将话说完。

轩辕一愣，暗忖道：“莫不是清姐已将我们的事告诉了族长？”想到这里，轩辕干笑道：“这有何不可？我还有点事情没曾对族长讲，那就是以后我会好好照顾清姐的。”

叶放哪里还不明白轩辕话中的意思？胸中大慰，哈哈一笑道：“既然你如此说就更好，不过，请你放心，她已经跟我说过，不要什么名分，只要能伺候你就行了，哪怕是小妾也无妨！”

轩辕一愣，尴尬地问道：“她全都说了？”

“她并没对我说，而是对五夫人说的，我也是自夫人那里得知的。”叶放笑了笑道。

轩辕耸耸肩，不好意思地笑了笑，道：“族长请放心，阿轩不会有负清姐的。不过，今次远行却不能带着她！”

“这是你的私事，如何决定就由你自己拿主意吧，我也管不了。”叶放淡淡地笑道。

轩辕这才松了一口气。

第十二章　离愁别恨

轩辕有些志得意满地伸了个懒腰，将失而复得的神剑轻轻拭了一遍又一遍，最后才小心翼翼地插入鹿皮鞘中。这柄剑是木青送给他的，绝对不能丢掉，虽然他并不急于回归部落，可这剑却是唯一勾起他对故土思念的物品，所以他爱这柄剑犹如珍爱自己的心上人。

咚咚……木门上传来了轻轻的敲击之声，燕琼乖巧地拉开门扉，进来的却是叶清。

“是清姐!”燕琼轻轻说了声。

轩辕自沉思中抬起头来，目光之中流露出一丝淡淡的温柔。

叶清神色间却有些哀怨，她似乎已经知道了即将别离的事实。

轩辕上前轻揽叶清的肩头，柔声问道：“你都知道了?”

叶清重重地点了点头，却死命地搂住轩辕的身子，凄惶地道：“带上我好吗？我怕在没有你的日子里会发疯的。”

轩辕无可奈何地道：“这一路上太过危险，其实我也不想让你离开我呀，但这也是没有办法的事，你还可以照顾自己，而琼儿更不可能没有我，因此还望清姐原谅。不过，我会很快回来见你的。”

叶清说不出心中的滋味，在多年的独自生活中，她似乎已经习惯了寂寞和忍耐，但这一刻她竟对即将面对的孤独生出一种从来都不曾有过的恐惧，她似乎很羡慕燕琼，甚至有些嫉妒，可这些却是一种无法改变的事实，她无法改变，似乎命运早已为她定下了这个结局，一个悲剧的结局。

“阿三，不要这样，阿三……”花芸的声音显得有些急促。

“阿三，有话好好说，别这样……”

“凡三，你给我让开，否则我对你不客气了！”化三的声音极为冷厉。

轩辕有些讶异地推开叶清，很快便听到一串急促的脚步声向他的房子这边传来。

“阿三，你别这样……”花芸的声音中似乎有些气恼。

轩辕大步走出屋外，却见化三气势汹汹地走了过来，凡三和花芸在一边无能为力地阻拦着。

“阿轩，我来问你，为什么没有我化三的份？”化三一手甩开花芸拉住他手臂的手，愤然向轩辕质问道。

轩辕十分讶然地望了凡三一眼，又望了望化三和花芸，似乎明白了什么，不由得苦苦笑了笑。

“阿三，别这样。”花芸的脸色变得有些苍白，眸子之中更闪过一丝惶恐之色。

“阿三，阿轩这样做自有他的理由，是族长让他自己挑选的。”凡三拦在化三的身前，脸色有些难看。

“哼，你让他自己说，我化三哪点比不上别人？为何猎豹、花猛及那十人全都可以选入其中，却单单撇下我化三留在族中凉快？是我武功不行，还是我比别人傻？”化三逼视着轩辕，愤然道。

轩辕无可奈何地对着花芸叹了口气，才转向化三道：“你可知道这次任务可能会一去就回不来？”

“我化三从来都没曾怕过困难与危险，你也太小看我了，如果单凭这个理由，你不觉得对我是一种污辱吗？”化三十分愤怒地道。

“你们在这里等我回来。”轩辕向燕琼和叶清淡淡地道。

叶清和燕琼讶然地望了轩辕一眼，却不明白发生了什么事。

“你就想这样回避吗？”化三不依地望了轩辕一眼，冷然道。

“我们去凡三的家中交谈，你觉得可以吗？”轩辕反问道。

凡三一副无可奈何的样子，望了轩辕一眼，道：“都是我的错，没能按你的吩咐将事情办好。”

“不用说这些，走吧。”轩辕淡淡地道。

原来，按照叶放的提示和推荐，轩辕通过平时的观察，挑选了十二名族中的高手，他们是猎豹、花猛、凡三、化三、叶皇、叶七、花战、凡浪、化铁虎、燕五、化金、燕绝，其中年纪最大的数化金和叶七，两人均已四十左右，可以说是族中的老资格猎手，对于山林之中的生存之道经验丰富，简直比一匹狼还精，另外就是凡浪和化铁虎皆已年过三十。

而在轩辕定下这十二人的名单之时，花芸却不知从哪里得到了消息，赶到了轩辕的住处，于是化三的名字就改成了花冲。

轩辕明白花芸的心思，也知道这次任务很可能是九死一生的行动，如果化三有个三长两短，花芸只怕很难有活下去的信念。而在有邑族中，能成为轩辕最知心朋友的也只有花芸一人而已，她从来不嫌轩辕是个外来人，正因为如此，轩辕绝不希望看到花芸的痛苦。是以，他另选了花冲。

凡三得知这些人的名单后，便传达了族长的旨意，请这些人同去族长的客房，讲明此次任务的重要性，并将此次的领队交给轩辕，由叶七和化金相辅，组成一个十三人的高手阵容。

化三却不知自哪里得知了这个消息和内情，而且知道这些人手全都是轩辕选出来的，是以，将一腔愤怒和不忿全都算在轩辕的身上，这就是他为什么会找上门来的主要原因。对于一个勇士来说，重要的行动不让其参加，是对他能力的一种否认，而化三向来自视甚高，在族中除少数几人之外，他自认可以在年轻人中名列前几位，可轩辕却没有让他参加这次行动，怎叫他不气不恼？

“你不用以任何言语来劝我，我化三从来都不会害怕困难，更不会在面对危险时退缩，任何轻视我的行为都是对我的一种污辱！”化三的声音之中仍无法抹去那种激愤之情。

轩辕深深望了化三一眼，向花芸道：“芸老大，你先出去吧。”

花芸有些担心地望了化三一眼，欲言又止，这才有些不情愿地行出了凡三的家门。

化三并没有什么异乎寻常的反应，似乎这一切都在意料之中，只是凡三的神色有些古怪。

“化大哥可知道这次行动很可能将无法再回到我们的族中？可能会九

死一生再也无法见到所有的亲人？”轩辕吸了口气道。

化三先是一怔，旋即又脸色难看地反问道：“你是说我怕死？”

“阿轩不是这个意思，阿三，你……”凡三插口道。

“没你的事，你让他说。”化三打断凡三的话，冷哼道。

凡三的脸色也有些难看，显然他有些生气了。他对化三已经很客气了，可化三却似乎有些蛮横而不讲道理。

“我当然知道你绝对不是一个怕死的人，可是你有没有想过你的亲人？那些爱你疼你的人又会怎么想？”轩辕淡淡地反问道。

化三怔了怔，口气也缓和了许多，悠然道：“他们自然会以我能担当族中的重任而感到自豪，能为族中的利益和声誉去冒险，是我们身为勇士的骄傲，我们的命运生来就是为了让自己的族人更好地生活，让自己族中的力量不断扩大，而为了族中的重要任务，我化三绝不会在意生死，也绝对不会退缩，我的父母也一定会赞成的！”

轩辕和凡三相视望了一眼，轩辕耐下性子道：“为族人的利益也不一定就是要参与这次行动呀！你应该知道，如果我们族中的勇士全都远行，谁来保护生活在这片沃土上的族人？谁来让族人平安地生活而不受外族之侵和野兽之祸？远行固然是一件值得自豪的事，而留在族中保护族人的平安，难道就不是一件重要而又让人感到自豪的事吗？我们这些人走了，而我们的亲人和朋友都留下来了，我们把他们的安全交给了你和其他留守族中的勇士兄弟们，那是对你和那些兄弟们的信任，也是对你们最大的期望，如果你认为不让你远行是对你的轻视的话，那我实在无法作出再多的解释。”

化三的脸色一阵阴一阵晴，变幻了几次，显然轩辕的话在他的心中起到了很大的作用，但他很快又将目光移向轩辕的双眸，与之丝毫不回避地对视着，半晌才叹了口气，问道：“是不是芸妹来找过你？”

轩辕心中一颤，但旋即笑了笑，反问道：“化大哥问这话是什么意思？难道在怀疑这一切是我与芸老大串通好的？”

化三也反问道：“难道不是？”

“当然不是！虽然我与芸老大是好朋友，她也在这之前的确去过我家，但只是向我祝贺而已。她又怎会不知你的性格？你作出这种猜测，未免也太小看她了。”轩辕断然道。心中却暗忖道：“我还是不出卖芸老大为好，免得他们两人之间闹别扭，我这善意的欺骗应该不算过分吧？”

化三见轩辕说得如此坚决，也有些相信这件事与花芸无关，可是仍寄予一丝希望道：“你能不能将我也带去？因为，到外面的世界去看看是我从小就做的梦……”

“这个我是无能为力了，因为族长说过只能选出十二名勇士，而守护族人也需要大量的人力，且此时已近寒冬，狩猎、收粮很需要人手，恐怕无法让化大哥如愿了。”轩辕忙拒绝道。

“你可以将别人换下呀？”化三有些着急地道。

“这件事情我已经通告了每一个人，也由族长对他们亲自讲过，再说你的智慧和武功在我所选的十二人中，也没几人能比得上，因此留你守族是有一定原因的。何况以后的日子还很长，你又何愁找不到机会去外面的世界看看呢？”轩辕劝说道，心中却想到花芸那惶恐的眼神。

这并不是轩辕真的徇私情，而事实上，他这么做也是为族人的利益着想，有化三这样的高手留守族中，至少族人会多一分安全。何况如果化三远行，首先受不了的人一定是花芸，这就等于害了人，所以轩辕最终决定让化三陪在花芸的身边。

化三神色间多了几分失望，但却已不再如当初那般愤怒和愤然，皆因轩辕所说的是事实。

是夜，俏寡妇疯狂地与轩辕抵死缠绵，似乎要将所有的情绪在一夜之间尽数发泄出来。

她不再想离愁别恨，也不去想未来的寂寞，倾情地投入短暂的快乐之中，以此来证明她对轩辕是如何地依恋。

这一夜，轩辕是属于俏寡妇叶清的，燕琼并不嫉恨，她似乎在这一夜中了解了叶清的全部，更生出一种同情的心理。她明白了叶清内心的痛苦，明白了她那种孤独无奈和凄凉的心境，是以燕琼并不嫉妒。

天亮了，一夜似乎很快便过去了，而此时俏寡妇已沉沉地睡着了，她似乎已经用去了所有的力气，的确显得太过疲倦。

轩辕却早早地起了床，因为他今天就要出发，向那个遥远的有熊部族出发。是以，他不能怠慢，望着熟睡的叶清，心中充满了无限的歉意，但他不能再多加一个负累，也许这是一种自私，是一个错误，但轩辕也不去想这之中的责任。或许，感情自身就是一种负累，一种自私。

轩辕的大手再一次轻轻伸入兽皮被褥之中，再次依依不舍地轻抚叶清那藏于被褥之中滑嫩细腻的肌肤，那玲珑而匀称的身体，并深情地在叶清脸上亲了一口。

叶清并没有因此而醒来，似乎在做着一个极为美妙的梦，她实在太累了，昨晚也真是够疯狂的……

“要不要把清姐叫醒?”燕琼脸上有些红晕，轻声问道。

轩辕回过神来，忙缩回伸入被褥之中的大手，望了望燕琼，叹了口气道：“不用了，就让她这样睡着吧，也许还好一些。”

燕琼早已将轩辕的行囊准备妥当，轩辕今日的精神特别好，这似乎很出她的意料之外，她本以为轩辕至少要在太阳升起才能够起床，但此刻东方的天空刚刚出现鱼肚白，她倒真是感觉到爱郎深不可测的一面。

轩辕再次在叶清的俏脸上亲了一口，然后才立身嘘了一口气，对燕琼道：“我们走吧，他们可能早已准备好了。”

轩辕和燕琼才行出家门近百步，叶七便已经向他这边走来了，显然是早已准备妥当，就只等他了。

“准备好了吗?”轩辕沉声问道。

“就等你们两人了，父老乡亲们都来送行了。”待轩辕和燕琼走过来后，叶七才转过身形，一边走路，一边道。

“哦……”轩辕微感有些意外，燕琼的心中却升起一丝依依不舍的情绪。很快就要离开这片生她养她的土地，离开这些熟悉的面孔而投入到另一个陌生的环境中，她也不知道这究竟是对还是错，抑或是好还是坏。

轩辕赶到众人会聚之处，果见人头攒动，族人都集中在一起为他们送行。毕竟这次远行之人多为族中的精英，再则，族人也知道了这神秘的圣女来自祖族有熊族部落，自然另眼相看，人人都有认祖归宗的观念。

“你们来了！”叶放满面带笑地相迎道。

“大家都这么早？”轩辕倒有些不好意思起来，笑了笑道。

“要公子如此早便起来，真是有些过意不去。”施妙法师微表歉意地道。

“法师如此说岂不是太过见外吗？”轩辕有些不好意思地道。

“阿轩，自今日之后，你可要好好保重哦！”化三大步走到轩辕身前，抓住他的肩头，诚恳地道，同时扭头看了看那个比以前更多了一丝娇媚的燕琼，俯首凑到轩辕的耳边，小声笑道：“法师是怕你昨晚太过劳累……”

轩辕不由得脸色一红，这才明白施妙法师刚才那句话中的意思，于是白了化三一眼，也小声应了一声：“谢谢提醒。”说到这里，声音又提高道，“以后族中之事你可要多出些力喽！”

化三自信地笑了笑，道：“你放心吧，我化三绝对不会让你失望的！”

轩辕向叶放行去，与燕琼一起向叶放夫妇行了个礼，恭敬地道：“多谢族长看得起阿轩，阿轩一定会竭力完成族长赋予的任务，绝不会让族人失望，今日一别还望族长和众乡亲父老们多多保重！”

众族人无声，场面竟然显得很寂静，叶放轻轻地拉过轩辕，深深地注视着轩辕的眸子，半晌才郑重地道：“这是一个很重要也很艰辛的任务，我希望你每行一步都要小心谨慎，以确保圣女平安抵达祖族，明白吗？”

轩辕见叶放的语气如此沉重，不由愣了愣，半晌才重重地点了点头，道：“哪怕是流尽最后一滴血，我也绝对不会让大家失望！”

啪啪……周围响起了一片热烈的掌声。

“说得好，我们与阿轩是一条心！”花猛也行了上来，伸出大手，沉声道。

轩辕伸出右手，紧紧地握住了那只大手。

“还有我！”猎豹快步行到，也伸出右手压在花猛的手臂之上。

“我们也一样……”有邑族的十几位勇士相继靠拢，结手为盟，最后一个伸手搭上的人却是叶皇。然后轩辕的左手压上叶皇的手，十三人就这样相视望了一眼，在族人热烈的掌声中，爆发出一阵欢悦而又自信坚毅的笑声……

在轩辕出发的同一天中，千里之外的有侨族也发生了一件大事——被抓作人质的神农竟然逃脱！

神农是在太华集有侨族所留守的营地中被人救走的，就连蛟梦都为之震怒和心惊。

在这种处处都是密林荒山的地方，要找到一个逃窜的人，那真如大海捞针，根本就无从找起。

神农逃了，看守的兄弟被人击伤仍未醒转，蛟龙明明记得自己给神农喂下了散功之药，但却发生了这等情况，也的确出乎他的意料之外，更使他大丢颜面。

神农的逃脱，似乎透着一种莫名的神秘，因为并没有人发现神农是如何脱离族中勇士的控制的，抑或少典大帝虎叶派来高手救走了他，这并不是没有可能的。只是神农所囚之地本是极为神秘之处，如果是虎叶派高手救走的，那这一群人也真是太过可怕了。

太华集极大，也极为繁华，皆因地处五个部落的交会处，而且是一处极为宽阔的小盆地。因此，这里也就成了部落与部落之间交易的中心，更有很远的一些不知名的部落带来了一些稀奇古怪的商品前来交易。

太华集也有它自己的交易原则，更逐渐形成了一个比较完整而独立的体系，对进入集中交易的各方人士都一视同仁。

这是一股新兴但又不属于附近任何一个部落的势力，他们的职责就是保持好太华集的安宁——象征着公平！

如果有谁想在太华集捣乱，抢夺掠杀的话，就必须面对这一群人无情的攻击。

这一群保持着太华集平静的人，自然不会是无偿的，他们会从每一笔交易中得到一份属于他们的物品，以维持他们的生活。

这并不算过分，每个进入太华集交易的人都不会在意这些，他们甚至乐意如此。这样他们的交易便不会有后顾之忧。至少，进入太华集后就会有一种安全感。

虽然，有些部族很野蛮，但却不得不在太华集有所收敛，皆因他们并不想打乱这个交易的原则，这对于他们并没有任何好处。是以，他们自觉又不自觉地遵守这个已经被众人默认了的交易规则。

对于那股维持太华集安宁的势力，外人称之为山虎盟，其当家之人是一个没有人知道他来历，但又绝对不可轻视的中年人——华虎。

华虎的山虎盟人数并不是很多，才八十七人，除去几个做饭扫地的，真正能派上用场的只有七十七人。

七十七人，但却绝对没有任何人敢轻视他们，皆因他们每人都有着比虎豹更为强健的体魄，比野兽更为强烈的杀性。

在太华集，没有人会不敬重他们，就连少典大帝虎叶都对华虎和山虎盟极为客气，其他的部落更不用说了。

山虎盟的居住之所也便在太华集，且靠近太华山。在太华集之中有很多以木栅栏圈起的空地，这一块块空地就是各个部落的交易之处，分门别类，各式各样的物品都有。

太华集，也是蛟梦与虎叶约定的交易之处，皆因这里距少典族和有侨族都差不多远近，因此谁也不怕对方要花招。

只不过，此刻的太华集中却出了一些事情。蛟梦的人质少典神农竟然逃走了，这使得蛟梦的计划大乱，也完全打乱了他的布置。

蛟梦对华虎也还客气，虽然以有侨族的力量根本不必将山虎盟放在心上，但这毕竟不是一股邪恶的力量，是以蛟梦今次依然客客气气地找上华虎，即使是他心中再怎么不高兴，还是强装出了一副笑脸。

华虎自然识得蛟梦，对方是在太华集中交易的主要人物之一。在有侨族方圆数百里之内，不知道蛟梦的人并不多，这一切只因为有侨族的实力和蛟梦的剑。

华虎闻听蛟梦亲自登门，一早便从自己的居所虎堡之中赶了出来，才出堡门，就见蛟梦大步行来，身后尚紧跟着十几名极有气势的年轻人，包括蛟龙和木青在内。

“是什么事竟劳驾蛟族长亲临？华虎未能远迎，还请见谅!”

蛟龙的目光轻扫而过，与华虎的目光在虚空之中触碰了一下，他忍不住心头暗怔，只是因为华虎的目光锐利得竟似乎可以洞穿一切，就连蛟龙也禁不住受其所感。

华虎四十上下，白面无须，鼻梁极高，使得眼睛似乎凹陷了一般，在嘴角的右边有一颗黑痣，眉发细长如剑。高约六尺，看上去极为威武，难得的却是他似乎具备一种天生的霸气。

华虎的身旁是他的两名最为得意的战将黑白二虎。

黑白二虎只比华虎稍矮一点，两人随便一站，就如同盘踞于巨石之上的虎豹。

“虎王客气了，我今天前来，是有点事情想向虎王询问一下。”蛟梦依然保持淡淡的笑容道。

蛟龙却似乎心中有些沉不住气，再怎么说，少典神农是在太华集附近逃走的，而太华集方圆十余里，是山虎盟的势力范围，谁能肯定，这件事情与山虎盟没有关系呢？当然，他也知道这是一件极为丢脸的事。有侨族在这方圆数百里之内可算得上是极有头脸的，但却看不住一个少典神农，若是怪这山虎盟未尽地主之责，岂不是自贬身价，掴自己的嘴巴？

华虎神色间微愕，侧身客气地道：“请里面坐，慢慢再谈。”

蛟梦与华虎并肩阔步行入虎堡。

荒野小道，幽静而平和，唯鸟鸣兽吼相附和，配以红叶枯藤，倒也美不胜收。

处处都显示着原始而古老的气息，秋风仍然带着凉凉的湿气，拂面而至，让人有种心旷神怡之感。

牛车看上去极为笨拙，但行动起来却十分轻便，以草叶扎起的棚盖掩着四面通风的车厢，而车厢底下的轮子全以经过极为精细处理的兽皮所包，是以辗过路面时的声音并不如想象中的那般刺耳。虽然这种车厢极为简陋，却十分舒适。

轩辕最佩服的便是有邑族人能制出如此奇妙的车子来，这比有侨族却是先进多了。这三个多月来，轩辕一直对此极感兴趣，是以，他并未打算早早地回到自己的部落，而在有邑族学习制车之术，倒也自在轻松。

而眼前的一切，轩辕似乎还算满意，离开有邑族，他总觉得似乎有一种解脱的感觉，就像是一只回归森林的猴子，有种说不出的欢快和亲切。

恍然之间，他才明白，这种丛林的生活才是他所向往的。

猎豹和花猛等人也觉得极为新奇，虽然他们也曾远出狩猎，但是真正的远行却是头一回，那种新鲜的刺激使他们显得格外兴奋，何况又有美女相伴，一路走来并不孤单枯燥。唯一遗憾的却是无法与圣女及那四名风情万种的美人接触。

护送圣女的人有八个，加上四名美人与施妙法师，在没有轩辕这批人加入其中之时，就已有了十三人相护，而这十三人才是直接护送圣女的近卫，也成了圣女与有邑族勇士之间的一堵讨厌的墙，至少在花猛和凡三这几个手轻人的眼中是这样认为的。当然，这十三人中的那四名美女自然也是极为可爱的，而施妙法师则显得太过深沉，虽是慈眉善目，但也讨不到好。那八名神情冷淡的汉子似乎没有半点人情味，让人想到雪山巅峰的冰石。此八人全都是以风为姓，以年纪为顺序，为风大、风二……一直排列到风八。

私下里谈起这八人之时，凡三和花猛总免不了要笑上一笑，燕琼和花冲也都喜欢附和花猛和凡三的笑。

叶七和化金两人行于前方，以他们的警觉去探路，而凡浪与化铁虎则分左右护住整个队伍，另外八名有邑族勇士与轩辕结为一队断后。不过，这第一天的行程应该不会有什么问题出现，皆因这一天的行程仍在有邑族的势力范围之内，虽然不是有邑族的本部，但这周围的猎户和小部落都是有邑族的附属。因此，在这一段路程中，不会出现什么大的问题，众人的心情也都很轻松，一路高谈阔论，射鸟猎兽，倒也收获不小。

虎堡内显得颇为宁静，没有人喧闹，其实虎堡内并没有太多的人，只是在蛟梦诸人进入之后，方显得有些生气。

蛟龙和木青分列蛟梦左右，倒似是与黑白二虎对上了号。

“我想向虎王询问一下，近日来太华集交易的有哪些人物？”蛟梦开门见山地问道。

华虎一怔，微感惊讶地望了蛟梦一眼，有些惑然地反问道："蛟族长那边是不是出了什么问题？"

蛟梦并不否认，淡淡一笑道："不错，我们的确出了一点小事，是以才有此一问。"

华虎见蛟梦并未隐瞒，虽然知道蛟梦并不想将之解释清楚，但蛟梦这番话也总算给了他很大的面子，不由得微微思索了一下，皱了皱眉道："这段时间似乎没有什么大的变故，除了附近几族之人，另外就是一些路过这里的采集者，要说稍有点意外的，就是蛟族长你竟然亲自来到了太华集。"

蛟梦也陷入了思索之中，半晌方问道："那少典族可有什么人出现在太华集？"

华虎微惊，仔细打量了蛟梦一眼，沉吟了一会儿，道："少典族倒是有些高手来到了太华集，只不过我们并不知道他们的具体地址。是以，我无法完全掌握他们的动向，蛟族长也知道，以少典族的力量，我们山虎盟根本就不敢去管他们的事，只要他们不在太华集上闹事就行了。我能回答的也就是这些，难道蛟族长认为所发生的事与少典族虎叶大帝有关？"

蛟梦微微皱了皱眉头，不过他知道华虎说的是事实。

以虎叶的实力，在这方圆数百里之内，也只有北部数部的联手之力方可抗拒，单凭有侨族的力量也仍是微显薄弱，何况只是一个小组织山虎盟？

"蛟族长能告诉我到底发生了什么事吗？如果有用得着华虎的地方，华虎定会尽力相助。"华虎极为客气地道。

蛟梦微微笑了笑，道："不敢有劳虎王，我们的事情自己会解决，若实在有困难，再请虎王相助也不迟呀。"

华虎也禁不住笑了笑，道："族长似乎有些抬举我了。不过，若蛟族长有什么吩咐，我华虎绝不会吝啬这绵薄之力。"说完华虎又向身边的白虎吩咐道，"去让人给蛟族长备酒宴。"

"啊，虎王何必如此客气？"蛟梦忙立身而起道。

"唉，哪里的话，蛟族长已有好多年未曾亲自来太华集了，今日难得亲临，怎可怠慢呢?"华虎爽朗地一笑道。

蛟梦知道今日之事是难以推辞，也便坦然接受了，只是向蛟龙道："你去跟兄弟们说一声，今晚我就不回营吃饭了，另外将事情再安排一下。"

蛟龙立刻明白父亲的意思，向华虎点了点头，道了声"告辞"而去。

华虎向蛟龙的背影望了望，赞赏地道："想必那位就是族长的公子吧?"

"哈，正是犬子!"蛟梦谦和地道。

"哪里，我看令郎绝对是人中之龙，而非池中之物。"华虎肯定地道。

"但愿如虎王所说，也托虎王的金言了。"蛟梦打了个哈哈道。

围着一堆篝火，燕绝忍不住问道："轩哥，你说说这些人是怎么回事，再怎么说，咱们也是护送圣女呀，这一日来他们却从头到尾都摆出一副冷冰冰的面孔，到底是哪门子道理?"

"是呀，那八个汉子更像是八块冰似的，似乎我们不是他们的朋友，而是一帮盗贼，真是不够意思。"花冲也振振有词地道。

轩辕无可奈何地耸耸肩，笑道："在遇到意外时，他们就会发现我们的重要了!"

"他妈的，真想路上多遇点麻烦，到时我们袖手旁观，看他们求不求我们?"花战会错了花冲的话意，禁不住附和道。

"你这张乌鸦嘴不张开，别人不会当你是哑巴!"花猛忍不住叱道。

花战怯怯地望了这位他最怕的大哥一眼，虽然心中有些不忿，却真的不敢出声了。

轩辕不由打圆场道："其实也不必这样，我们的任务是护送圣女回到有熊族，一路上大家还得团结一致才行。不过，我们必须向他们证实我们的实力，绝不能让他们小看，更不可在有麻烦时袖手旁观。只要让他们知道了我们的实力，他们就一定不会忽视我们!"

"对，阿轩说得对，我们要向他们证实自己的实力，而非袖手旁观。"叶七附和道。

叶皇却一个人闷头吃着烤鹿腿，不吭半声。这一天来，他没有主动说半句话，便如同是一个与世隔离的人，若非轩辕主动找他说话，别人还真当他是个哑巴。

此刻的叶皇，给人的感觉已经明显没有了最初的邪气，但也更为深沉和高深莫测。

不过，每个人都明显地觉察到叶皇对轩辕的感激和尊敬，大概也只有轩辕才能够指使这样一个可怕的人物。

猎豹回头望了望围坐在另一堆篝火周围的圣女诸人，她们与自己等人似乎是井水不犯河水，一副泾渭分明之状，的确让人心生不快。

“我去跟他们说说。”凡三将手中的一根草茎向篝火之中抛去，立身而起就要向施妙法师那边行去。

“凡三，你坐下！”轩辕一拉凡三的衣角，淡淡地道，“猎豹，花老大，我们过去和他们商量商量。”

花猛和猎豹应声而起，伸手轻轻拍了拍凡三的肩头，微笑道：“别这么冲动，待我们解决不了时，你再上！”

众人不由得哑然失笑，凡三更向几人扮了个鬼脸。

轩辕整了整衣服，笑了笑才大步向施妙法师那边行去。

“我也去吧！”燕琼起身欲跟去。

“小琼儿就别瞎搅和了！”叶七一拉燕琼的手道。

燕琼只得心有不甘地坐下了，望着轩辕和猎豹及花猛行近施妙法师的火堆。

“是不是不放心阿轩的定力呀？”化铁虎开玩笑似的问道。

“其实，要是我也不会放心的，看那几个美人，虽然没有我们的小琼儿标致，但也够迷人的……”

“去你的！”燕琼抓起一根小火枝飞速扔向燕绝，没好气地骂道。

燕绝蓦地几个倒空翻，十分利落地躲过火星，一副大受委屈的样子，挤眉弄眼道：“哎，哎，我只是实话实说，你干吗发那么大的火？”

“你这只大猴子少说两句好不好？否则小琼儿可要剥你的皮了。”化金好笑地道。

燕绝吐了吐舌头，扮了个鬼脸，仍是一副淘气的样子，让人无可奈何。

蛟龙回到住处，这也是一个幽静的山谷。有侨族的数十名兄弟都聚集于此，他们所带的皮货已经交换出去了一部分，现在所拉的是一批杂物，这是族中所需要的生活用品，包括陶罐、大豆及一些铲、镰等农具，也有一些兵器之类的物件。

每隔一段时日，有侨族都会派人来太华集交易一次。不过，今日的交易似乎有点特别。特别在于今日有侨族的主要任务并非进行这些交易，而是别有要事。

蛟龙早早地回到了住处，只是因为事情有变。

事情有变，是以有侨族的兄弟必须带着这些物品连夜撤出太华集，返回自己的部落或相邻的友族。

蛟梦没有开口这样说，但蛟龙却很清楚蛟梦的意思，包括他的每一个眼神都绝不会误解。

这其实是一件很重要的事情，如果处理不当的话，只会出现全军覆灭的命运。

没有人可以小觑虎叶，也没有人敢轻视少典族，蛟梦和蛟龙更不会。因为他们都深深地领教过虎叶的可怕，更知道少典族中高手的厉害。是以，蛟梦让蛟龙早早地回来安排这些并非琐事的琐事。

前来太华集的有侨族儿郎共有七十余人，所载的货物并不是太多，行动起来比较便利。他们本就准备了许多牛车，而这些则是为索取虎叶的赎物而准备的，但是事情有变……

“公子有事吗?”褒弱望着轩辕和猎豹等三人行来，神情有些漠然地问道。

“哦，没事就不可以过来吗?”轩辕感觉褒弱的眼神和语气有些怪怪的，但这种语调让他有些生气。

“哈，公子请坐，何必见外呢?”施妙法师移了移身子，给轩辕空出一屁股之地，笑着道。他对眼前这个年轻人似乎极为看好。

轩辕点头道了声谢，才向静坐于一边的圣女凤妮道：“我有些话想跟圣女和法师谈谈，不知圣女和法师可否借一步说话？”

施妙法师并没有感到意外，倒是那八名神情冰冷汉子的目光全都射到了轩辕脸上，依然是表情木讷，但眼神却变得极为锐利。

这八个人一直都未曾说话，包括在有邑族中，似乎只是一群哑巴，让人有些高深莫测的感觉。但轩辕并不在意这些人的反应，只是将目光移向那个以黑纱遮面的圣女凤妮身上，不再言语。

施妙法师淡淡一笑，也将目光移向圣女凤妮。

圣女凤妮的目光自黑纱之中瞟出，只是稍稍停顿了一下，缓缓长身而起，轻柔地道：“好吧。”

轩辕向身后的猎豹和花猛使了个眼色，两人知趣地止步，望着轩辕跟在圣女和施妙法师身后进入了一鹿皮帐中。

然后，鹿皮帐中亮起了灯火。

灯火是轩辕点燃的，那是他随手在篝火堆中拾起的柴火。

“公子有什么事情尽管说吧。”圣女凤妮淡淡地道。

施妙法师也盘膝坐于一张兽皮席上，默然地看着轩辕。

“我想，我们是应该好好交谈一下了，不知圣女认为我们是不是应该默契地合作呢？”轩辕淡然坐在圣女凤妮的对面，不再回避对方，目光紧紧地逼视着圣女凤妮。

“这似乎不用我说，公子应该知道是什么答案吧？”圣女凤妮淡然反问道。

轩辕不由悠然一笑，道：“可是我实在有些糊涂，既然我们需要无间地合作，可我总觉得圣女并没有将我们当自己人看待。当然，并非指圣女一人，虽然大家只是相处了一天的时间，但这之间似乎有一个难以解开的僵局，那就是我们族中的勇士与圣女亲卫之间的僵局，相信圣女也不会看不出来。”

第十三章　打破僵局

圣女凤妮深深地望了轩辕一眼，淡淡地吸了口气，半晌才道："依你的意思，认为应该如何呢？"

轩辕向圣女望了一眼，又瞟了施妙法师一眼，才认真地道："如果要想在这一路上合作更为默契的话，就必须将指挥权统一，绝对不可以心存排斥之心，分则有害，合则两利。我们都是为了能将圣女安全送返祖族，但这种僵局难免会留下一道裂隙，如此就会削弱我们攻击和防守敌人的力量，这绝对不是一件好事。"

"公子是说要将你们族中的勇士和我的亲卫合为一体？"圣女凤妮微感诧异地问道。

"不错，我正是这个意思，唯有如此，方能够将我们的实力拧成一个没有破绽的整体。当然，我们都会尽自己最大的能力保护圣女，我的提议只是想让圣女能够更安全一些而已。"轩辕认真而诚恳地道。

"但是，这些亲卫都是自三苗带过来的高手，要他们听从别人的指挥，只怕不是一件容易的事。"施妙法师似乎看出了圣女凤妮的难处，插口道。

"哦，他们是自三苗而来吗？那圣女难道也是自三苗回返？"轩辕有些讶然地问道。

"我是应该告知你一些具体情况了。"圣女凤妮叹了口气道。

轩辕的表情微肃，他知道，三苗与自己的祖族有着同样古老的历史，而且属于南方神族的分系。这些轩辕早已在叶放的口中得知，是以，听说圣女是自三苗回返，便脸显一片肃然。

"圣女本是在七年前南下三苗，学习伏羲大神的传世之学，精研河图洛书的奥妙，以便他日返回有熊族后重新光大我族。但是在前不久，听说族王仙逝，临终前传圣女回祖族主持大局，而赴三苗传讯的勇士因鬼方十族和东夷部落的凶人追杀，一个个都牺牲了。是以三苗族中挑出了八名高手并连同圣女身边的三个丫头加上老朽一行十三人，返回祖族。但考虑到一路上的凶险，也便在有邑族落脚，顺便多带一些帮手。”施妙法师代替圣女向轩辕轻声解释道。

轩辕有些不太清楚，他不明白圣女为什么要南下数千里去三苗学习什么河图洛书之类的神功，那有什么了不起？但他又想到了另外一个问题，不由问道：“那么，那位褒弱姑娘又是怎么回事呢？”

“哦，那是我们自猛虎口中救出来的一个丫头，我们见她孤苦无依，也便带在身边，刚好为圣女凑齐四个丫头。她也自愿和我们同去祖族，而她却说公子像是她的恩人轩辕，这一点我们也委实不太清楚，也许事情的确有些复杂。”施妙法师解释道。

轩辕微微一愣，这才恍然。不过，他很快回过神来，目光清澈地望了施妙法师和圣女凤妮一眼，淡淡地道：“不管他们是自哪里来的高手，我的想法仍是要将这一行人重新组合，统一调配，否则敌人出现时，大家各行其事，就难以发挥出众人的力量了。”

施妙法师的眸子里闪过一丝赞许的神光，显然是对轩辕的坚持表示满意。

“若是想将他们组合，只怕他们会生出不满之心。”圣女有些担忧地道。

轩辕不屑地一笑，道：“圣女的命令难道他们也会不听？再说我们都是为了一个共同的目的，他们难道不明白眼下的局势？当然，这个总指挥可由圣女或法师担当。我们今次之所以挑选这样一批高手，并非因为他们的武功最好，而是因为他们各有所长，只要能充分发挥每一个人的长处，相信这一路上会减少很多麻烦，逢凶化吉。而如果我们不能相互好好配合的话，若以后的路途都如今日这般风平浪静倒也罢了，假若真正有了麻烦，就会显得很被动，甚至措手不及。更何况，我们这般泾渭分明，河水不犯井水的样子会在很大程度上打击众兄弟们的积极性，这就是我的想法。”

圣女凤妮和施妙法师都显得有些沉默，他们不得不承认轩辕所说之言有道理。

轩辕望着沉默的两人，淡淡地道：“族长让我们护送圣女返回祖族，就是将圣女的安全交到了我们的肩上，我不希望圣女有任何闪失，但我却要圣女明白，我们与三苗人并没有两样，无论是圣女还是法师，与我们都应该是平等的，互助的，应该相互信任，相互沟通，这才能够对我们的行程有利。如果圣女不是这么认为的，我也没有什么话好说。”

“公子何出此言？凤妮并没有看轻你们呀？”圣女凤妮倒吃了一惊，问道。

轩辕有些怪怪地笑了笑，道：“我希望圣女能以真面目与众兄弟们谈谈，让我们彼此之间多些坦诚，少些隔膜，也好让众兄弟们知道，圣女对他们的重视。”

“这个……”凤妮有些犹豫地望了施妙法师一眼，显然有些拿不定主意。

施妙法师正视着轩辕，想了想才道：“公子所说的并没有错，我看圣女就依公子之言吧，与众位兄弟谈谈，同时也将人力再行分配一下。”

凤妮听了这话，便轻松地摘下斗篷，露出无可比拟的绝世姿容，目光之中还有少许幽怨之色，似乎怪轩辕逼她摘下斗篷。

轩辕一呆，虽然他见过不少美女，但此刻看到这美丽得没有半丝瑕疵的玉容，仍然禁不住心头大感震撼，不过幸亏他的神志极为清明，并没有太过失态，怔了怔后立刻恢复了正常，道：“我不明白圣女怎会忍心让自己的容颜隐于黑纱之后？”

凤妮不由嫣然一笑，坦然道：“公子的话很有意思，不过，相信公子一定知道这是为什么。”

轩辕耸了耸肩，傻傻地笑了笑道：“也许吧。”

“公子不与我一同去见见你们的兄弟吗？”圣女凤妮反问道。

“如此甚好！”轩辕爽朗一笑，立身而起。

夜凉如水，丝丝寒星点缀在暗淡的天幕上，残月如钩，夜风之中带着一阵阵湿漉漉的泥土气息。

从风中的寒意使人不可否认，此际已是深秋。

林间有小道，小道曲折，在山谷土丘之间犹如一条蜿蜒的蛇。

林间小道，有一阵车轮碾过的声息，还有落叶被踏碎的沙沙声及牛马的鼻息之声，除此之外，一切都显得比较宁静，偶有狼嚎虎啸，鸟啼虫吟，却无伤大雅，反而更衬托出林间的清幽。

蛟龙并没有点起火把的意思，其实，在这月朗星稀的夜晚，一切都有些朦胧，也都很清晰，又何须火光照路呢?

蛟龙之所以不点亮火把，是不想暴露自己的方位，也许，在黑暗的某个角落，藏匿着一群致命的敌人也说不定。何况这一条路对他来说，熟悉得不能再熟悉了，他根本不用担心会走错方向。

蛟龙等人当然不可能走错方向，但有一件事却并非绝无可能的——那就是这条道路已不如往日平坦。

的确，这条道路已不如往日平坦，不是不平坦，而是多了几个坑穴。

蛟龙刚刚走过一条岔道，便听得身后轰的一声巨响，接着就有人惊呼出声。

蛟龙扭头相望，却见一头健壮的黄牛坠入了一个黑漆漆的土坑中，身后的大车随牛一起下坠，竖立而起将山道隔成两段。

“蛟龙，有陷阱!”有人忍不住低低惊呼道。

蛟龙吃了一惊，刚才他就是自那陷阱之上走过来的，但却并未沉入其中。看来，这个陷阱是专为牛车而设，牛的重量自是比人重得多，是以当牛走过之时，竟踩塌了地面虚掩之物坠入其中。

“小心戒备，防止有人偷袭!”蛟龙的第一个反应就是这句话。

火光亮起，幽暗的林间小道突然之间显得有些刺眼。

蛟龙呆住了，他在火光之中看到了一个人，一个此生他最不想看到的人——虎叶！少典族族长！

在火光之中，虎叶缓步行出，如一块巨大的岩石——会动的岩石。在蛟龙的身前两丈处立定。

蛟龙不自觉地向后退了两步，他从来都没有想过，自己也会心生怯意，也会在面对对手之时后退。如果在今日之前，他绝对不会相信这个事实的存在。很遗憾，这已经发展成为了一个现实。

“虎叶！”护在牛车旁边的一名有侨族老者低低惊呼了一声，也唤醒了所有被虎叶气势所罩的有侨族勇士，只是他们都不敢稍动。

不敢稍动并非只是因为虎叶，更因为那自黑暗的林间将要射出的吹箭和箭矢，只要他们稍有动静，那些箭矢就会无情地射出。而在这并不太远的距离之中想避开这些箭矢的攻击并不是一件容易的事，绝对不是！

没有人会不清楚自己已经陷入了一个无法逃脱的陷阱之中，而这个陷阱的设置者则是有侨族最大的敌人——少典王虎叶。

蛟龙的手搭在腰间的剑柄上，深深地吸了口气，平息了心头的惧意，怒视虎叶。但他仍然无法抵抗自虎叶身上散发出来的无形气机——那是一种王者的霸杀之气。

虎叶看上去仍然很年轻，只是眼睛里有着与外表并不相配的沧桑感，但这也成了一种无法抗拒的魅力。

蛟龙想到了少典神农，这对父子的模样倒很相像，剑眉龙目，身如标枪，脸如刀削，刚毅之中透着无穷的活力，微挑的嘴角牵动着一丝自信的笑意，更衬出其英武不凡的气势，只是少典神农似乎少了虎叶的霸气，而多了几分秀气。

虎叶的嘴角笑意在扩大，而身上那股肃杀之意也如夜露一般越来越浓，越来越重。更如一张无形的大网紧紧罩住蛟龙，罩住林间小道上的每一寸空间，再也没有人会怀疑他的可怕。

“你怎么知道我会从这条路经过？”蛟龙心中惑然问道。

“没有什么事情可以瞒得过我的耳目，就连你老子都逃不脱我的算计，何况是你这毛头小子？不过，也正好拿你去换回我儿神农，现在我倒想看看蛟梦还能够要出什么手段！”虎叶背负着手，悠然如俯览群山的游人，但语气中却有着说不出的自负和傲然。

“哼，能劳动我们大王亲自出马，你小子应该感到骄傲和自豪了。”站在虎叶背影下的一个矮子冷漠地道。

蛟龙的目光四下扫视了一遍，发现周围埋伏的少典族箭手的人数比自己的人多了许多，而且对方早已执箭在手，尽占先机，一旦动手，在场的有侨族族人只怕会全军覆灭，何况对方又有虎叶亲自出手？即使虎叶身后的那个矮子也足以让人心惊，因为这个矮子正是虎叶身边四大神将之一，与姜原齐名的矮将姜昆。

蛟龙对少典族四大神将的底细知道得并不少，是以，他一眼就认出了那个矮子的身份，心中也多了一丝苦涩，单只这个姜昆就不比他逊色，何况尚有一个虎叶在伺机而动？

“乖乖放下兵刃跟我们走，否则别怪我们不客气！”姜昆冷冷地道，眸子之中闪烁着一股阴冷的光彩，如同一头欲择人而噬的饿狼。

“放屁……呀……”一名有侨族汉子怒叱着欲飞扑而上，但却被不知自哪个角度射来的一支吹箭钉在了肩膀上，入肉三寸，只痛得他惨号起来，再也不敢乱动。

“箭上有毒，如果想死的话就试试！”姜昆冷酷无情地道。

众人听着那汉子的惨号，真的不敢妄动，如果这些箭矢之上真的有毒，可就更难抗拒了。而且眼下的形势很明显，呈现一面倒的局势。若真的动起手来，只会有一个结局，那就是在场的有侨族族众将全军覆灭。

蛟龙发现自己竟没有勇气反抗，虎叶未动未语，缄默而立，犹如一柄无锋巨剑，那种无形的气机，密密地织成一张压抑的大网，紧紧地束缚着他的心，束缚着他的思想……蛟龙不敢反击，也找不到攻击的方位，他清晰地感应到，只要他稍动一下手指，也会招致无情的，甚至更为疯狂的攻击。

虎叶仍在笑，笑得有些诡异和落寞，像是一只猫自一群绝望老鼠的表情之中得到了一种异样的满足，所以他才会笑……

“他是如何得知自己行走的路线？又为何如此清楚地知道我们的力量呢？而且，他们似乎知道爹爹并未跟来……这是为什么？我以迅雷不及掩耳之势将事情安排妥当，他们还是把握住了准确的情报，这之间究竟是出了什么问题？难道族中有奸细？”蛟龙的脑子飞转，但却理不出半点头绪，更无法推断漏洞在何处。不过，他很快被那名仍在惨号的兄弟惊醒，脸色铁青地道：“好，我跟你走，快将解药给他！”

虎叶悠然一笑，道：“我要你们所有人都跟我走，只需几人去通知蛟梦就行了。”

蛟龙一呆，众族人心中也大骇，但对此却毫无办法。

叶皇被一阵轻微的沙沙声惊醒。他栖身于树上，就像一只疲倦的夜鸟，在树杈之间静歇着，这是他五年来养成的习惯，也是轩辕交给他的任务。

在这一群人之中，没有人能够比叶皇的速度更快，人尽其能，叶皇正好充当哨兵这一角色。

一个能够将速度提升至极限的人，那他的反应能力和觉察力也绝对超乎常人，也唯有如此才能将速度与攻击相配合，而叶皇就是这样一个人。

叶皇微微睁开眼睛，星月朗朗，天地间一片朦胧，在他的脚底之下，便是一条羊肠小道，小道通向轩辕等人所驻扎的那个避风小山谷。不过，此时小道上却出现了一点黑影，那点黑影似乎在嗅着什么，同时也发出粗重的喘息之声。

叶皇吃了一惊，定睛细看，只见那点黑影赫然是一只黑熊，他心中不由感到一阵好笑，原来深夜到此的这个不速之客竟是一只畜牲。不过，他并没有必要去招惹这大家伙，虽然他并不怕黑熊，但在如此深夜中也没有狩猎的兴致。若他在猎杀黑熊时，那吼声惊醒了那边正在休息的众人，似乎有些不妥。

黑熊似乎嗅到了活人的气息，那笨拙的身子竟立了起来，如同一座小山似的，并嗷嗷直叫着向叶皇所在的树下逼来。

叶皇心中微惊，暗忖道：“这畜牲鼻子倒是灵敏，既然你一定要找死，我就成全你好了。”同时运劲于掌，轻按腰间的剑柄。对付这种黑熊，叶皇并不是第一次，更知道它致命弱点的所在之处。是以，他根本不将这只比他高出两个头的巨物放在心上。

黑熊的嗅觉极为惊人，对于活人的气息更为敏感。它很快移至叶皇所处的树下，并对着叶皇的存身之处仰脖号叫，两只巨掌猛烈地摇晃着树干。

叶皇心中大怒，想不到这个时候居然有畜牲敢来欺人。

叶皇的身形犹如林中小鸟一般飞射而下，双足以快捷无伦的速度踢向黑熊的一双巨目。

“去死吧，畜牲！”

黑熊嗷的一声咆哮，两只巨掌向叶皇的身子拍去。

砰……叶皇的脚并未踢中黑熊的眼睛，而是在黑熊的额头上重点一下，然后迅速弹起，避开黑熊巨掌的攻击。轻啸中，叶皇已经落地挥剑，斩向黑熊的后颈。

嗷……即使是皮粗肉厚的黑熊也难免被剑锋切伤，狂号着转身再次向叶皇扑去。

叶皇不屑地笑了笑，借着月色星光，他清楚地看到黑熊那尖长的利齿和黑洞似的血盆大口。叶皇撤步，剑锋偏转，以无可匹御之势贯向黑熊胸口那道新月形的要害。在月色之下，那新月形的要害上长出的白色长毛与整头黑熊的黑色似有点格格不入的感觉，也显得分外清晰。

黑熊笨重的躯体虽然很快捷，但比起叶皇来，却显得无比迟钝。

嗷……一股血箭直射而出，叶皇身上一热，利剑准确无比地刺入了那新月形的要害之中，然后他迅速撤剑飞退，因为他记起了轩辕说过的话——再快的招式，在击中敌人之后总会有片刻的停顿，而这瞬息间很可能就是敌人临死反扑的致命杀招。人已如此，更别说兽了。是以叶皇飞退，弃剑飞退！

黑熊的回扑再一次落空，但胸前已是鲜血狂涌，这新月形的一块，正是黑熊身体上最为脆弱之处，也是其心脏所在之处，一个经验老到的猎人都明白这一点。叶皇不仅是一个经验老到的猎人，更是一个一流高手，而且他的武功似乎是这种笨拙动物的天敌。若换了猎豹，虽然他并不比叶皇差多少，也绝对不可能如此轻松地便取得这般战果。

百足之虫，死而不僵，黑熊在死亡之前的挣扎绝对是不可以小觑的。

“什么人，给我出来！”花猛的声音在这个时候响起，同时也提醒了叶皇。

夜暗光淡，但叶皇在扭头之时，却发现五丈开外的树枝在晃动着。

这似乎有些意外，不过，他并不担心这些，因为那边有花猛的存在。花猛掠走的速度绝对不慢，犹如暗夜里的一个幽灵。

叶皇的身形再次拔起，躲过黑熊的最后一扑，便不再理会这只将死的畜牲，向五丈开外的暗处扑去。

嗖嗖嗖……箭矢破空之声穿过树枝的间隙，射向花猛和叶皇。黑暗之中，三道劲风认位之准让叶皇吃了一惊。

喳……花猛的身形在林间的灵活性，直让人咋舌，便如绕花穿林的鸟雀，那三支带风的暗箭根本就无法沾上他的半根毫发，倒是他的利剑已经脱鞘而出，断木碎枝反追暗处的敌人。

嘶……一连串枝断之声中，几条身影欲离身而去。

他们并不是傻子，对于危险的判断绝对不低，花猛挥出一剑的气旋和锋芒夹着那若穿花绕树的身法，制造了无限压迫的气机。

“想走？先问问我！”一个极冷的声音如林间流动的秋风，淡漠而冷酷。

那三个欲逃之人唯有止住脚步，靠背而立，他们似乎知道自己不可能逃脱，因为对手的速度太快，快得有些不可思议。

借着星月之辉，叶皇的目光冷冷扫过三人那似是铁铸的脸，他捕捉到了对方眸子里闪过的幽光——惊惧的光芒。

花猛轻盈地落在叶皇对面的一根树枝上，剑光如雪，遥指着三个靠背而立的人，如同一条待机而动的眼镜蛇。

“你们是什么人？深夜来此有何图谋？”花猛声冷如冰，不带半丝感情。

叶皇不言不动，但身上却似乎罩着一层阴沉的死亡之气，犹如一个自地狱之中爬出的鬼魂。轩辕曾说过，半夜三更，无论是什么人进入这个区域之中，都得留下。虽然这些人并不一定全都是敌人，但不可否认，他们当中会有许多心怀叵测之人，更有可能是专为圣女凤妮而来。所以，花猛绝对不会轻易放过这些潜入的对手。

“你们是盗贼吗？我们身上可没有贵重的东西。”一名小心戒备的汉子似乎有些惊惧地问道。

花猛不由大感好笑，但却并不认为这人所说之言是真话，仅看刚才三人如此准确地射出箭矢就知道绝不简单，而三个不简单的人看到两个盗贼也不应该有如此表现。

嗷……嗷……那只黑熊吼叫着向叶皇这边走来，虽然它受了重伤，但仍未倒下，而且凶性大发。

叶皇心中大惊，这只黑熊倒显得有些特别了。以往他所遇的黑熊在受了伤之后一定会疯狂逃窜，但此时这畜牲居然不走反攻。

“哦，原来这只黑熊也是你们饲养的!”叶皇恍然，心中也微怒。他的目光极为锐利，虽然只是在星月暗淡的光辉之下，竟清楚无比地发现对方三人表情的变化，他明白了为什么这头黑熊一路在嗅着生人的气息，而且向自己的驻地而来，这是因为受了暗袭者的主使，而三人在叶皇分神应付黑熊时，趁机行动，躲过叶皇的视线，但很遗憾的却是暗处仍有一个花猛发现了他们的图谋。

这本就是轩辕的安排，想要探查山谷之中的动静，只有两条路可行，一条是小山道，一条是不宽的河道。而在深夜中，想要在这两条路上设哨，本是一件很简单的事，尤其是河道，只要有一人守在河边，任何过往的人都无法逃脱眼线。是以，对于轩辕等人来说，这条山径才是设哨的重点。

当然，轩辕并没有预料到今夜会有人前来暗袭，因为今日还是离开有邑族的第一天。今夜之所以设哨，只是作为一种形式。

嗷……黑熊重伤的躯体向叶皇扑去，而此刻那三个靠背而立的人也全都出手了。

正如叶皇所说，这头黑熊与他们有着密切的关系，事已至此，他们实在没有任何必要继续伪装下去，速速离开这个是非之地才是最为迫切的。

刀风凄厉，刀招更是狠辣绝伦，就连叶皇也微感讶异，只凭这一手刀法，便知这三个人的确不是简单的对手。

夜本很静，但这一刻却显得颇为糟糕，叶皇很轻易地闪过黑熊的扑击，但却有两柄刀封住了他的退路，对方似乎料定了他撤走的方向，这让叶皇大恼。

叶皇不再撤步，反而斜撞向黑熊，他无法以赤手应付这两柄经过精确计算的刀，所以只好改变战术。

叶皇居然选择向黑熊撞去，难道他自信自己的力量足以胜过黑熊吗？

不，当然不是。叶皇之所以能够重创黑熊，所倚仗的只不过是那无可揣测的速度和手中之剑，但这一刻叶皇却与黑熊较力，若换了猎豹或轩辕也许还可以，但叶皇在功力上仍是弱项。

关于这一点，叶皇自然明白，而叶皇更不是傻子。他的身子很快撞在黑熊的身上，却毫无声响，似乎并没有什么碰撞的迹象，因为他的速度太快，就连垂死的黑熊都未能反应过来。

啸……刀风掠过，却只斩落一片毛发，是黑熊身上那长而软的黑毛，而叶皇的身子已经顺着黑熊笨拙的躯体绕了一圈。

那两名攻击叶皇的刀手吃了一惊，因为在叶皇消失的同时，他们的面部竟被一团毛发盖住，虽然只是短暂的一瞬，却也让他们吃惊非小。

这其实也是一种意外，极端的意外，黑熊的长毛多为黑色，在夜幕的掩护之下，他们竟然没有注意到叶皇会来这么一手。

叶皇的手脚也的确干脆利落，更快得不可思议，在黑熊再次吃痛，立而起之时，他的身子已自黑熊的身前转过，的确是惊险万分，但是他对此似乎计算得无比精确，把握到了黑熊立起身子时的那一丝难以捕捉的空当，自它掌下有惊无险地穿过。

这也是一个意外，对于那两名刀手来说，意外太多，难免就会为他们带来灾难，这是一个真理。而事实也的确如此，在这个意外出现之时，两名刀手陡觉周遭杀意骤浓，如那无形的霜露，寒意彻骨。

叶皇出剑，如明月之畔的一抹残云，横空掠过。杀意就是来自这片残云，而黑熊那惊天动地的惨号更为这一剑增添了无限的凄厉。

血腥之气浓得刺鼻，林间的宿鸟惊飞，似乎在刹那之间，所有美好的气氛破坏无遗。

是的，叶皇动了杀机，他的杀性似乎是与生俱来的，所以他在族人的眼中，成了一个极不受欢迎的人物：偏激、骄横、好杀、阴鸷……离开了族人的他，得到了新生，但仍未能将与生俱来的杀性磨灭。

叶皇的剑，来自黑熊的前胸，在他自熊掌之下穿过之时，已伸手拔出了那本该属于他的剑。

剑出，熊死，杀意无限。

无限杀意，不仅仅是因为叶皇的剑，还有花猛的剑——辟邪剑！

花猛所精通的并不是剑法，但他却得到了这柄剑，是以他今次以剑出击了。虽然花猛并不精通剑术，但他的动作快捷灵活。在护送圣女的有邑族这群人中，只有叶皇才能在速度上完全胜过他，但两人相差并不是太远。此刻花猛手执宝剑，再配以最为灵活的动作，竟也能使剑发挥出无可估量的攻击力。

锵……刀剑相击，辟邪剑只是略略停顿了半刻，便向那刀手的腹间滑去。

刀，并不能够阻止辟邪剑的入侵，只是因为辟邪剑实在太过锋利。

这也是一个意外，一个致命的意外。当然，致命的意外并不一定会让人绝命。那刀手只是发出一声凄长的惨号，伴着鲜血的飞洒，身子犹如败革一般跌出——只因花猛的脚！

花猛最为拿手的仍是脚，在最后关头，他还是将辟邪剑内扣，然后以快捷绝伦的速度出脚。他并不想将这人杀死，而是想留下一个活口。是以，在致命的一剑之下，那人竟没有绝命，这只是花猛的脚下留情。

剩下的两人更惊，自花猛断刀出脚，这一切的一切都是那般利落，犹如行云流水般自在轻盈，几乎一下子扑灭了他们的斗志，更要命的却是叶皇的剑。

叶皇的剑漂浮不定，似乎根本就找不到实体，灵动吞吐更无半点规律，全凭那无可捉摸的步法牵动指引，无孔不入。

轰……黑熊在鲜血喷洒之时，巨大的躯体终于扑倒在地，它的心脏已经被叶皇的剑刺透，能够挣扎着活到这个时刻已经是一件极为不易的事了。

这似乎是在叶皇的意料之中，并没有值得惊讶的，其实一切的一切都并没有逃过叶皇的意料，包括他的剑割破两名对手的咽喉。

叶皇的剑本无情，杀意无限，绝不留情，这似乎是他杀性的体现。

叶皇收剑，花猛叹了口气，只因为叶皇无情绝命的一剑。

对于花猛来说，他比较喜欢让对方留下活口，因为这之中也许藏着一些秘密。而叶皇如此一来，已断了极可能存在的线索，不过花猛仍留下一名活口——就是那个此刻蜷缩于地呻吟的人。

花猛扭头，但却发现了轩辕，轩辕来时几乎是悄无声息的，也不知道是什么时候走进了他三丈之内。

“阿轩?”叶皇也有些意外地轻呼一声。

轩辕笑了笑，却叹了口气道：“我还是来迟了一步。”

“不，还有一个活口。”花猛一指那个正在呻吟的汉子，悠然道。

轩辕摇了摇头，知道花猛会错了他的意思。目光却落在不远处一棵古老的大树之上，似乎在思索着什么。

“哦，那阿轩是指什么呢?”叶皇也有些讶然，目光随着轩辕的视线向不远处那棵古树望去。

“有人一直都在跟着我们，你们去那棵古树的第一根横枝上看看。”轩辕吸了口气道。

叶皇和花猛不由得微感疑惑，但仍然依照轩辕的话赶到那棵古树之下，跃上最粗的一根枝杈，两人不由得全都为之愕然。

“是碎布……”

“不，是自衣衫上撕下来的。”花猛肯定地道。

叶皇伸手拾起那截被一根横枝挂落的条形碎布，借着月辉之光，竟发现了布条之上有些微泥渍，而那旁边的一根树枝却被折断，痕迹显然是刚刚才留下的。

花猛和叶皇不由扭头向轩辕所立之处望去，月色之中，轩辕的面部表情显得有些模糊难辨，虽然他们的眼力极好，可三人相距至少有八丈之遥，放眼之下，很难看清轩辕的面部表情，可是……

花猛和叶皇都意识到了什么，皆向轩辕投以难以置信的目光，然后才面面相觑地赶到轩辕的身边。

“今夜所来的人并不止这三个，另外还有一批人物，当我赶到之时，这些人刚好逸走!”轩辕肯定地道。

花猛和叶皇这才明白为什么轩辕会说他来迟一步了，不过，两人都显得极为疑惑:“你……你能够看清那棵古树上的东西?”

轩辕不由微微一笑，并不作答，只是淡淡地道:“将这家伙带回去审问一番，看他究竟是何方神圣!”

叶皇和花猛虽然心中仍有些疑惑，但轩辕既然不想回答，他们也就不便再问，拖起那受伤的大汉便向山谷之中行去。

其实，此刻猎豹诸人也赶了过来，黑熊的吼叫声早就惊醒了他们。

蛟梦脸色铁青，但事到如今，他唯有面对现实。也许，这的确有些残酷。

回来报信的人只有两个，而且似乎都是受了一顿打之后才赶回的。

蛟梦心乱的时候最喜欢来回踱步，此刻他已经在自己的营帐中来回走了七十八圈，一共数千步之多，但是他仍在继续踱着步。事情发展到了这个地步，救回蛟龙固然重要，可是整件事情的背后又隐藏着什么呢?这其实也是一个要命的问题。

“木青，立刻去打听华虎的动静，在确定他的去向后，马上向我报告!”蛟梦突然之间似有所悟，立刻正色道。

木青一呆，有些意外地向蛟梦望了一眼，不过蛟梦仍是在低头踱着步子，无法完全看清他的表情。

木青想了想，但他并没有开口发问，他相信，既然是蛟梦吩咐的，就一定有其道理。他很相信蛟梦的判断，事实上蛟梦的判断很少出错，而且蛟梦所想的是全族人的利益，关于这一点，有侨族上下所有人都坚信。是以，在族中，每个人都尊重蛟梦的意见，这也是他成为一族之长的原因。

其实，木青应该感到很荣幸，能将探查华虎动静的任务交给他，这本来就是对他的一种绝对信任，也是对他能力的一种肯定。

木青走了，脚步之声却并没有惊动蛟梦，抑或蛟梦并不想抬头望着木青离去，仍在思索，思索着一些他未知之事……

“前面约三十里便可到河水了。”施妙法师似乎有些兴奋，立在大木筏上欢声道。

“是呀，到了河水速度就快了。”凤妮附和道。

“嘿，我是担心，水流太急，这木筏恐怕不太好驱驾。”花猛一边撑着竹篙，极为小心地注视着河道笑着道。

“没关系，在河水之畔，是共工氏的地方，在那里可以换来最结实的木筏和木舟，以我们的人力要控制它们并不是一件难事。”施妙法师兴致勃勃地道。

“哦，如此甚好，不过，那群跟踪我们的敌人若是发现我们早已放弃牛车改走水路，不知道他们会怎么想？”凡三也有些兴奋。

昨夜二十多人一齐动手，由于有利剑在手，斩藤造舟并不是一件难事，而这二十多人又全都是好手，砍树破竹也并不是什么难事，是以制成大木筏四张，另外有三张小竹筏，以作渡河之用。这些木筏、竹筏都以山间巨藤所扎而成，极为结实。不过在仓促之间，这些木筏和竹筏并不能够经受太大的冲击，在这等不大的河道之中行走还可以，但要是在黄河激流中就难以承受了。其实，这三张竹筏只是为了应急之用，全是多余的。

改陆路而走水路虽然多绕了一些路，但并不会比陆路慢多少，而且更能出乎敌人的意料之外。对于跟踪者来说，就增加了许多难度。

凤妮的那八名护卫已与有邑族的十二人合编在一起，双方轮流控制竹筏。只不过，这八人并不喜欢有太多的言语，八人之中为首的两人，乃是伏羲神庙中的护卫风大、风二。

河流西岸，绿荫已去，猿啼鸟鸣，偶有虎啸，倒也充满了自然的生机。流水湍急，如悠扬的乐音在缓奏。

“阿轩，你怎么不说话呢？我们快到共工集了，怎么安排你想好了没有？”燕五也许是因初次出远门，也显得十分兴奋和欢快，总想找个人说说话，此刻见轩辕静静地坐在一张大木筏的尾部，不由出口问道。

轩辕本似是在深思，听燕五这么一问，不由淡淡一笑，道：“此刻还未到达，你急什么？难道还怕没有事情让你去做？”

燕五嘿嘿一笑道：“那倒不是，我只是见你今日像个闷葫芦似的，怕你憋坏了，才好意与你说说话嘛。”

“你小子少操这份心，谁像你那样满脑子空白，人家在思考问题呢。”猎豹没好气地笑骂道。

“好吧……”燕五吐了吐舌头，向猎豹扮了个鬼脸，逗得燕琼直发笑。

“不知道是不是我太多疑了，我总觉得周围不对劲，心中似乎有一种不祥的预感。”叶七也自大木筏的小棚之中行了出来，径自坐在轩辕的身边，淡淡地吸了口气道。

“七叔定是今日早晨没吃熊胆，才会心神不宁。”花战打趣道。

轩辕的眉头微微一皱，但却没有理会花战的话，只是似有所思地向叶七问道：“七叔的感觉是从什么时候开始的?”

叶七苦笑了笑道：“其实自从我们离开族人之后，我一直都有着一丝不祥的预感，但开始的时候我并没有在意，直到昨晚出事之时，我才发现这种感觉一直都存在于心中，只是在昨夜那些贼人前来探营时稍强烈一些。可此刻，这种感觉似乎越来越强了，也许是我多疑了吧!”

第十四章 疑团重重

轩辕并没有表现得很惊讶，也许叶七的话并不值得他惊讶，倒是向施妙法师和圣女凤妮那张大木筏上望去，不过，那张大木筏上的数女似乎被两岸的风光所吸引，并没有注意到轩辕的目光。

“那金叔有没有什么特别的看法呢?”轩辕又反问道。

“他说没有，不过我的感觉一向都不会有太大的失误，但愿这次是个例外。”叶七吸了口气道。

“花老大，你把竹篙交给猎豹，带上你的剑与叶皇两人到前排的木筏上细心注意河道。包括水中的藤蔓都要给我全部斩断!”轩辕扭头向花猛和叶皇几人吩咐道。

花猛应了一声，猎豹迅速撑起竹篙，警惕地注视着河面，花猛和叶皇也依言跃上最前头由凡浪撑篙的木筏上。

每张木筏之上都有六根竹篙，几乎每人手中都有一根，这是为了在水流太急之时，以便众人齐心协力把握方向。

花猛和叶皇两人就是借竹篙一撑之力如灵猿荡秋千一般掠过两木筏之间的三丈空间，其实这木筏与木筏之间也有连接，只是并未放入水中，那是两根不粗的竹篙，这是为防止前后两木筏若是遇到礁石、障碍挤撞在一起时，这两根不粗的竹篙就会最先撞到前面的大木筏上，借竹篙的曲张之力可使两张大木筏之间有一个缓冲之力，此乃轩辕提议设计的。不过，这只能在突发危险之时才能派上用场，当然，任何设备都会有用得着的时候。

叶七有些讶异地望了望轩辕，有些疑惑地问道：“难道你也觉察到了什么?”

轩辕没有回答，只是向两岸的密林望了望，道：“如果我估计不错的话，在我们到达共工集之前，应该有一场变故发生。”

“那怎么办?”燕琼担心地问道。

“小琼儿别慌，阿轩肯定已经想好了对策，你的夫君岂是平凡之人?”叶七竟对轩辕产生了一各莫名的信任，这是很难言明的。

的确，在最初叶放让轩辕充当族中十二名勇士的头领，而让叶七和化金为辅时，这对于他们来说，的确有些不服气。尽管轩辕的表现极好，那让人心惊的“以拳还拳”的打法和宽容的气度很被族人看好，特别是在使叶皇改邪归正的那种手段上的表现，无不展现着他的智慧和魄力，但他实在太过年轻，而且又是一个外来之人，于情于理，他都很难服众，也难顺理成章地成为十二勇士之首，可是叶放偏偏让轩辕担任十二勇士的首领。

当然，叶放的命令在有邑族中无人敢不从，因为他是族长，之所以为族长，就是因为在武、德各方面都是族中最值得信赖的，也是最具权威的。既是叶放的决定，全族中人都会遵从。但后来叶七见到轩辕在遇事时处变不惊，老成持重，而且果断麻利，更多的新奇构想都是出自轩辕的口中，这让叶七又不能不重新估量这个神秘的年轻人。

此刻的轩辕，整个人看上去就像是一个经验绝对老到的猎手，那种冷静，那种充满自信的目光，似乎可以洞穿一切未知的事物，那种超然的气势十分自然地流露于外，让人心中不由自主地升起一种敬重之意，包括叶七在内，也对轩辕生出了敬意。

十二勇士中的年轻人倒是都能够与轩辕相处得很好，也许由于猎豹的原因吧……

“我们就来跟这些不敢见人的孤魂野鬼干一场吧，让他们知道我们的厉害！七叔，你立刻按照我的吩咐去安排一下。”说完轩辕伸手在河中捧起一捧清水喝了一口，再立起身子甩了甩手上的水珠，充满豪气地道。

“说吧，我应该如何做?”叶七也被轩辕的从容自信激得战意大起，忍不住问道。

轩辕露出了一个极为潇洒的笑容……

乱石成行，秋风肃杀，林稀径小，枯黄的杂草四处乱生，偶有虫鸣兽走，却未减丝毫凄凉的意境。

凄凉并不是最主要的格调，其实木青也很有欣赏能力的，这里的风景虽然荒凉了一些，但也别具一番意味，唯一让他感觉不舒服的，并不是这里的景物，而是气一股浓重的杀气！

杀气，如秋风一般，漫过这里的所有空间，至少在木青所处之地的方圆数丈之中，已清晰地感受到了那股异乎寻常的气息。

其实，这也不能算是杀气，只是一种潜在的压力。无形无影，但却又确实存在的压力。

这里是虎堡的后山，太华集的背面。

木青暗自叹了口气，知道自己的行踪最终还是暴露了，虽然他已经做得很小心很小心，但他仍然落入了对手气机所笼罩的范围之内，抑或可以说，是对方以气机锁定了木青的方位。

木青驻足，他知道，该面对的，终究会面对，不必作出任何回避。

很快，木青便听到了一阵极为细碎的声音，犹如一片秋叶落于地上，溅起了些微的尘土——这声音响在他的身后。

木青并没有回头，他不觉得有回头的必要。

“你终于还是来了，我已经等你很久了。”这个声音有些傲慢，也有些得意。当然，在这个声音之中，有一种如秋风般的肃杀清冷。

木青微感意外，但仍未回头，只是淡淡地问道：“哦，原来你在这里等了很久，难道你知道我一定会来?”

“当然，虎王早就已经算准了这一切。”答话的声音仍然显得冷意森森，但木青已经知道对方是谁了。

这声音对于他来说，并不感到很陌生，在华虎的身边除了黑白二虎之外，还有五虎将，十豹骑，而这声音的主人正是五虎将之首南山虎华通。

木青并不止一次与华通打过交道，而以他一个优秀猎人的身份来说，要想分辨出一个人的声音并不是一件难事。

木青缓缓转过身来，目光之中闪烁着一种悠然的冷厉之色，他没有听错，在他的身后，是两个人！

不错，在木青的退路上立着两人，正是五虎将中的南山虎华通和啸北虎如意。

木青笑了，笑得很自在，很随意，也很轻松。其实他也不知道为什么要笑，总觉得这是他应该留下的表情。只是，木青的这种表情使华通和如意很难接受，也无法理解。

“哦，很好笑吗?”南山虎华通想为自己的疑惑找出答案，是以，他发问了。

“有那么一点吧。”木青耸了耸肩，漫不经心地答道，目光却在华通和如意脸上扫了一遍。

华通和如意稍感愕然，但立刻又发出了一声不太自然的冷哼。

“是华虎让你们来对付我的?”木青问道，神情仍然显得十分平静。

“看来你并不是笨人!”华通有些嘲弄地笑道。

“我也这么认为，那就是说，我们的行踪和消息真的是华虎透露给虎叶的了?”木青突然间大感愤怒，心底也涌起了一股浓烈的杀机，而这一切他毫不掩饰地表现了出来，感受最深的当然是华通和如意二人。

的确，木青在刹那之间整个人的气势都变得有些异常，犹如在一个冰冷的囚室中，突然间燃起了一堆烈火，那种似乎蕴有强大生命力的气机几乎一下子穿透了他们联手所布起的气网——木青像是一柄剑，那股无形的气势，如一柄膨胀扩张的利剑，欲刺穿一切。

这一刻，华通不再怀疑华虎对木青的评价，绝对不再怀疑！在这之前，他总觉得华虎所说言过其实：木青虽然厉害，但最多也只能算是一个普通高手而已。但华虎却说木青是除蛟梦之外第三难缠的高手，其武功之高在有侨族中甚至也可排在第三位，而在蛟梦的身边可能还有一位不知名的高手，这是一个连华虎也捕捉不到痕迹的人物。华虎所凭的只是一种感觉，一种对潜在高手产生的特殊感觉。

华虎当然不会无故去评价一个人，他之所以评价木青，是让其属下能够更有准备地对付有侨族这个可怕的年轻人——比蛟龙有过之而无不及的年轻人——木青！

华通对这本有些不信，但此刻见木青周身散发出来的气势，不由对华虎生出了几分敬服。的确，华通看走眼了，木青的精华内蕴，实已达到了不轻易外露实力的境界。

如意的眸子之中闪过一丝讶异和震惊，但他绝对不是善男信女。

“你说得没错，这一切全都在我们虎王的意料之中，只不过，蛟梦比虎王想象中还要聪明一些，居然能如此快便想到问题出在我们身上。而你比我们想象的早到了一步，看来，我们连你也要重新估计了。”啸北虎如意冷漠地道。

“卑鄙，我们都看错了华虎，也看错了山虎盟！不过如此也好，既然事实已成这样，我也就不必再跟你们这一群没有信义的败类纠缠下去了！”木青目光乍亮，犹如两柄有形有质的利刃，语气也转变得更为冷酷，微耸的肩膀缓缓外张，顿时生出一股强大的气势，以自己为中心向华通和如意两人逼去。他并不想作太多的解释，更不想纠缠太久。这对于他来说并没有什么好处，因为此地是虎堡的后山！

华通和如意两人竟不自觉地向两旁微分，似乎被木青的气势所逼。当然，事实并不是这样，他们之所以向两旁分开，只是对木青构成一个更具威胁的犄角。

木青的眉头微皱，但目光之中不可避免地露出了一丝赞许之色，是因为华通和如意之间的配合，也可以说是两人站立的这个犄角让木青刮目相看。不可否认，木青在对方形成犄角之时压力大增，但是他并没有丝毫的意外，如果山虎盟的五虎将都不能对他构成威胁的话，这个山虎盟存在的意义就应该值得怀疑了。

山虎盟这几年也经历了无数风浪，但却逐渐成长起来，这不是侥幸。所以，打一开始，木青就不会小看山虎盟中的任何人，不过，他对自己更有信心。无论面对谁，他的信心从来都没有动摇过。虽然有过唯一的一次遗憾，但那并不是他的错，任谁面对那条巨大无比的魔蛇时，都不可能不心生退避之意……想到轩辕，木青心中微微多了一些惆怅，惆怅之中，他踏前了两步。

快，快如疾风，步步如奔雷赶月，又如巨杵撞钟，竟生出了砰砰一连串沉重无比的闷响，这使得木青的气势疯涨，杀气如潮水一般推上了难以控制的峰端。

这似乎很出华通和如意的意料之外，他们没想到当两人形成犄角后，在如此强烈的气势之下，木青仍敢抢步而攻，这岂不是迎强而上、逆流而进吗？

不过，他们实在不必想太多，唯一可做的事情就是出刀。

刀是圆月弯刀，长三尺三分，这是山虎盟的标志兵刃。大凡了解山虎盟的人，都应该知道这种兵刃的存在。

刀光如雪，洒下漫天的凄迷，向木青迎头击去，但是突变就在此时发生了。

木青居然倒退，比进时的速度更快，更不可揣测。

一进一退，木青的气势不仅未减，反而更盛，但他并不是选择华通和如意两人而攻，他岂有不知新生之师，不可轻迎其锋的道理？何况这又是华通和如意蓄势已久的一刀，如果硬悍其锋，其结果绝对是吃亏上当。

木青退，华通和如意竟然为之色变，他们的刀仍是刀，气势仍然如潮涌涛翻，可是木青这一退竟像是在海堤之上挖开了一个巨大的缺口，形成一股无可抗拒的牵扯之力，将他们蓄足的气势和力量引向了一个无底的洞穴。

这还不是华通和如意色变的原因，色变是因木青在倒退的同时改变方向，向身后的乱石堆中扑去，而他的剑，就在此时划出。

木青并不是攻向华通和如意，而是攻向身后的乱石堆，那个不起眼且杂草丛生的乱石堆。

木青的剑犹如青鸿掠空，整个人更如飞龙过隙，在骄阳之下，拖过一道淡影，带着裂地开山的气势向乱石堆攻去。

木青的速度的确够快，而且一切都似乎早已预算精确，华通和如意全都成了他计算之中的一颗棋子。

轰……碎石狂迸而起，没头没脑向凌空的木青撞去，带着断草、杂物和庞大的气劲直逼木青。

木青一声低啸，身子如陨石一般，突然坠落，剑势不竭，只是在落地的一刹那，身子以俯冲之势贴地攻向乱石堆。

不，应该说是攻向一个满脸刀疤的汉子，他正是华虎座下五虎将中的疤面虎兴风，一个与虎为伴整整十载的可怕人物。

木青也不得不暗惊华虎的计算之准，竟似乎猜到蛟梦一定会派他前来。单凭这一点，就使他不得不重新估计华虎的智慧。当然，他绝对不会让华虎有好日子过，任何敌人都不会有好日子过，这是木青的原则。

三虎对于木青的估计，似乎仍然只能以低估去解说，因为木青的剑总是让他们的估计失误，这是一件足以让人头大的事情。

兴风为木青的应变速度而惊，的确，他应该感到吃惊，因为木青的剑在他完全直起身子之时，已经疯狂地进入了他的四尺范围之中，而且是自下而上，意欲挑开他的胸腹，此时剑气已激飞沙石杂草，冷森而锋锐，兴风想不吃惊都不可能了。

锵锵……两声清脆的兵刃交击声，木青已经立起了身子，利剑与兴风进行了两记硬击，而在这时华通和如意的刀气已经重斩于地，但却徒劳无功。

轰然爆响之中，地上的沙石飞扬而起，使得这一片空间变得混乱不堪。

木青的杀意狂炽，绝不给兴风任何喘息的机会，剑动如灵蛇飞舞，飘闪之间又似无孔不入。

当当……兴风一出手就被连续逼退八步，简直没有半点还手的机会，他做梦也没有想到木青竟如此精明，也如此棘手，他一直都以为自己藏身的方位很好，很隐蔽，可是木青竟然最先出其不意地向他攻击……

华通和如意心下骇然，但兴风掀起的那一大堆石头和杂草掠过木青的头顶，已向他们罩了过来，这本是为对付木青的，可是此刻却成了同伴的阻碍。

在木青攻出第三十一剑的时候，华通和如意终于赶了上来，但兴风的肩腹已多出了三道剑痕。

当木青挥出第三十二剑时，脚下已经错步，自华通、如意与兴风的夹击之中逸出，再自右侧反切华通和如意。剑如流云，锐啸尖厉而凄长，强大的剑气几乎使兴风窒息，而木青也似乎融化于这一幕剑影之中。

龙槽，共工集上游十里处一条水流湍急的窄河道，这里的水流中有一处近丈余高的斜坡，水从上而下注入一个水潭中，而在水潭之下，就是极宽的河道，再行十八里即可抵达黄河之中。

龙槽鱼虾极丰，水流湍急，常有人捕鱼其中。

共工氏部族之人本就擅于捕捞，是以，在龙槽之畔，捕鱼者甚众。

今日也有五个捕捞者，全以竹笠盖着头顶，撒网之间，收获不小。

其实，渔夫之意不在鱼，的确，当一根竹篙自龙槽上游突然淌下之时，五位渔夫的神情全都变了，且面面相觑，目光全都向龙槽的上游望去，只见一点黑影渐渐淌近。

是一张竹筏，空的竹筏。

噗……竹筏在加速流入龙槽之时，突然定住，竟横在那水流最急的一段河道中间，只要再滑进三尺，就会顺水坠入低于上游水面一丈左右的龙槽之中。

竹筏之上空无一人，却有几双凌乱而陈旧的草鞋与几张兽皮及吃剩的肉骨头，还有一条黑纱头巾。

几名渔夫禁不住大感愕然，在相视而望的眼神之中，都看出了彼此的惊愕和茫然。

河道两岸竟连着三根巨藤，在激流之中半隐于水中，半露于水面，并不是太显眼。竹筏之所以停留在河道之间，就是因为这三根巨藤的原因。

“看，那是什么?”这时，一名渔夫再一次伸手指了指自上游漂来的黑点低呼道。

五名渔夫目光一齐向上游望去，同时低呼道：“空竹筏!”

的确，自上游飘来的仍是一张空竹筏，没有半个人影，有的只是极为凌乱的物品和几件被撕破的衣服。仔细一看，还可看清大竹筏之上有一大片血迹，显然是不久前溅上去的。

轰……这一张大竹筏与前一张停在河心的竹筏撞了一下，去势稍缓，但很快又被巨藤定住。

“怎么会这样？他们呢？胡三，快去通知尊者，事情可能有变!”一名渔夫向那名此时正欲翻动巨藤的大汉吩咐道。

“难道是蚩尤他们也派来了高手先下了手?”一名渔夫收起渔网忧虑地道。

“不可能!我们的速度比他们快得多,蚩尤不可能赶在我们的前面行动的。”一名渔夫肯定地道。

“那这又怎么解释?”那收网的渔夫惑然不解地问道。

众渔人全都皱起了眉头。

“我们要小心一些,再看看吧,或许是对方使出的诡计也说不定。”其中一名渔夫提议道。

“看,又一张筏子!”

“上面似乎还有一个人!”

几人说话之间,那张筏子已经迅速地漂了过来。

砰……然一声巨响,那张竹筏已经撞在前两张竹筏之尾,然后定了下来。

竹筏之上有一摊刺目的血迹,更有一具俯卧于筏上的躯体,在筏身巨震的当儿,这躯体翻了两番,坠入河水之中,却似乎没有挣扎一下,但在坠入河水的一刹那,水面立时浮出一片血污,那躯体很快被流水冲了下去,巨藤对它并没有什么阻碍。

哗……躯体坠入龙槽之中,犹如一堆朽木,沉浮了几下后,便向水底沉去。

哗……而在这时,一张巨网撒了开来,准确无比地罩住了那具躯体。

渔夫们再也坐不住了,都看出了彼此的惊骇,不过他们却知道这躯体早就已经失去了生机,那么这人是谁呢?又是谁干的?为什么会出现在第三张竹筏之上?

“是个死人!”收网的渔夫望了望那具脸面模糊的尸体,极为失望地道,因为他们根本就无法自这具尸体的容颜上辨出其身份。

“好重的拳劲!”一名赶来的渔夫有些咋舌地望了这整张脸几乎全都塌陷了的尸体一眼,沉重地道。

“什么人有如此可怕的拳劲?难道真的是有人赶在我们前面动手了?”

一名渔夫皱眉自言自语道。

“嘘……嘘……”一名渔夫嘬嘴一声尖啸之后，龙槽周围的树林之中很快便蹿出了二十多人，其中一人以长达三尺的野鸡羽斜插于顶，那是一顶奇怪的帽子。

其实，那人本身看上去就有些古怪，赤裸的前胸青毛极浓，脖子之上更挂着一串细小的花贝项链，步履如飞，迅速向龙槽赶来。

“尊者，事情可能有变！”一名渔夫迅速迎向那怪人，恭敬地道。

“水中还有个东西淌来！”一名立在河边的渔夫突然再次呼道。

“捞起来！”那被称为尊者的怪人吩咐道，他也已经看到了河中的情景，自然感觉到了事情可能有变。那几张竹筏之上如此凌乱不堪，而且又染满血迹，且有几根巨竹被大力踩裂，可以想象不久前，必定有人在竹筏上面激斗了一场。

“是人！”那渔夫撒网之时，就已看清了那个在水中沉浮不定的黑影竟又是一具尸体。

“是死是活？”尊者也赶到了河边，望着那具渔网中一动不动的死尸，眉头皱得极紧。

那自林间赶出的二十多人全围了过来，都似乎极为不解地向河水的上游望去，似是想知道上游究竟发生了什么事，为什么自己所等的猎物迟迟没有出现？却等来了几张破竹筏和两具尸体？

所有人都在猜测着上游究竟发生了什么事情，但谁也没有底。

“看样子，他似乎并没有死！”那渔夫将那具湿漉漉的躯体自网中拉出，探了探其心脉道。

“快，救醒他，然后再问问上游究竟发生了什么事情。费四，你领着林中的兄弟沿着河道向上搜寻，看看能否寻到一些蛛丝马迹。”尊者沉声吩咐道。

“是！”一名左脸长出无数紫斑的汉子应了一声，转身就向林中行去。

“小心一些！”尊者又补充道。

风起云涌。

云不是云，是杂草，是败叶，是细碎的砂石。因为有风，所以这一切都混乱地狂舞起来，其乱犹如云絮。

狂舞的杂草、败叶、碎石中，也有剑的青影。

风起，就因为剑舞，而剑，是木青的剑。木青本就是云的一部分，整个身形犹如一个模糊的影子。但当他施展出第九十九剑时，终于被对方挡住了，其身形和颜面立时显得清晰起来。

木青在第九十九剑时被挡，是华通和如意竭尽全身所能才达到的效果。

不管怎样，他们最终还是挡住了木青那犹如暴风骤雨般的剑势，便如同堵住了一个缺堤的海岸，那犹如长江大河般狂泄的剑意、杀机，全都被抑制，因此，木青的身子再现。

木青的身子再现，但他的动作并未停滞，似乎没有什么可以让他有半刻歇止。这让华通、如意、兴风都惊骇不已，他们从来都未曾见过如此顽强而凶悍的对手，他们也没想到这样一个只有二十七八岁的年轻人竟身负如此可怕的剑术。的确，华虎没有高估木青，甚至还低估了他。

兴风在木青的狂攻突止之时，挥刀攻上，他不再有丝毫的大意，也不敢有丝毫的大意。手中的刀划过一道美丽的弧线，犹如惊鸿展翅，煞是壮观。

好看的刀式，也有着同样让人赏心悦目的杀伤力。其实，那只是一种残忍的血腥之味，只有残忍者才会赏心悦目。

木青长啸一声，他不攻，而是退。

退！也如绕树穿花，剑光如飞雪晨雾，迷茫而空灵。他知道，以一己之力若要干掉这三个人，实在有些力不从心，这一点木青很清楚。当他连攻出九十九剑却仍未让华通和如意防守失利，反被两人挡住了其狂攻之势时，他便知道这个结果，所以木青绝不会再有半点犹豫，他选择了退！

木青是个猎人，绝对会审时度势。正因为如此，他所选择退走的路线也是经过深思熟虑的。

兴风、华通和如意根本就无法阻止木青退走，无论是武功还是速度，他们仍与木青相差一段距离，即使在气势上，若非他们联手，早就已被木青压倒。是以，此刻木青选择退后，他们只能在背后追。

木青并没有为能从容地自兴风、华通和如意三人的攻击中退走而感到得意，他本也想得意，本也想高兴，可是他所有积极的情绪全都被一股来自心底的压力挤得灰飞烟灭。

那股压力来自他的心底，如同一只无形的魔爪正在做着揪心的动作。

其实，压力也并非完全来自心底，而是出于外在的一种气势，如一张巨大的网，紧拢着每一寸肌肤，那种压抑的气势便如暴风骤雨来临前阴云避日遮天时所产生的效果。

木青在奔出第十八步时突然顿住身形，就是因为这一股气势，这一种压力，侵入他心底深处的压力。

剑尖斜指地面，与身子成三十度的锐角，木青的目光变得更为深邃，更为悠远。

兴风、华通和如意自木青的背后赶到，双方相距一丈呈扇形而立，如同守着一只猎物。

“果然是个人物，竟能将剑术修至如此境界，确属不易。”

木青毫无表情地对视着那两个自树后走出的人，并不言语。其实他也并不需要任何言语，他周身散发出来犹如烈火一般强盛的斗志已经表明了一切。

说话的人竟是黑白二虎中的黑虎，这有些出乎木青的意料之外，也感到有些荣幸。华虎的确很看重他，不仅派出了五虎将中的三人，更连黑白二虎也都派来对付他了，这的确令木青感到荣幸和骄傲。

“想不到连黑白二虎也赶来了，可真是有趣，看来华虎用心良苦了！”木青微微有些苦涩地笑了笑道。

“如果能够留下你，这一切也就不算什么了。”黑虎轻松地笑了笑道。

“我不明白，我们有侨族与山虎盟并无过节，甚至还有交情，可是你们这么做又是为了什么呢？这对你们又有什么好处？就算虎叶能够庇护你们，你们也将面对着我有侨族数百勇士的报复，你们难道就没有想过这样做会出现什么后果？”木青冷然反问道。

“哼，如果我们怕，也就不会这么做了。虎叶算什么，我山虎盟还需要他的庇护？哑，真是好笑至极！他也只不过是我们的一颗棋子而已！”黑虎有些得意地道，唯白虎沉默如死，目光之中尽是凶悍的厉芒。

木青不由微微一愣，有些讶异地望了望黑白二虎，剑尖微收，却也无法弄清华虎和虎叶之间的关系，淡淡地问道：“那你们为什么要与虎叶联手对付我们？华虎故意留着我们的族长喝酒，却又将我们的行踪通知给虎叶，以让虎叶轻易抓走我族中的兄弟，这不是摆明与他合作吗？”

“哼，老子本以为你有什么过人之处，原来也不过如此。人与人之间本就是相互利用的，我们能够坐在一边观看狗咬狗，又何乐而不为呢？”黑虎得意地笑道。

木青大怒，杀气狂炽，手中的剑尖竟然颤动起来，他相信黑虎的话，但却无法明了黑虎的动机和目的。而在此时，他想到了一个极为可怕的问题，不由得稍稍平息了一下心中的怒火，冷冷地问道：“你们究竟是什么人？是自哪里而来？”

黑虎终于来了兴趣，显然是因为木青的这个问题。

木青心中在盘算着，在思考着，没有人知道华虎的真正身份，也没有人知道华虎来自哪里，他就像是一个没有过去的人，但在太华集上又迅速崛起，这对于某些人来说，的确是一个应该思考的问题。

在这个地广人稀的世界中，人们的思想范围也受到地域的限制，每一个远来的人物都像是一个谜，每一个崛起的部族都有着自己的故事。华虎的崛起本不应值得注意，因为有侨族和少典族诸部也都是自遥远的地方迁徙而来，但是华虎的山虎盟却有着不可告人的狼子野心，便不能不让人去深究其来源背景了。是以，木青才有此一问，但他心中明白，若要知道答案那并不可能。其实在目前来说，重要的并不是这些，而是如何自五位高手的手下逃出去，这是首要的任务。

“这一点你并没有必要知道，你只要说一声是战是降就可以了。”黑虎有些盛气凌人地冷笑道。

“就凭你们这群以多为胜的无赖也想让我投降？哼，我木青乃顶天立地的男子汉，岂是你们这群小人所能主宰的？来吧，露点真本领给我看看。”木青挺直腰杆，眉宇之间散发出一股不灭的豪气，傲然道。

黑白二虎的眉头也微微皱了皱，他们感觉出了木青激昂的斗志和奔涌的杀机，那疯涨的气势让他们有些讶异，他们似乎没有料到木青竟然遇强愈强。

的确，木青知道自己再也不可能冲出包围之后，就已经完全地静下心准备一战。此刻的他已经排除万念，心静如止水，唯剩满腔斗志和杀意，而这些，正是将他的气势激上巅峰的动力。

华通诸人也微感讶异，此刻的木青，杀意和斗志比之刚才更甚，让人更难以捉摸和揣测，在短短的一刻之间，木青似乎变了个人似的。

没有人敢小觑木青，而他也的确是一个让人不能忽视的人物，包括黑白二虎。

空气似乎在这片刻之间凝结，风不再流通，存在的只是一种让人窒息的杀气，木青的剑抬了起来，平肩，内收，剑尖微挑，却是一个几乎没有什么规则的起手式。但就是这个简简单单的起手式，浓缩了这一片天地的生机，酿造了无穷无尽的杀机。

龙槽，哗哗的流水声几乎掩盖了人声，但是那被唤作尊者的人却蓦然抬头，他似乎隐约间捕捉到了一种异样的声音。不过，那声音有些遥远，当他再次仔细听时，却又什么也没有，唯有流水的哗哗之声。

“哇哇……”那具自水中捞起的躯体竟自口中喷出几口污水，又开始有了些微的呼吸之声。

五个渔夫将这个几近赤裸而健硕的躯体倒置，头低脚高，几人用力在那鼓起的小腹上压挤着，以图将这人腹中的污水尽数压逼而出。

那躯体的嘴角仍在不断地流出污水，不过身上并没有明显的伤痕，众人心中猜测此人可能是被他人逼入河水之中，却又不会游泳，这才喝饱了水。只要救醒了这人，尊者等人就会知道上游究竟发生了什么事，而他们所等的人又为什么还没有出现？

吱吱……林鸟惊飞，那被唤作尊者的怪人再次抬起头来，他又听到了那异样的声音，这次他的脸色变了。

对，是惨叫之声，有人在死亡之前所发出的最后一声漫长而凄厉的惨叫之声。听到这声音的人，只有尊者，其他人似乎并没有注意到这些，只是注意着那呕吐污水的躯体，或许因为水声太大的缘故吧。

“胡三，你去看看费四，他们是否已发现了什么或出了什么事。”尊者沉声吩咐道。

“是!”胡三有些疑惑地望了望尊者那张有些变色的脸，不知道他为何要出此言。不过，他绝对不敢违命，是以应了声也向上游行去。

“不用走得太远，只要唤一声就行了。”尊者再次吩咐道。

胡三向上游走了十余丈，在一处流水声稍小些的地方驻足，嘬嘴发出三长三短的尖啸，犹如利刃刺入天幕，刺耳至极。

嗖嗖……回应胡三尖啸之声的竟是两支快捷无伦的暗箭。

轻微的弦响，和那锐利的破空之声惊动了胡三，这有些出乎他的意料之外。

箭是自暗处射出的，至于是哪个角落，胡三并没有太过注意，但是他却吓了一跳。

胡三的身子侧倒、斜蹿，他的反应不谓不快，其闪避也极为有效，那本是射向他要害的箭矢却只有一支钉在肩头处，发出一声惨呼是在所难免的。

胡三的惨呼惊动了所有人，包括那些正在救助溺水者的渔夫也惊动了。

“小心……”尊者忍不住大呼，虽然他与胡三相隔十丈有余，可是他仍清楚地看到了一柄自侧面射向胡三的短刀。

那柄刀好快，计算得极准，似乎将胡三闪避那两支暗箭所要做的每一个细节都算得准确无比。

刀，是伴随着人的出现而出现的。

这个人是凡三，刀也是凡三的刀。

飞刀，是凡三最拿手的好戏，凡三活了十几年，在近五年之中，他的飞刀从来都不曾失误过，包括这一刻。

的确，凡三这次发射飞刀依然没有失误，不发则已，一发绝不会浪费，那打扮怪异的尊者的呼喊声并没能救下胡三的命。

胡三还没有来得及将最后一声惨叫圆满地呼出，那柄飞刀已经割断了他的咽喉。当胡三的尸体坠地的那一刹那，凡三犹如一只猴子般赶到胡三的身边，拔出了刺透对手咽喉的短刀，并在胡三的衣服上抹拭了一下刀身的血迹，然后叶七也出现在他的身边。

“杀!”尊者震怒不已，他似乎没有想到敌人居然欺到了头上，而胡三竟死得如此不明不白，怎叫他不万分震怒？怎叫他不杀机大起？

“哇……”而在此时，那溺水之人的口中竟再次喷出一口污水。

不，应该说是水箭，带着强劲无比的力道，如箭般喷出。

“呀……”几声凄厉的惨叫响起，那几位正在为溺水者挤压小腹的渔夫捂着眼睛哀号起来。

砰砰……那溺水者居然一弹而起，犹如鲤鱼跃水，最先冲起的，是他的两只拳头。

第十五章　独龙拳劲

拳劲如锤，重重锤在两名尚未能反应过来的汉子的小腹之上。

可怜那两人还没有来得及反抗，就口喷鲜血飞撞而出。

尊者大惊转身，迎面撞来的却是两具狂喷鲜血的躯体。

砰，轰，啪……呀呀……那溺水之人的身子一立而起，便如一团旋风一般，手足齐出，带着惊人至极的爆炸性力道轰得他周围的人四散飞跌，惨叫频传。

轰轰……尊者似乎没有想到这溺水之人竟然如此厉害，且突然出手暗袭，一开始就伤了他七八人之多，是以，他在闪开那两具躯体的同时亦向溺水之人奋起还击。

砰……两股劲力相撞，溺水之人倒退了三步，这并不是他力道不如对方，而是尊者含愤出手，愠怒一击，力道大得惊人。不过，溺水之人的倒退却是另有原因——那就是为了杀人！

不错，他倒退三步，双肘准确无比地撞在自身后攻来的两人小腹上，而这两人的攻击因溺水之人的身子微曲而落空。

“哇哇……”当那两人被溺水者以手肘相撞喷出一大口鲜血飞跌而出时，另有一只脚狠辣无比地踢在溺水之人的肩头。

“阿轩，小心！”叶七忍不住惊呼出声。

溺水之人正是轩辕，而这一切便是轩辕一手安排的计划。

原来，轩辕早就想到对方会在河道中设下河障，当叶七说出自己的怀疑之后，轩辕立刻作出了安排。

轩辕似乎生来便具备一种敏锐的预感，那可算是第六感觉。其实，这一路来他很早就似乎感到有些不妥，只是无法说明不妥之处在哪里，经叶七提醒，他也将那种模糊的感觉捕捉得更加清晰。

既然敌人能够在如此快的时间内找到他们的存身之处，就说明敌人的跟踪并不是在短短时间之内，说不定对方真的在他们一出有邑族后便开始跟踪，而跟踪者既然不敢全面出击，而只是派出几个小探子打探情况，仅凭这一点轩辕便猜出对方的力量不够对付他们，人数十分有限。

轩辕窥破这一点之后，自然知道应该怎么做，既然敌人没有把握与自己等人硬拼，就是说只要找到敌人的所在地，战略运用得当的话，完全可以让敌人吃不了兜着走。而轩辕之所以如此肯定对方会在河道上设下陷阱埋伏，那也是一种估计。对方既然来探过营，自然知道这里有一条河流可以通向共工集，然后再顺流东下，弃难行的陆路走水路这是一种很正常的选择。而且对方更算到，轩辕在发现他们跟踪之后，自然会改变路线，水路的跟踪难度大多了，对方又岂会不走水路?

这些人的估计并没有错，轩辕的确是选择了水路，但他们没有估计到轩辕也料定他们在水道中设有伏兵。

轩辕让人先放下那三张竹筏，并在三张竹筏之上做些手脚，留下一些伪装的痕迹，制造出一种假象。如果敌人欲在河道中设下障碍的话，就一定会设在水流湍急之处。是以，轩辕在放出竹筏之前，首先注意的是水流是否加速了。

果然不出所料，对方的障碍设在龙槽处，也只有这里水流最急，而他们在这里设下巨藤，如果木筏在巨藤上一撞，保证筏上的人将控制不住身子，到时必定会随着惯性直摔出去。而木筏被巨藤所阻，筏上的人就唯有坠落龙槽的份儿，其时那些人早就在龙槽边准备了渔网，当圣女、轩辕诸人一旦落入龙槽，他们必定以渔网捕获，再加上守候在一边树林中的人迅速拥出，即使轩辕等人再厉害，事出突然，人在渔网中，也只能束手就擒了。这些计划本是很准确的，也十分周全，只可惜他们估错了轩辕的能力和智慧。

轩辕杀了昨晚擒获的那名探子，并将他的鲜血和衣物之类的琐碎之物抛于竹筏上，猎豹一拳下去，只打得那探子面目全非，然后给他换上轩辕的衣服，倒还真像是与人搏杀时战死的有邑族勇士。而在龙槽上游四里处，轩辕就感觉到水流加速，于是先后放出三张竹筏，轩辕更装作溺水之人顺流下淌。

这也是一种赌，以轩辕的水性，这些根本就不成问题。于是喝饱一肚子水，闭住呼吸任由躯体下淌，后来果然被人用网捞了起来。其实他一直都是清醒的，更在演着这个溺水的角色。

叶七按照轩辕的吩咐，将木筏留在河中，众人分两路上岸，并静观其变，小心搜寻敌踪。

事实证明轩辕的这一推算和安排是十分英明的。

在叶七小心搜寻的当儿，费四领着二十多人向上游赶来，而这些人刚好中了叶七的伏兵。

与叶七在一起的，都是一群极为厉害的高手，又是置身于暗处，凭这些人的狩猎手段，以迅雷不及掩耳之势干掉了来敌，或杀死，或打晕，或重创，但没有一个对手有再战之力。

叶七既然发现了敌人的来向，自然不再等待，遂向龙槽这边搜寻而来，然后便成了现在这种情况。

轩辕觉得自己的确没有必要再等待，瞄准时机立刻挥出重拳。不过，此时他也并不好受，人毕竟是人，虽然他勇猛无比，但终究双拳难敌四手，最终还是中了对手一脚。

可轩辕并没亏，对方以重创九人为代价踢他的一脚并未能让他受伤。

轩辕的体内似乎自生出一股抗力，抵消了这一脚的力道，其实这一脚之力还没有叶皇的拳头重。

轩辕的身子侧翻而出，便听到了叶七的惊呼。

叶七的惊呼是因为一根长叉，这根长叉正等待着轩辕撞上去。

这些来历不明之人并不是弱手，刚开始是因为事起仓促，被轩辕杀了个措手不及，但此刻基本上稳住了阵脚，立刻展开反击，虽然分出一些人向凡三和叶七进行围攻，但这并不影响他们对轩辕的攻击。

“呀……”当凡三的飞刀再次刺穿一人的咽喉时，叶皇和花猛及圣女凤妮的八大护卫已经赶到。

“去死吧！”那挥动长叉的汉子怒吼道。

“不见得！”轩辕在最危险的时刻竟准确无比地抓住了叉身，身子也同时止住。

哧……那汉子一抽长叉，那根并不是很锋利的刃割开了轩辕的手掌，轩辕一声惨呼，这一叉虽然没有要了他的命，却几乎割断了他的手指，幸亏此时他已运劲于掌，否则这只手只怕要废了。

“轩辕小心！”褒弱伴在圣女凤妮的身边，见阿轩遇险，禁不住脱口呼出她最为关心之人的名字，她想都不曾想过，而眼前之人也根本没有承认自己是轩辕。

轩辕听到这声关切的惊呼，一时心头热血沸腾，豪气上冲之下竟忘了自己此刻的身份并不是有侨族的轩辕，脱口回应道：“些许小伤，没关系……”

轩辕一句话还没有说完，便不得不出脚去阻挡一旁攻来的齐眉大棍。

砰……轩辕强忍着剧痛，愤然出足，挡开了自另一边攻来的齐眉长棍，但心中却暗自叫苦，这时那个被称为尊者的怪人的怒拳已如奔雷般攻到，那种疯狂的爆发力绝对不逊于猎豹的狂猛之拳。

轩辕咬咬牙，只得挥出那只没有受伤的左手强迎而上。

这是没有办法中的办法，他可不想死。

木青轻缓地移动了一下脚尖，但这却换来了黑虎的攻击。

黑虎并不想让木青蓄足气势，这样对于他们来说并没有什么好处。同时他也不想自己所受的压力和威胁太强，是以，他在木青悄无声息地移动一下脚尖之时，已出手了！

木青移动脚尖，是为了让自己能够蓄积更强的气势，以使战意更盛，但是黑虎对他的每一个细小动作都捕捉得无比清楚，更不给他留下任何机会。

这当然是一种无奈，可木青却必须面对这种无奈的局面——黑虎的刀！

黝黑的刀，在虚空之中划过一道玄奇而诡异的轨迹，是那般清晰，又是那般轻松惬意，可就是这样轻松惬意的一刀，割开了木青强凝的气势，破开了两丈虚空，然后迎向木青那依然锋锐的杀气。

简简单单的一刀，一目了然，但却有着意想不到的压力自刀锋上散射而出，似乎是自每一个可能存在的角度封死了木青所有可以攻击的方位。

木青的眸子里闪过一丝异样的神采，黑白二虎能成为山虎盟中最凶悍的两名战将并不是浪得虚名，只凭这一刀就可清晰地看出他们所存在的力量。

白虎和华通诸人并没有出手，他们不觉得有此必要。

这对于木青来说，当然是一件好事，能够减小一些压力，至少可以拖延一点时间，只要能拖住一段时间，蛟梦便有可能赶来相救。

木青出剑，其实也并非出剑，只是以剑身在胸前画了一个圈，以一道优美的弧迹扭动着剑身，然后剑尖便不自觉地在这个圈子里转动、盘旋，虚空之中大圈套小圈，圈圈连环。

噗……刀剑相击的声音并不是清脆的金铁交鸣声，而是低沉郁闷的轻响。

木青退了一步，在虚空中形成的大小圆圈如同一个被拉长的弹簧，更如一道道有形的声波在以木青的剑尖为中心扩散。

“神山鬼剑！”白虎忍不住低低惊呼一声。

白虎自然听说过这种存于有侨族的神奇剑法，这是与蛟梦身负的流云剑道齐名的两大剑法之一。

其实木青能习成神山鬼剑并不值得奇怪，因为他的父亲木孟在二十多年前与蛟梦并称为有侨双杰，其剑道尚在蛟梦之上，只是后来因练功走岔，暴病而亡。但木青是他唯一的儿子，木孟所创的神山鬼剑自然由木青继承了。

黑白二虎都曾听说过流云剑道和神山鬼剑，但他们眼下却第一次真正见到这种诡异的剑法，而这跟传说中的神山鬼剑一模一样，是以白虎才会脱口喊出，但他的感受还没有黑虎深切。

在木青退步之时，黑虎发现自己贯于刀上的力道似乎注入了一个无底的深洞，消失得无影无踪，甚至有一股强大的牵引之力似乎连他也一起拖入了这个无底的深洞之中。

刀招，不攻自破；气势，不掩而灭；步伐，不引自乱。黑虎先机尽失，唯一的选择便是退，疯退，振臂而退。

振臂，只是想减轻那股怪异的牵引之力，也是黑虎在不得已的情况下才作出的决定。

黑虎退，木青却进，步步紧逼，环环相扣，绝对不给黑虎任何喘息的机会，这也是黑虎感受最深之处。在他退出三步之时，才发现木青的剑意似遭到他的牵引，顺势而到，竟逼至他的刀网之中。

一旁观战的白虎和华通诸人也为之大惊，木青的可怕之处远远超出了他们的估计，黑虎一人并不是他的对手。

这是一目了然的事实。

叮……哧……黑虎的刀架住了木青的剑刃，但木青的剑犹如滑溜的青蛇，自黑虎的刀锋滑过，顺势挑开了黑虎的兽皮软甲，只要再入一分，就足以在他的胸膛上留下一道不可磨灭的创口。

黑虎惊出了一身冷汗，在此时，他感觉到身边风起。

砰……木青的身子一震，他自底下踢出的一脚却被白虎所阻。

白虎终于还是出手了，他自不能眼睁睁看着黑虎落败。旁观者清，他清楚地看出了木青右脚之上所暗藏的杀机，所以他才抢先出手救了黑虎一命。

木青被迫后退，又一次陷入了五人的包围之中，心中暗叫一声可惜。

黑虎的神色很快便平静下来，但手心处却渗出了冰冷的汗珠，望着木青那似笑非笑的眼神，心中又怒又惊，更是杀意大炽，他绝不想留下这样一个可怕的敌人活在世上，那对他来说只会是一个极大的威胁，甚至是生命的威胁。

“黑白二虎也不过如此，我还以为华虎手下有什么了不起的人物，原来都只不过是一群酒囊饭袋而已。”木青极尽羞辱地讥笑道。

黑白二虎的脸色微变，显得极为愤怒，但瞬间又平复下来，黑虎淡淡地笑了笑道：“笑吧，笑吧，我不会跟一个即将死亡的人计较什么。”

“哼，就凭你们几个酒囊饭袋也想要我的命?!”木青一脸嘲讽地笑道。

“你心慌了?”白虎冷冷地盯着木青的眸子，突然开口道。

木青心头一怔，白虎的目光再配上他那冰冷的语气，竟似一柄无形的冰刀般刺穿了他的心理防线。

“你的眼睛告诉我，你的话只是想激怒我们，既然想激怒我们，那是因为你害怕了。”白虎的话斩钉截铁，字字如锤，重击人心，仿佛他所说的确是事实一般。

木青暗惊，这个一直沉默的白虎才是真正的高手，才是真正可怕的人物，而白虎的可怕正是来自他那不喜言语的沉默。一个不喜欢说话的人，往往会保留住更多的秘密，而一个拥有很多不为外人所知秘密的人，他注定会是一个让人提防和担心的人物。

只是白虎那平平淡淡的两句话，竟让木青处于了劣势，至少在气势上回落了一截。

黑虎似乎也捕捉到了一些什么，悠然笑道：“木青，你就认命吧，蛟梦不可能有机会前来救你，此刻只怕他已自身难保了。真是遗憾，我们没有机会去看看他与虎叶这两大高手对决，不过若是能听到他们一死一伤的消息，也定是一件大快人心的事。”说到后来，黑虎竟忍不住得意地笑了起来。

木青的脸色变得十分难看，他明白了这是怎么回事，他也知道黑白二虎的话并非空穴来风。既然虎叶会亲自去对付蛟龙，也会亲自去对付蛟梦，而蛟梦手中的人质少典神农已经逃脱，这无疑是对蛟梦的一记重击。如今蛟龙和族人都在虎叶的手中，这使蛟梦的主动权尽失，两大高手的这个战局其实胜负已判。

见到木青的脸色陡变，黑白二虎心中不无得意，他们知道自己的话的确对木青造成了打击，甚至是心理压力。

华通眼见如此机会，岂肯放过？他的刀与如意、兴风的两柄刀交织成一张刀网，趁隙攻出，三柄刀的目标只有一个——木青的腰背！

轰……一声巨响，强大的气劲差点让轩辕的左臂骨折。

轩辕的身子借力倒射而出，由于还击过于仓促，他根本就无法凝聚全身的真力，兼且右手受伤，力道也大打折扣，而那怪人尊者却是全力以赴，含愤出击，优劣立判。

轩辕的身子才落地，便立刻有人攻至，这些人看上去似乎极为闲散，但一出手则利落凶狠无比。

砰……轩辕来不及细想，肩头已经挨了一记重棍，只击得他脊骨欲裂，身子一个踉跄，噗的一声，竟撞入一个人的怀中，轩辕想也没想，抬膝就顶。

“是我！”却是叶皇的声音。

轩辕蓄足了劲力的一脚竟顶不上去了，但心头也为之一松，苦难的日子大概已经过去了，也暗自庆幸叶皇的速度之快。

“去死吧！”叶皇一声怒吼，右手在轩辕肩头一搭，身若灵燕般自轩辕头顶翻了过去，双腿在虚空中一剪，迎向那逼来的两根长棍。

砰砰……两声爆响之中，叶皇的脚影散漫成一幕黑云，长驱直入地逼进了两道棍影之中。

轩辕的目光却被一只拳头所笼罩，这是一只似乎充满异力的拳头，只是一只拳头，又像是一片天空，甚至包容了天地间所有的一切，酿成了一团无穷无尽的杀机。

“独龙拳！阿轩小心！”施妙法师的暴喝犹如晴天中的一个霹雳，轩辕也在刹那间醒转。

拳头仍是拳头，一只蓄满杀气的拳头。

天空仍是天空，但轩辕不得不出拳，他只觉得丹田之中有一团烈焰在燃烧，在奔涌，也许是因受了那股浓烈如酒的杀意所逼，也许是因他已经感受到了死亡的威胁，在体内某处潜伏的力量竟如山洪般暴发出来。

疼痛的感觉不复存在，伤口似乎已不再存于肉体之上，轩辕只觉得自己就是一团火，一团燥热如焚的烈焰，那无与伦比的生机和力量全都向他提起的左臂流去，再涌至拳头。然后，他又看清了一切，包括在虚空中流动的风，还有那一只逼近的拳头。

原来那是多么迟钝而缓慢的一拳呀，轩辕似乎有些错愕，他发现所有人的动作都在刹那之间缓慢了下来，犹如老牛拉着破车。每个人的招式都或多或少地存在着些许空隙。

天空特别蔚蓝，特别清晰，飘过的云，飞过的鸟，都显得那般生动而缓慢。

终于，轩辕出拳了，他已经不能控制住这条手臂，他无法想象这是怎样的一拳，抑或根本就不是拳头，而是一团火，一团燃烧的烈焰，他的动作也似乎跟别人一样慢，虽然他已经尽力了，可是这似乎已成了速度的极限，一个无法突破的极限。但值得庆幸的是他这一拳已经完完全全地封死了对手攻来的拳头，没有半点空隙。

轰……轩辕感到一阵轻松，一阵难以解说的轻松，全身似欲焚烧的烈焰终于找到了一个倾泻的突破口，那就是另一只拳头——独龙拳……

此时叶皇已将两名使棍的对手击毙，急忙掠身而回，同时右手在轩辕肩头一搭，以助其一臂之力，力图击败那怪人尊者的独龙拳。但叶皇的右手甫一接触到轩辕的肩头时，整个身形莫名一震，只觉右手犹如被火焚烤，他在骇然之中不明所以，却以最快的速度自轩辕的肩头弹开，当他弹开的一刹那，他发现那个被称为尊者的怪人已狂号一声踉跄倒退五步，口中狂喷出一口鲜血。

“尊者，你没事吧……”对方其余几人见状大急，担心地问道。

“走！”尊者想也没想，纵身向一侧的林间掠去。

“刑月老儿，难道不等等故人吗？”施妙法师的断喝声响起，但并没有阻住对方撤退的步伐。

“施妙老儿，我们叙旧的机会还很多，你就等着好了……”被施妙法师称作“刑月”的正是那个怪人尊者，只是此刻他逃走之速连以快著称的叶皇也为之惊叹，不过，他并没有心思去追击对方，他得回身看看轩辕。

“你没事吧？”叶皇的手竟不敢触摸轩辕的身体，那如火灼的感觉的确不好受。

轩辕静静地立着，眼中那异样的光彩渐渐退去，但目光仍显出一种淡蓝的色彩。

“你怎么样了？”叶皇见轩辕不言不动，还是伸手抓住了他的肩头，仍感余热犹在，不由得再次急问道。

凡三和叶七也迅速赶到，围住轩辕，都在担心他的安危，而圣女凤妮的八名护卫和花猛诸人奋力追敌，不过，想来也无法截住刑月等人。

半晌，轩辕在众人的环伺之下，长长地嘘了口气，竟似是炽热的水汽，叶皇只觉被这股气流拂过之处，有丝丝灼烫之感，心下不由骇然，望着缓缓转过头来的轩辕，担心地问道：“你没事吧？”

“没事，刚才我怎么了？”轩辕似乎也有些茫然。

众人为之一怔，相顾愕然，连轩辕自己都不知道这是怎么回事，外人又怎会知道？

“刚才你打跑了那个叫刑月的人！”叶皇想了想道。

“刑月？刑月是谁？”轩辕轻轻地推开叶皇的手，回头四顾，讶然问道，“他们都跑了？”

这时施妙法师和圣女凤妮也都行了过来，异口同声地道：“好厉害的一拳！没想到独龙拳也能用这种方式破去，看来我们真是没有挑错人！”

轩辕突然记起在刚才自己失去感觉之前，施妙法师提到过“独龙拳”三字，更想起正是刚才那股自体内升起的一团怪火，而使自己暂时失去了知觉。

“阿轩，你的手还在流血。”凡三说着伸手从地上的一名敌人尸体上撕下一块布，为轩辕稍作包扎。

“谢了！”轩辕抬起那只包扎好的右手，笑了笑道：“我没事了！”说话间目光四处扫了一眼，又道，“应该把几张筏子捞起来了，咦，琼儿呢？”

“她与褒姑娘诸女在一起！”叶七答话之时，伸出大手在轩辕的肩头重重拍了一下，赞赏地道，“真有你的！”

“真是多亏了你！”圣女凤妮也由衷地道。

轩辕露出一个坦然的笑容，道：“这是我应该做的，不过，这次激斗只是我们的一个开始，还望圣女有个心理准备。”

“我相信你一定可以带着我们渡过难关！”施妙法师目射奇光地望着轩辕笑道。

轩辕也不客气，但仍是肃然道：“这得需要大家的相互配合才行，独木难以成林，这次只是侥幸而已，呀……”

凡三的手连忙自轩辕背部那一道清晰的棍痕上移开，连忙道：“对不起，还很痛吗？”

“你小子少动手动脚的，要是你，不被对方打个腰断骨折才怪。”叶七也发现了轩辕背部那一道发青的棍痕，向凡三叱道。

“哦，你背上也受了伤吗？让我看看。”圣女凤妮自轩辕的呻吟声及凡三与叶七的对话中似乎明白了一些什么，看着轩辕那赤裸着上身的躯体，柔声道。

轩辕有些尴尬地笑了笑：“没什么，没什么……”

“还说没什么，都伤成了这副模样。”一向不爱说话的叶皇也发现了轩辕背上那道长达一尺有余的青色棍痕，微恼地道。

轩辕无可奈何地笑了笑道：“看就看，有什么大不了的？此时我们身上都没药，看也是白看。”说话间已转背对着圣女凤妮与施妙法师。

“啊……”圣女凤妮和施妙法师同时发出一声低低的惊呼。

华通的刀斩空了，劈开了空气，但是却并未能斩中木青，如意和兴风的刀也同样落空了。

三柄刀，趁隙而出偷袭的刀招竟没能击中目标，这的确让他们吃惊非小。

吃惊非小并不是最终的结果，就算华通三人希望这是最终的结果，但木青却不会答应！

木青的出现，并不是突然的，只是他此时的动作，创出的变故却是异常突然的。

突破口是兴风！

兴风本就已经受了伤，木青在最开始的时候就伤了他，但此刻这点伤却成了兴风致命的突破口，说起来有些残酷，但事实终归是事实。

高手，猎人，这几乎是天下无双的组合，华通、兴风、如意及黑白二虎都是高手，但他们不配称为一个好猎人。所以，他们根本无法窥得木青内心的平静——如止水般的平静。

自始至终，木青的内心都静如止水，未曾有半丝波动，他比任何人都清楚心静的重要性。只有守住内心的平静，方能将自己的攻击力发挥到最好的水平，方有更多生存下来的机会。

猎人，善于伪装，这也是能够静守猎物的主要原因，而木青的猎物则是黑白二虎和五虎将之三。不管猎物有多么强大，既然注定要面对，就要变得坦然一些，勇敢地去接受。

木青的斗志是来自一种孤立无援的绝望，当一个人知道自己无论如何努力都无法逃过悲惨的命运时，他总会产生一种超越体能极限的力量，那种力量甚至可以毁灭一切。

此刻的木青，已经将自己潜在的力量全部爆发出来。

兴风的刀，狠辣却欠敏锐，是因为他已受伤的缘故，正因为如此，木青的剑便自这之间小得不能再小的漏洞中攻了进去。

当华通和如意发现这一切时，木青的剑已经割断了兴风的三根手指。

不能说这不是一种悲哀，他们仍是太过低估木青了，抑或并不是他们低估了木青，而是没有想到明明不可能发生的事情居然真真实实地发生了。

当黑白二虎意识到变故而同时出手时，木青已经撞入了兴风的怀中，一股强大的冲击力几乎让兴风的五脏俱裂。

“想让我死，你给我陪葬!”木青的笑声让人有些不寒而栗之感，更充盈着一股浓烈的杀机，就连黑白二虎听了都如遭遇了一阵刺骨的寒风。

血如残虹，在虚空之中洒过一幕凄艳，淋湿了木青的后领，但木青犹如未觉，利剑再次挥出，这时白虎的刀锋已经在他的肩头留下了一道创口，但木青的剑挡住了黑虎的刀，而兴风硕壮的躯体已经撞向华通和如意。

木青闷哼着被迫后退，急如疾行之马!

木青快，但白虎也不慢，白虎的刀根本就不曾有半刻停顿，一气呵成，犹如行云流水，拖过一道奇诡的弧线划向木青的咽喉。他绝不想让木青多活一刻，那的确是一个极大的威胁。

木青的神色间闪过了一丝无奈的绝望，他连连转换了七十八种身法，三百二十七个方位，退了三十九步，却并未摆脱白虎这一刀的威胁，甚至连抬起手中的利剑封挡或还击，做出同归于尽的机会也没有。这一刻他才明白死亡威胁的真正含义，也明白了白虎的可怕。

其实白虎手中只有一柄刀，以及一招不成招式的刀法。

招式并不一定是刀的唯一，有招的刀法只能算是下乘，有招则有迹可寻，而白虎没招，刀便是刀，杀人的刀，没有杀人招式的刀方是最为可怕的。

白虎也为自己这一刀而感到骄傲，是以，他眸子中又有了那一股冰冷的傲气，因刀而傲。

他有傲的资本，他有傲的条件，这无可厚非，就连木青也不得不承认白虎狂傲的事实。

白虎的傲意本可持续到最后，因为木青已经被逼至身临绝境，绝对的绝境！退无可退，攻无可攻，避无可避，守无可守，这是一种悲哀的绝境。

世上的奇迹并不多，绝处逢生也可算得上是奇迹，事实上，这个世上的奇迹虽然有限，但有人可以将之在最危急的时候创造出来。

这人当然不是木青，但木青没有死。

木青没有死，这就是一个奇迹，这个让白虎心痛、黑虎心惊、华通和兴风诸人心伤，同时也骇然的奇迹——只是因为一柄剑！

这剑当然不是木青的，此时木青的剑犹如死物，根本就不可能有任何机会做出任何动作，他的剑绝对不可能创造奇迹。

那这创造奇迹之剑的主人是谁？连木青也显得有些迷茫和不解，他并不认识这柄剑，也从未见过剑的主人。因为这柄剑就是来自他的身后——一个绝对令人意想不到，但又绝对神奇的角度。

在一声金铁交鸣声中，白虎倒翻了两个跟斗，似乎无法抗拒那神秘一剑之上所传来的巨大力量。

“蛟梦！”最先惊呼出来的是黑虎，因为他是第一个看清这个创奇迹的人！

来者竟是蛟梦，黑白二虎几乎不敢相信自己的眼睛，但事实是不容否定的。

蛟梦突现，即使木青也感到有些意外，但是这对他来说，绝对是一件值得庆幸和欣慰的事情。死神已经远远地离他而去，他只是微微有些感激地低唤了一声：“族长！”

蛟梦的神情和意态极为潇洒，他好整以暇地将剑插回豹皮鞘中，在木青的肩头轻轻拍了一下，目光之中流露出几缕赞许的神色。

“你……你不是被虎叶拦住了吗？”黑虎微微定了定神，问道。蛟梦的出现几乎将他们的心神完全打乱，甚至连战意也大减。他们并非不知道蛟梦的可怕，在这方圆数百里的各部之间，能够惹得起蛟梦的人，唯有一个，那个人就是——少典王虎叶。

蛟梦和少典王虎叶的存在，正是一个异样的平衡，也换得了各部之间的安宁，而两人又是最为出色的剑手，但真正见过他们出手的人不多，知道他们剑术达到何种境界的人更是没有。

华虎唯一惧怕的人就是蛟梦和虎叶，他也一直提不起挑战这两个人的勇气。关于这一点，黑白二虎心中很清楚。因此，山虎盟对付蛟梦的手段只能暗中进行，对于今日的整个布局，他们已经经过极为慎重的思虑和安排，但是……

这也许是个意外，一个致命的意外。

蛟梦还剑入鞘，但那凝结于虚空之中的杀意却愈来愈浓，与之相对，犹如立于巨渊之上，有种心旌摇曳的惶恐，挥之不去。

华通感觉到自己握刀的手心渗出了汗水，那股无形的压力似乎如一阵阵冷风般冲击着他的每一寸肌肤，那并不是外在的感触，而是来自内心深处的异感。

蛟梦周身散发出来的，是一种如神剑锋芒般的气势，静立如巨剑破土而出，森冷的杀意深深侵入了每一个对手的心底，无情地摧毁了他们的斗志。

黑虎不得不握刀以对，他无法单凭内心的意志去抵抗蛟梦那无孔不入的气机，但他不能控制握刀的手心渗出冷冷的汗水。

他心中惶恐、惊惧，犹如一只等待洪水冲来的小蚂蚁，这是一种无法以言语来形容的感觉。

白虎缓缓后移，与黑虎并肩而立，他并不希望自己成为独抗蛟梦的角色。刚才那一剑，他已经深切地感受到了蛟梦的可怕，也明白华虎言之不虚。

在所有与白虎交手的对手之中，能一剑将他震得倒翻两个跟斗的人，蛟梦尚是第一个！当然，他以前并没有遇到过如蛟梦之流的人物，所以当蛟梦与之正面相对时，他也难免生出一丝怯意，只是他不明白，为什么虎叶没有阻住蛟梦，这一切本在他的计划之中，但是偏偏出了漏子，这是为什么？

其实这个问题并不难找到答案，当然这需要蛟梦来回答。

蛟梦是笑着回答的，他说话的声音显得十分优雅："没有人比华虎笨，虎叶更不会！哼，我早就算准了华虎的诡计，虎叶也一样。可笑的却是华虎自以为是，殊不知这一切正是我们计划的一部分。你道虎叶真的会劫走我族的人与货物吗？你道我们不知道华虎的真正身份和意图吗？你道少典神农真的那么容易被劫走吗？你们都错了，简直错得一塌糊涂。这是你们鬼方十族应该付出的代价！"

黑白二虎的脸上血色尽失，难以置信地望着蛟梦，如同做了一个噩梦。

他们的身份是一个极为隐秘的秘密，就是在山虎盟中也只有八个人知道，那就是华虎、黑白二虎和五虎将。但是此刻蛟梦竟轻而易举地说出了他们的身份，这对于他们来说，的确是一个无与伦比的震撼。

最让他们心惊的还不是这些，而是对方竟然早就知道了少典神农是他们所劫，因此，这极可能是由蛟梦诸人一手设下的一个圈套，可是这怎么可能呢？

"不可能，这不可能！"华通掩饰不住震惊地自言自语道。

木青听得一头雾水，他并不知道蛟梦所说的话是什么意思，也不知道黑白二虎和华通诸人为什么会对蛟梦的话作出如此强烈的反应，但他也大感吃惊，吃惊于蛟梦似乎早已知道少典神农逃走的真相，可蛟梦为什么直到现在才说出来呢？为什么蛟梦初始之时要那样表现呢？

木青紧了紧手中的剑，他并不想多想，只需要知道黑白二虎是他必杀的敌人就行了。

"世间没有不可能的事，只有想象不到的事，你们只好认命了！"蛟梦的语调突然一冷，杀意也跟着疯涨，这就预示着他要出手了！

蛟梦要出手了，一种直觉存在于黑白二虎等五人的脑海之中。

黑虎和白虎同时扬刀，齐肩，但却不敢进攻，也无从攻击，他们当然不会不知道贸然进攻的后果。

蛟梦浑身上下绝无半点破绽，他跨上一步，大大的一步，虚空的气势再次激增、涌动。

空气似乎变得很闷，让人有一种无法呼吸之感。风，也跟着静止，似乎在酝酿着什么，或许是风暴，抑或是天崩地裂的灭亡。一切的一切，都在沉寂中喘息，包括那没有生命的刀和剑。

蛟梦再次踏出一大步，仍未出剑，依然是上下一体，没有半丝破绽，而他周身的气势已经疯涨到了黑白二虎无法承受的地步。

不，具体来说，那不能算是气势，只是精神上、心理上的一种强大压力。

压力，几乎让人崩溃的压力，使得黑白二虎不得不出刀，不得不作出一个艰难的决定。

出刀，的确很艰难，犹如蚁撼大树，但黑白二虎没有别的选择。也许有，那就是死亡或弃刀投降。

当然，黑白二虎绝对不会选择投降，无论面对谁。

刀，破风而出，虚空中虚无的空气似有了些微的波动，于是就有了风，只是这风太轻，连一片秋叶也无法掀动。

刀，并不是为了掀动秋叶而存在，它存的意义就是——杀！

华通和如意也出刀了，唯兴风无法握刀，因为他少了三根指头，但此时他出脚了。五人知道蛟梦的可怕，所以绝对不会介意联手出击。

当然，木青又怎会袖手旁观？虽然他相信蛟梦的能力，但他也不会小看黑白二虎的厉害。是以，他也出手了，他的目标却是华通和如意及兴风。

木青的动作快，但有人比他的动作更快，那人就是蛟梦。

当木青跨出第三步时，蛟梦的剑已经出鞘。

抑或那并不是剑，无首无尾，犹如流云霞彩，又似残虹惊电，却有着一种说不出的优雅，但是黑白二虎、华通、如意、兴风都认出来了——这是蛟梦自创的流云剑道。

剑出，生机盎然，飘洒灵逸，再看蛟梦的表情，如品酒吟诗，湖中作画……那是一种难以阐述的境界，是一种无法评议的洒脱。

木青跨出第五步时，兴风已倒跌而出，没有半丝惨叫，华通和如意疾退，比进攻之时更快。只是，他们无法摆脱那道犹如残虹惊电的剑芒，终以血溅四空而退告终，幸运的是，他们仍然活着。

叮叮……两声脆响，蛟梦的剑最后落于黑白双虎两柄快绝的刀锋上。